Keto von Waberer

Aguas azules para una batalla

Traducción de
Marina Widmer Caminal

CÍRCULO DE LECTORES

[...]
yo sé que hay grandes extensiones hundidas,
cuarzo en lingotes,
cieno,
aguas azules para una batalla,
mucho silencio, muchas
vetas de retrocesos y alcanfores,
cosas caídas, medallas, ternuras,
paracaídas, besos.

No es sino el paso de un día hacia otro,
una sola botella andando por los mares,
y un comedor adonde llegan rosas,
un comedor abandonado
como una espina: me refiero
a una copa trizada, a una cortina, al fondo
de una sala desierta por donde pasa un río
arrastrando las piedras. Es una casa
situada en los cimientos de la lluvia,
una casa de dos pisos con ventanas obligatorias
y enredaderas estrictamente fieles.
[...]

PABLO NERUDA,
«Melancolía en las familias»
(Residencia en la tierra)

PRÓLOGO

En la primavera que siguió a la muerte de Marie, Bettina tuvo un sueño.

Aquella noche, no se había dormido hasta arrinconar la cama para escapar de la luz de la luna, que se filtraba a través de la puerta abierta y se cernía sobre su almohada como un claro y trémulo pañuelo.

La casa se hallaba situada en la parte de la isla que daba la espalda a tierra firme. Bettina podía ver el mar desde cada una de sus ventanas y puertas. Con el despuntar del alba, las islas vecinas, Fidicudi y Panarea, emergían entre la neblina como pálidas y enormes tortugas.

Ese día, al atardecer, Bettina había llorado por primera vez desde la muerte de Marie, su madre. Luego había corrido de un lado a otro por las encaladas estancias del caserío y se había lamentado, recostándose en las paredes; y aquel destello azul del mar le había lastimado los ojos. Llevaba dos semanas viviendo sola en aquella vieja y espaciosa casona, con su gruesa tapia y sus tres cisternas. A veces iba a la parte trasera de la casa para contemplar el volcán, el Stromboli, cuya larga y rasgada columna de humo era barrida por el viento, desde hacía muchos días, en la misma dirección. Una fina capa de negruzca ceniza cubría todas las mañanas las rojas baldosas del suelo de la cocina, la mesa y el alféizar. Bettina había alquilado la casa a los Krämer, en Ginostra. No era demasiado cara, pues quedaba muy apartada del pueblo. En el calor de la tarde se desperezó sobre la cama, tendida con los ojos abiertos, y escuchó cómo la brisa se enredaba en los olivos. Sus silbidos y gemidos se convertían en murmullo, en prolongado susurro; así sonaba el viento preso en los árboles de copa ancha; así crujían los árboles en el jardín de la casa durante la primavera. Acurrucada en la cama, trató de evocar a Marie; deseaba ver a su madre caminando por el jardín con los cabellos ondeando al viento, y oír cómo cantaba, pero no le fue posible. Sólo alcanzó a ver las huesudas manos reposando sobre la colcha de la cama y su rostro enmarcado por las blancas trenzas que le habían confeccionado las enfermeras en el hospital. Marie tenía la cara vuelta hacia la pared y se hallaba lejos de allí, ya tan distante, que ni siquiera el verdor del jardín podía hacer nada para detenerla.

Aquella noche, Bettina tuvo ese extraño sueño.

La oscuridad a su alrededor se llenó de susurrantes siluetas. La habitación estaba atestada de gente. Había algunos hombres arrimados a las paredes; podía ver el contorno de sus anchos hombros. Mujeres, que parecían mullidos nidos de sombras de cabello y ropa, murmuraban. Niños, aferrados a las mujeres, la miraban de hito en hito. A través de la puerta, de escasa altura, iban entrando en la estancia caballeros broncíneos de pesados pies, que, a medida que avanzaban, iban arañando con sus armaduras la pared de cal.

En la única silla se hallaba sentada una mujer mayor, corpulenta y enlutada. ¿Sería su abuela?

Se vio a sí misma, aún niña, con los hombres, reclinada en la pared. Percibió el cuello largo, el hosco perfil bajo el pelo corto y oscuro, el pelo de un hombre joven. Guido, su padre, se encontraba agazapado en una esquina y tenía cerrados los ojos.

Alguien alzó a un niño de pecho bajo el haz de luna que se precipitaba en la habitación por la puerta abierta. Era la hija de Bettina. Dormía con la boquita abierta y los puños cerrados. Una mujer desconocida la tenía en brazos, estrechándola cariñosamente contra sí. Su madre, Marie, estaba de espaldas a ella. Mantenía erguido su esbelto talle. Llevaba un pañuelo en la cabeza. En vida nunca había llevado el pañuelo de ese modo. Bettina jamás la había visto así. Ahí, de pie junto a la puerta, distinguía a tía Paula, que hacía señas, disimuladas y furtivas, mientras su boca articulaba palabras que Bettina no acertaba a oír. El vestido blanco, de anticuado cierre a lo corsé, relucía cuando movía la cintura y miraba a su alrededor. Su espesa melena, suelta y desgreñada como si acabara de levantarse, sombreaba su semblante. Había posado una mano sobre la cabeza de su hijo. Ludwig se hallaba postrado junto a ella. Parecía dormir, al igual que Guido.

El ángel, que gravitaba a cierta altura emitiendo destellos, llenaba todo el vano de la puerta. Sus poderosas alas llegaban al suelo. Eran muy largas, las alas de una gran mariposa nocturna. Tenía todo el cuerpo cubierto de plumas, y también la cara. Bettina oía esas plumas arrastrarse por el suelo y rozar el grueso marco de la puerta, produciendo un rumor tenue y susurrante. Tuvo que agacharse para entrar.

Su cuerpo resplandecía, destilando una luz clara de tonos violáceos, como la que se filtraba a través de las finas ranuras del heliógrafo que ella tanto admirara de pequeña.

En la habitación se levantó entonces un murmullo teñido de lamento, un restregar el suelo con los pies, ruido de pasos y cuchicheos. Todas las miradas se dirigieron hacia él. Su luz convirtió a todas las figuras en conos negros.

Ahora el ángel se encontraba en la estancia, y el aire a su alrededor se arremolinaba y centelleaba, como si se hallara sobre una nube de nieve flotante.

Sobre la mesa, las frutas, una a una, se elevaron en el aire, formando una larga espiral que giraba cada vez más deprisa. Los melocotones describían círculos sobre el mantel, iban ascendiendo progresivamente para hacer hueco a otros melocotones, chocaban unos con otros salpicando; y, por fin, también el mantel blanco se alzó de la mesa y empezó a girar sobre sí mismo, como un remolino en el agua, dominado por el torbellino silencioso que abarcaba toda la habitación y amenazaba con tragársela.

El ángel estaba en el centro de la sala, resplandeciente como el hielo. El suelo, blanco y pulido como un espejo, estalló de pronto en una red de finas y dentadas grietas. No se oía un solo ruido.

Bettina, echada en la cama, sabía con qué fuerza estaba engullendo el torbellino toda la habitación. Se aferró a la cama y cerró los ojos, como náufrago que se aferra a la balsa al ver un ciclón abatirse sobre él.

Se despertó.

A la luz de la luna se vislumbraban los melocotones sobre el mantel blanco, tan inmóviles junto a sus sombras azuladas como si nada hubiera ocurrido. Sin embargo, Bettina procuró no rozarlos al pasar junto a la mesa y salir por la puerta a contemplar el mar, que dormía allá abajo, indiferente y brillante como el sargo, bajo la luz de la luna.

Guido, su padre, no estaba con los hombres en la penumbra nocturna de aquella habitación que ella acababa de dejar; estaba solo y ni siquiera la había mirado. Y ¿dónde estaba el tío Georg?

El ángel flotaba todavía, tan deslumbrante y terrible, en el vano de la puerta, hasta tal punto que sintió el impulso de volverse a escudriñar de nuevo su habitación. Allí no había más que la pequeña mesita redonda bañada por la luna.

MARIE

Marie esperaba echada en la cama.

Fuera daban las horas. En la habitación, iluminada por la luz de la lámpara de la mesita de noche, flotaba el aroma de las flores junto al espejo. Los visillos flameaban mecidos por la brisa que penetraba por la ventana. Era junio, y en el exterior florecían los castaños.

Leía poemas y, de vez en cuando, dejaba el libro a un lado para imaginarse lo que Paula, su tía, le iba a traer hoy. Habría deseado las chocolatinas en forma de piña que el suizo traía siempre de Zúrich. Venían envueltas en papelitos de borde plisado; las había de tres colores: marrón claro, marrón y marrón oscuro. Las marrón oscuro llevaban un relleno de *nougat* amargo y eran las que más le gustaban.

Paula había salido con otro hombre, del que Marie nada sabía todavía. Su tía le había conocido la mañana en que fue a llevar los libros a la subasta.

–Vendes todos los libros... ¿por qué siempre los libros?

Paula interrumpió por un instante su actividad para sopesar los tres ejemplares encuadernados en piel, antes de depositarlos en la caja.

–¡Tú y tus libros! Lees demasiado, vas a estropearte la vista. No quiero tener sus libros por aquí en medio, no quiero ver más ni una sola de sus cosas, ni una sola. –Los ojos de Paula enrojecían y entonces tenía el aspecto de un conejillo de indias blanco–. Ésa, desde luego, no va a ver nada de todo esto; antes lo vendo todo a precio de papel viejo.

Paula nunca pronunciaba el nombre de la mujer, como si no pudiera soportarlo sobre la lengua. Marie sabía bien de quién hablaba su tía cuando se le endurecía la mirada de ese modo.

–Los libros son míos –Marie no estaba dispuesta a dejarse avasallar–, él mismo dijo la última vez que estuvo aquí que eran para mí.

Tenía la sensación de hallarse segura en aquella vivienda medio vacía, mientras siguiera allí aquella imponente librería, como si su tío no se hubiera marchado del todo, como si hubiera de encontrarle una noche, al entrar en la habitación, sentado de nuevo bajo la lámpara, delante de la mesita sobre la que se apilaban los libros, ordenando fragmentos sobre un trozo de cartón, tal como se lo había visto hacer en tantas ocasiones. Aquellos rojizos fragmentos que tan vulgares e inertes parecían guardados en sus cajas numeradas y que se transformaban cuando los dedos del tío los cogían cuidadosamente. Los sostenía a la altura de los ojos, los palpaba y les iba dando vueltas.

Desde que había regresado de la guerra, a veces le temblaban los dedos cuando intentaba juntar las palmas de las manos al hablar. Marie no podía evitar asustarse ante los movimientos de su mano derecha, en la que le faltaban dos dedos, el meñique y su vecino. La cicatriz, que le recorría el dorso de la mano y se perdía bajo el reloj de pulsera, tenía el aspecto de un cordón rojo mal trenzado.

–Los dedos los perdí en Amiens el día de San José de 1918, precisamente en el día de tu décimo cumpleaños –le había dicho su tío, al tiempo que la mecía, porque ella lloraba horrorizada.

Al principio, Marie no había querido imaginarse cómo podía alguien perder los dedos. Los veía asomando entre la hierba alta, uno junto al otro. Ella deseaba encontrarlos, iba a encontrarlos; cuando rastreara la hierba aparecerían, como le había ocurrido con su cadenita de coral, que ella misma había perdido una vez, para encontrarla de nuevo poco después. Naturalmente, sabía que había sido una bala la que había segado los dedos a su tío, pero era precisamente eso lo que no deseaba imaginarse.

–¿Sacrificaste tus dedos por el emperador, el pueblo y la patria? –le preguntó al cabo de un tiempo. Eso lo había oído decir en la escuela.

–Bueno –le había respondido el tío Leonhard riendo–, de hecho sí los sacrifiqué, pero no voluntariamente. Y aunque el emperador me concediera por ello una condecoración de tercera clase, yo habría preferido conservar mis dedos.

Bettina conocía la condecoración. Estaba guardada en una cajita negra. A partir de entonces la miraba con espanto. Desde que su tío le contara detalles de la guerra, tenía verdadero horror a un montón de cosas: a los tanques, a los franceses –enemigos por antonomasia– y al bramido de los cañones, tan potente que le reventaba a uno los tímpanos. Pero lo peor eran los tanques. Había visto un dibujo en la portada de una revista. Un pesado monstruo que iba aplastando soldados y árboles.

Tía Paula nunca había mencionado la guerra. Se había limitado a leer el periódico entre sollozos, y cuando Marie le hacía alguna pregunta, la mandaba derecha a la cama.

Marie seguía echada, esperando. Fuera daban las horas. No quería pensar en su tío. No acertaba a comprender el porqué de su forma de actuar.

–Marie será un día arqueóloga como yo, y entonces haremos excavaciones juntos –le había dicho a Paula, sentando a Marie sobre sus rodillas.

Paula no contestó. Se hallaba de pie en medio de la sala, con el vestido blanco bordado de amapolas y flores de aciano, y se iba deshaciendo lentamente, palpando con ambas manos, la trenza pelirroja. Sus dedos se deslizaban como pececillos entre los mechones ensortijados.

–Se parece a *La primavera* de Botticelli –le había susurrado el tío en voz baja y, para sorpresa de Marie, se le habían humedecido los ojos.

A menudo había contemplado en un libro a la mujer a quien su tío llamaba Primavera. Llevaba una corona de flores sobre la cabeza y otra alrededor del cuello. Iba descalza y despeinada. Marie opinaba que se parecía a esa mujer. Bajo el holgado vestido se adivinaban unos pequeños senos. Diminutos promontorios que le habían crecido ese mismo año, secretamente, bajo su camisita de niña. Marie tenía entonces catorce años.

–Quisiera beber algo –exclamó Paula–, dejad ya esos añicos. ¡Mira que sois aburridos! Venid conmigo al balcón, fuera hace un tiempo estupendo. –Se inclinó sobre el gramófono, dio unas cuantas vueltas a la manivela, giró la bocina amarilla hacia el balcón abierto y posó cuidadosamente la aguja sobre los surcos del disco, que se hallaba ya sobre el plato.

–Siempre Caruso –intervino el tío, al tiempo que se levantaba para abrazar a Paula con ternura.

Parecía extrañamente decaído, como si al apoyarse

en ella fuera a escurrírsele de entre los brazos en cualquier momento para acabar en el suelo.

Marie observó la cara sonriente y medio oculta de su tía, asomando por encima del hombro de su marido. Cómo ladeaba la cabeza y entrecerraba los ojos, como si estuviera recibiendo algo. Comprendía a su tío. Paula era bonita y, o eso pensaba Marie, se mostraba indiferente a los sentimientos de su tío, que a él parecían acecharle como inquietos enjambres de abejas. Paula permanecía ajena y por eso era bonita.

Oyó la llave en la cerradura y al punto se abrió la puerta.

–¿Me has estado esperando? –Con la respiración todavía acelerada, Paula se sentó sobre la cama, blandiendo en el aire el monederito de perlas, que ofrecía un aspecto extrañamente abultado, hasta el punto de que los flecos quedaban tiesos hacia arriba.

–¡Está repleto de dinero! Toca, mira qué duro está. –Paula agitaba el monedero–. Todo este dinero me lo ha dado por los libros viejos. Aquí tienes, mira, esto será un vestido, esto un viaje y esto para langosta con champán. ¡Somos ricas! –Abrazó a Marie y la arrojó de nuevo contra la almohada. Ella permanecía seria.

–¿No me has traído chocolate? –preguntó con un mohín.

–Mañana puedes comprarte tanto chocolate como para acabar aborreciéndolo. –Paula se había levantado y dio una vuelta sobre sí. Luego, esbozando una sonrisa, se dejó caer en la silla que había frente al espejo y se pasó los dedos de ambas manos por el pelo.

Marie contempló la nuca de su tía y cómo el pelo le

crecía en esa zona hacia arriba, como si se desperezara. Paula ponía su habitual cara de gata, con el labio superior tirante, que le ensanchaba la nariz, y el ceño fruncido.

–«Al igual que hace con las especias en su pócima hipnótica, ella disuelve en el cristalino espejo su fatigado porte y deposita en él su sonrisa» –recitó Marie maliciosamente.

Paula se giró en redondo.

–¡Deja eso de una vez! –le urgió con voz queda.

Se acercó a la cama, se inclinó sobre la muchacha, le arrebató el libro de poemas y lo arrojó al suelo. El volumen aterrizó sin hacer ruido sobre la ropa de Marie, apilada junto a la mesita de noche.

–¡No soporto que le imites! –la advirtió.

Marie saltó de la cama y rodeó a Paula con los brazos.

–¿Lo has pasado bien esta noche? –Frotó la cara contra el hombro de su tía y Paula se tranquilizó de inmediato.

–Sí –respondió–, imagínate, ya tiene cincuenta años y me ha confesado que no había tenido nunca... bueno, que jamás había tenido una amiga.

–¿De veras? ¿Y por qué no? –inquirió Marie sorprendida.

–Qué sé yo.

Paula se colocó de nuevo frente al espejo. Acercó la cara a su imagen reflejada, abrió los ojos exageradamente y frunció los labios al mismo tiempo. Acto seguido, deslizó los hombros fuera del vestido y, con un par de movimientos de cadera, lo dejó resbalar hasta que cayó a sus pies.

–Me ha inquietado cómo lo decía –dejó su vestido a un lado–, pero aun así debemos mantenerlo bien calentito. Puede hacer mucho por nosotras. Posee una importante sala de subastas, de modo que, a través de él, podremos ir vendiendo algunas cosillas.

–Entonces, ¿quiere que seas su novia? –preguntó Marie, embargada por la curiosidad.

–Es que es un tipo tan raro... Cuando me habla carraspea y a menudo se pone a tartamudear. No sé cómo comportarme con él. En cierto modo, me resulta siniestro.

Marie se apoyó sobre el codo.

–Pero, ¿por qué siniestro, qué hace?

Paula no llevaba más que unas enaguas, cortas y arrugadas, y por debajo de ellas asomaban las ligas, una de cada color, que le sujetaban las medias.

–Siempre se comporta como si fuera muy tímido, y, a pesar de ello, tengo la impresión de que es más bien atrevido. Al despedirnos me ha soltado que yo le recuerdo a la desconocida del Sena, según él, el rostro femenino más hermoso que conoce.

–¿Y quién es ésa?

–Una muerta.

–¿Qué?

–Una ahogada. Pero no sé por qué te cuento todo esto. Vuelve a la cama, enseguida vengo. –Paula se quitó las ligas y las medias, que iba enrollando a medida que las iba deslizando piernas abajo.– Creo que he bebido demasiado.

–Y yo me voy a mi cama.

–No, por favor, Marie. –De repente Paula tenía el aspecto de un niño–. Duerme conmigo, hoy me siento muy sola –y viendo que su sobrina dudaba, añadió–: Mañana desayunaremos en la cama. Irás en un momento a la tienda de enfrente y comprarás un poco de ensalada italiana.

Marie se metió de nuevo en la cama. De repente se sentía muy cansada.

–¿Pero cómo es posible que encuentre bonita a una muerta? –preguntó a su tía.

–¡Y yo qué sé! Vamos, no pienses más en eso. –Paula, ya desnuda, se dirigió al cuarto de baño–. Ven, pégate más a mi espalda –le pidió con la luz ya apagada–. ¡Cielo santo, tienes los pies helados!

Paula se hallaba en su mortaja, con una corona de flores sobre la cabeza. Un anciano muy pálido sostenía entre sus huesudas manos esa cabeza, y besaba una y otra vez a la difunta en los labios, sin casi darse tiempo a respirar. Marie se vio a sí misma vestida de negro, de la mano de su tío. Se despertó con dolor de cabeza.

Marie miraba el patio desde la ventana. Los niños habían pintado con tiza el juego del tejo en el suelo. Echaban trocitos de tiza en los campos numerados e iban saltando a la pata coja de uno a otro. Marie les observaba jugar, mientras iba arrancando pétalos rojos de las macetas de geranios y los dejaba caer bailoteando como una lluvia roja. Los niños no se percataban de ello. Ejercía un cierto poder sobre aquellos niños, aunque ellos poco lo sospecharan. Cuando una de esas hojitas rojas rozaba algún cuerpo, le dejaba un leve rastro ensangrentado, un insignificante rasguño, que de noche en la cama dolía y provocaba pesadillas. Ellos no sabían qué les había ocurrido.

Marie recorrió el pasillo oscuro hasta su cuarto y se sentó en la cama. Era la única habitación de la casa en la que no faltaba ninguna pieza del mobiliario, un cuarto de niños al estilo Biedermeier con muebles de cerezo rojo, bruñido en negro y oro.

Abrió el cajón de la mesita de noche y sacó un fajo de billetes de banco, que había enrollados en el fondo. Los arrojó sobre la alfombra y luego hizo con ellos una pelota. El tío Leonhard no había aparecido más; tía Paula ya no soportaba que viniera.

En aquella época, cuando todavía no tenía muy claro si realmente quería marcharse, el tío solía presentarse ya entrada la noche, asomaba la cabeza por la puerta de la habitación de Marie y le hacía un guiño. En tales ocasiones, le entregaba un billete y le decía: «Cómprate lo que quieras», pero tan pronto se había ido, Marie guardaba el billete en el cajón y se olvidaba de él. Había oído el ir y venir de Paula en el salón, envuelta en sollozos, muchas veces.

En cierta ocasión antes de que su tío se marchara, Marie le había preguntado un día en que éste se había acurrucado a su lado en la cama:

–¿Qué es lo que te gusta de la otra mujer?

Él suspiró y cerró los ojos.

–Ella entiende mi trabajo. Con ella puedo hablar de cualquier cosa. Lo que a mí me interesa, le interesa a ella también, ¿comprendes? –y la había mirado con aire implorante.

–¿Es guapa..., tan guapa como Paula?

–No, no, claro que no. Pero me necesita tanto...

–¿Acaso Paula no te necesita?

–En absoluto, qué va. Paula no sabe siquiera quién soy, no me necesita.

–¿Y yo?

Entonces el tío le había cogido la mano y le había dicho:

–Más adelante vendrás a vivir con Katherina y conmigo.

Marie observaba el patio desde la ventana. Un hombre con delantal azul marino bajaba la parte delantera de su carrito y miraba a los chiquillos, que se arremolinaban a su alrededor con la esperanza de que se le cayera alguna fruta para recogerla.

Sólo tenía una pierna, y Marie contemplaba con interés cuán hábilmente apoyaba el muñón sobre la muleta, cuando necesitaba ambas manos. Con el brazo estirado, sostenía una balanza de la que pendían dos platillos de cobre. Las pesas tintineaban al arrojarlas sobre el platillo. Algunas mujeres, cargadas con cestos y lecheras, le reían las gracias que les dirigía a voz en grito.

Marie trataba de entender lo que el hombre decía. Con el pulgar y el índice formó un pequeño círculo y lo enfocó sobre el vendedor. Ahora le tenía enmarcado, y él ni se enteraba.

Cerró un ojo y le observó. Estaba completamente solo y destacaba claramente sobre el fondo rojo de las bayas. Casi sintió lástima de él. Lentamente fue cerrando el círculo, despacio y con aliento contenido. Cuando sólo quedaba un minúsculo agujerito, a través del cual únicamente le podía ver la cara, el hombre alzó la vista hacia la ventana y la miró.

Durante los largos viajes en los que Marie había acompañado a sus tíos, a veces había recibido clases de un profesor particular. Un profesor exclusivamente para ella. En Egipto le había tocado un alemán flacucho, que a pesar del calor se pasaba el rato sonándose y vestía siempre un chaleco de lana, bajo una americana blanca y arrugada. En Grecia, tío Leonhard había encontrado para ella un hombre, ya entrado en años, de bigote canoso. Hablaba de un modo muy particular, acentuando las palabras en sílabas extrañas para Marie, y así le enseñó una nueva lengua, que ella trataba de imitar hasta que su tío se lo prohibió.

La escuela alemana no le había gustado: los niños la aburrían y los profesores le escribían cartas a su tía, quejándose porque ella estaba siempre en la luna. Fue en aquella época cuando su tío empezó a cambiar de carácter. Al llegar a casa, Marie nunca sabía si le encontraría canturreando alegremente sentado delante de su escritorio, dispuesto a mostrarle sus últimos dibujos y esbozos, o si iba a abandonar la casa con gesto hosco, en cuanto ella cerrara la puerta tras de sí.

Paula jamás hacía el menor comentario acerca de los repentinos cambios de humor de su marido, pero daba la sensación de pasarse todo el santo día durmiendo con los ojos abiertos, como si no se moviera más que del sillón al espejo y de éste de nuevo al sillón.

De un día para otro, Marie había dejado de acudir a la escuela. Nadie se había preocupado de que lo hiciera.

Paula se había recogido el pelo a la altura de las orejas con sendas peinetas y lucía un vestido de seda, tan azul y delicado como una anémona.

–Ven, Marie, voy a cortarte las uñas.

Marie estaba sentada ante la mesa dispuesta para el café y llevaba puesto su vestido blanco de marinerito.

–¿Por qué tengo que estar presente cuando el suizo venga de visita?

–Quiere verte, le he hablado de ti –respondió Paula al tiempo que, absorta en sus pensamientos, iba picando migajas de un trozo de pastel.

–¿Crees que traerá chocolatinas?

–Por supuesto, siempre lo hace. Se sabe tan al dedillo todo lo que me complace... Es muy buena persona, algo estirado y chapado a la antigua, pero eso está muy bien. Se siente una siempre tan segura a su lado...

–¿Dónde pensáis ir esta noche? –Marie empezaba ya a aburrirse con antelación.

–Siempre quiere que vayamos a la ópera, y antes a cenar.

–Éste no te resulta siniestro, ¿no es cierto?

–¡Ya está bien! –cortó Paula enarcando las cejas.

–¿Tiene novia?

Paula se levantó y recorrió con la vista sus medias de seda color carne, como esperando descubrir en ellas una carrera.

–Está loco por mí –replicó de mala gana.

–¿Y en qué se nota, cuando alguien está loco por uno?

–Se nota en cómo te mira y cómo mira a su alrededor cuando te ayuda a quitarte el abrigo delante de la gente. Es un hombre muy discreto, ¿sabes? No hace más que comprarse coches bonitos. La última vez quiso comprarse uno verde, una «rana».

Marie se restregó los ojos y Paula, como ausente, le propinó un cachete.

–¿Y tienes que besarle? –preguntó Marie sonrojándose.

Sonó el timbre.

No había querido quitarse la chaqueta y ahora estaba sentado en la dura silla estilo Biedermeier y observaba el plato con el pastel, con una tímida sonrisa en los labios, que esbozaba echando un poco hacia abajo las comisuras.

Marie había detectado de inmediato la caja dorada y alargada de chocolatinas, dispuestas una junto a la otra como si fueran soldaditos. El hombre se la había cambiado de mano con dificultad a fin de estrechar la mano a Marie, antes de depositarla sobre la cómoda. Al rato volvió a cogerla y la llevó a la mesa pero, al ver que no había espacio libre, en lugar de dejarla sobre el plato, se la colocó sobre las rodillas, una vez se hubo sentado. Marie temía que la caja se le fuera a caer, pero no se atrevía a alargar la mano.

Al invitar Marie al hombre a pasar al salón, Paula le había tendido ambas manos, procurando sacar pecho. Él no había podido cogerlas entre las suyas, pues las tenía ocupadas la una con la caja de chocolatinas y la otra con un ramo de flores. Paula se había hecho cargo de las flores y él le había besado la mano cerrada en torno a los tallos. Todavía no había abierto la boca.

Paula fue a la cocina en busca del café. El hombre observó el pastel y, por fin, colocó las manos a ambos lados del plato, después de efectuar un gesto rápido con los brazos, que dejó al descubierto los puños de la camisa. Marie se fijó en los gemelos que llevaba, dos ojos de ágata de color pardo rojizo que la miraban con insistencia.

–¿Así que tú eres Marti? –le preguntó, echando un vistazo hacia la puerta.

–Marie. Me llamo Marie.

–¿Y en qué curso estás, Marie?

–No voy a la escuela.

–¿Ah no? –Parecía desconcertado.

Paula llegó al punto con el café y dejó la bandeja sobre la mesa. Suspiró al aire, se sentó y miró sucesivamente a Marie, al hombre y luego de nuevo a Marie.

–¿Cómo es que no va a la escuela? –quiso saber él. Abría y cerraba las manos sobre la mesa.

–Va al conservatorio –respondió Paula retocándose el cabello de la nuca con una mano, mientras extendía la otra para alcanzar la cafetera.

Marie, sorprendida, permaneció en silencio.

–¿Piano? –preguntó el hombre.

–Sí. Tiene un gran talento –contestó Paula, mientras servía el café.

El hombre volvió todo el torso hacia Marie y habló circunspecto:

–¿Qué es lo que más te gusta tocar? –Su pecho se hinchó orgulloso bajo la camisa gris.

Marie miró a Paula.

–Chopin –intervino ésta, alcanzándole el plato con el pastel.

–Me entusiasma Chopin –repuso el hombre, afianzándose con el índice las gafas sobre la nariz–, especialmente cuando lo interpreta Paderewski. Ese polaco es un auténtico virtuoso. –Echó una mirada a Marie, pero al no verse corroborado por ésta, asintió un par de veces con la cabeza y prosiguió–: Entonces, cabe esperar que después de la merienda podamos... –Y cogió con los dedos un trozo de pastel de albaricoque, mientras buscaba el piano con los ojos.

–Sí, desde luego. Le gusta mucho tocar. –Paula arqueó las cejas en dirección a Marie y continuó–: Pero tú me habías prometido que iríamos a la ciudad...

–Es cierto –reconoció el hombre, al tiempo que, de un golpecito, se metía en la boca un trozo de albaricoque que por poco se le cae del tenedor–. Tu tía es una mujer de gran valía, pequeña, dándote tan buenos estudios. El día de mañana se lo agradecerás –terció.

Se dio unos leves toques en la boca, con la pequeña servilleta doblada, y tomó un sorbo de café. A continuación, acarició delicadamente con el dedo corazón la mano de Paula sobre la mesa.

–Chopin es un técnico brillante, un genial conocedor de sus posibilidades. Un poco efectista, sí, pero igualmente rebosante de sentimiento y valor. Personalmente, prefiero tocar piezas de otros compositores... Schubert y...

–¿Eso es para mí? –le cortó Paula y cogió la caja de chocolatinas de debajo de la mesa, colocándola sobre su regazo.

El hombre escondió la barriga y bajó tímidamente la vista.

–Así es, mi hermosa niña –confesó con una sonrisa.

Marie había estado esperando ese momento.

–La llevaré a tu cuarto –dijo levantándose, y se llevó consigo la caja.

–¡Aguarda, Marie! –gritó Paula. Pero ésta ya había cerrado la puerta y todavía oyó cómo su tía comentaba con un suspiro–: Esta niña es tan nerviosa e imprevisible... La culpa la tienen todas esas clases de piano; a menudo pienso que se exige demasiado.

Marie no había visto nunca un piano de cerca. En su habitación, inmersa en la verdosa luz de los castaños frente a la ventana, se quedó inmóvil con la boca muy abierta y sin dejar escapar un solo sonido. Tensó todo su cuerpo y cerró los ojos. El aire zumbaba en la habitación y la ventana verde, que breves segundos antes había mirado fijamente con los ojos muy abiertos, aparecía ahora, tras sus párpados cerrados, roja como la sangre. Ésa era la señal. Contuvo el aliento y repitió mentalmente tres veces seguidas, efectuando una larga pausa entre palabras: «Davos... Davos... Davos». Cuando abrió de nuevo los ojos respiró hondo. Davos. Alguien había mandado a Paula un libro con una tarjeta que decía: «recién salido de imprenta», pero Marie lo había interceptado y leído. Las personas enfermas vivían reunidas en una montaña, pero allí se lo pasaban en grande, un montón de gente, que a Marie le habría gustado conocer.

Paula estaba en la bañera y, de cuando en cuando, sacaba una rodilla reluciente fuera del agua. Las llamas del calentador de gas en forma de cilindro chisporroteaban detrás de su cabeza. Contemplaba sus senos, que emergían cuando arqueaba la espalda, y observaba con satisfacción cómo se iban sumergiendo, despacio, de nuevo en el agua.

La noche de fin de año ya estaba decidida. El equipo de esquí para ella y Marie. Davos... A buen seguro un hotel antiguo, enorme, con fachada revestida de madera. Una mueca se dibujó en su boca ante la idea de las laderas nevadas espolvoreadas de puntitos multicolores. Pasearía. Quizá lo mejor fuera torcerse el tobillo ya el primer día.

Hombres de tez bronceada sentados ante una barra de bar, hecha de nieve, le sonreirían cuando se les acercara cojeando. Dejó correr el agua caliente.

–¡Marie! –gritó echando la cabeza hacia atrás sobre el borde de la bañera–. Sácame, por favor, el vestido amarillo. El más claro; el que trajo Mia la semana pasada. ¡Y comprueba que lleve puestas las sobaqueras, Marie!

Mia, una modista soltera, era la única amiga que tenía Paula. Solía venir de visita y Marie siempre quedaba admirada de los vestidos de seda, los botines abotonados y los grandes sombreros adornados con flores artificiales que llevaba. Oyó a Paula en el baño chapotear en la bañera.

–¡Contesta, Marie! ¿Me has oído?

Marie surgió de pronto junto a la bañera de entre una nube de vapor, silenciosa como una aparición.

–Te lo he dejado todo encima de la cama..., el sombrero de paja también.

–No, ése no. Iré sin sombrero –anunció Paula, tratando de agarrar la pastilla de jabón transparente. Vaciló un momento–. No, mejor me pongo el sombrerito blanco y así me recoge el pelo. Por cierto, ¿has visto mis pendientes?

–Sí –respondió Marie–, están en la vasija junto a la cama. –Y escribió con el dedo la palabra «Davos» en el espejo empañado.

–Vamos a ir a cenar al Tres Dragones. Creo que pediré pescado... o quizá ternera –dijo Paula meditabunda–. ¿Te he contado ya que por fin nos ha invitado a que vayamos a Suiza? –Levantó la cabeza para mirar a Marie–. En invierno. ¿No me das las gracias? Creí que siempre habías querido ir a Davos...

Marie no dijo nada.

–Pero no haremos el viaje en tren –prosiguió Paula–. Iremos en su coche. Vendrá a recogernos. Se ha comprado un precioso coche de color azul celeste. Se llama Bugatti.

El padre de Paula había sido ferroviario, de ahí que ella hubiera acabado por odiar las estaciones de ferrocarril y el olor que se respiraba en los vagones.

Marie fue al dormitorio de su tía y recogió de la

cama el vestido amarillo. Al punto la envolvió un dulce aroma de reseda, que la impulsó a hundir la mejilla en la tela. Iban a ir a Davos. Sonrió en silencio. Había tenido ese presentimiento.

Paula y Mia se conocían desde la época del colegio. Cada vez que Mia venía de visita, Paula mandaba a Marie a la tienda de los Stöckl a comprar dos botellas de vino tinto, aunque tuviera que dejarlas a deber. Mia solía venir a primera hora de la tarde y traía consigo un montón de revistas de moda. Del bolso, confeccionado de la misma tela que sus elegantes trajes sastre –de talle estrecho y con largas chaquetas–, sacaba la cinta métrica y un cuadernillo de notas antes de tomar medidas a Paula, que permanecía, en ropa interior, de pie sobre una hoja de papel de periódico en el centro de la habitación.

–Has engordado, mi querida Paula –Mia observaba con esfuerzo el pequeño bloc de notas por detrás de su nariz–. Dos centímetros más de busto, un centímetro más de talle... vamos a ver cómo estamos de caderas.

Paula se reía. Mia, que siempre iba embutida en un corsé, no comulgaba con el tipo de vestido suelto que llevaban Paula y Marie. Echó una mirada esperanzada a Paula.

–Hay que sujetar esos volúmenes. No quieras saber lo feo que se ve todo, colgando por debajo de esa tela tan fina...

–Mira, Mia, tú no puedes entenderlo.

Paula se ciñó la combinación al talle, encogió el vientre y se contempló en el espejo de la cómoda estilo Biedermeier. Mia se frotó la nariz. No estaba casada.

–Tu tía no va a entrar nunca en razón. Cree que es todavía una chiquilla como tú. Para ti sí me gustan ese tipo de batas sin forma –le comentó a Marie.

–Muy bien, pero esta vez Marie se queda sin nada. ¿Cuánto vas a tardar en terminar el vestido? Ya sabes cuál, el verde de lino que tienes en casa...

Mia se sentó a la mesa y tomó un sorbito de su vaso.

–Ya puedes vestirte –dijo a Paula, que ahora desentonaba bastante, medio desnuda como estaba.

A partir de ese momento, ya no deseaba que la trataran como a una modista, sino como a cualquier otra visita.

–¿Has sabido algo de Leonhard? –preguntó mientras recogía las revistas esparcidas por la mesa.

Paula, todavía en combinación, se sentó al lado de Mia.

–Marie y yo vamos a ir a Davos en invierno, así que aún te encargaremos un par de cosillas más.

–Perdona que lo mencione, pero todavía me debes el último vestido que te hice, el beige de las puntillas.

Marie se echó a reír y se dejó caer en el sillón, junto a la ventana.

–Muy pronto tendremos dinero, Mia –repuso Paula–, tú serás la primera en cobrar, y no precisamente con un viejo reloj o una estola de piel, como en tiempos de inflación.

Mia exhaló un suspiro. Dos años atrás había perdido todos sus ahorros y desde entonces siempre se mostraba preocupada por sus ingresos.

–Tampoco nos queda ya nada que dar a Mia –intervino Marie, señalando la vitrina medio vacía.

Ambas mujeres la miraron; Paula sorprendida, Mia

todavía nerviosa. Los ojos ligeramente enrojecidos de Mia la escrutaban muy juntos detrás de su larga y aguileña nariz. Se produjo un silencio.

–Pero no será Leonhard... quien te lleve a Davos ¿o sí? –inquirió Mia sirviéndose otro vaso de vino.

–Claro que no. –Paula le quitó la botella de las manos.

–¿De modo que vas con algún galán? Bueno, claro, cuando una necesita consuelo, después de un golpe tan fuerte, cualquier cosa es buena...

–¿Qué quieres decir con eso? –preguntó Paula furiosa.

–¿Que qué quiero decir? –contestó Mia con cautela y se restregó la nariz–. Bueno, pues que si a una la planta el marido... –Buscó a Marie con la mirada y soltó una risita forzada–. ¡Vaya, pero si la pequeña Marie ya tiene un poco de pecho! Deberíamos vestirla como corresponde.

–Qué sabrás tú de lo que ocurre en un matrimonio –le cortó Paula, roja de la rabia.

–Siendo modista se entera una de muchas cosas –terció Mia, corroborando esa afirmación varias veces con la cabeza.

Marie se paseaba descalza de un lado a otro de la habitación comiendo fresas de un cestito. Un chiquillo lo había traído esa misma mañana. El cestito llevaba una tarjeta en la que aparecía estampado una vez más aquel misterioso nombre. Polano. Y en el reverso, en letra redonda y menuda una frase: *«Oh, bella bionda, tu sei come la onda»*. Marie repitió la frase un par de veces sin entenderla y luego llevó la tarjeta a su cuarto. Dejó el resto de las fresas junto a la cama de Paula, que dormía con la boca abierta. Un reguerillo de saliva humedecía la almohada.

Tía Paula se había pasado casi toda la noche fuera con el tipo de la casa de subastas. Marie ya dormía cuando ella había regresado de madrugada con un enorme frasco de perfume. Aún soñolienta, Marie se había echado algunas gotas, y todavía ahora flotaba en el dormitorio aquel aroma.

–Polano ha enviado fresas.

–Mmmm –murmuró Paula y se dio la vuelta en la cama.

–¿Quién es ése? –quiso saber Marie.

–Un hombre muy romántico, y guapo. Déjame dormir.

Marie depositó el cestito con las fresas sobre la silla junto a la cama y la falda blanca plisada se deslizó hasta caer al suelo. Entonces tomó una fresa del cestito y la aplastó con los dedos entre los pliegues. Incluso le habría apetecido pisotearla.

En verano, la vivienda era como un barco que navegara por los aires, con las cortinas henchidas y el lejano rumor de la calle frente a las ventanas. Paula y Marie iban dando tumbos por las habitaciones, cual marineros soñolientos, en sus pijamas blancos, sin apenas hablarse cuando se tropezaban la una con la otra por la casa. A veces coincidían en la mesa de la cocina, saboreando, cucharada a cucharada, la mermelada de los innumerables tarros que había por todas partes, y que atraía a las avispas. Paula, agobiada por el calor, estaba pálida y melancólica como una enferma. Las flores se marchitaban en los floreros y despedían un olor acre. Los días se iban sucediendo, monótonos, y apenas se diferenciaban unos de otros.

Paula parecía estar esperando algo. A menudo permanecía sentada con la cabeza muy alta y los ojos entornados, como si escuchara, como si alguien hubiera de llamarla, de despertarla y liberarla. Daba la impresión de estarse reservando, para no derrochar fuerzas antes de que le llegara la llamada. Olía a sudor y a sueño, y Marie sabía que ni siquiera se lavaba. Al atardecer iba al encuentro de Marie en la penumbra de las estancias y la abrazaba. Así solían permanecer largo rato, meciéndose suavemente. Marie rebuscaba con empeño en su interior la palabra mágica capaz de romper aquel hechizo, pero su cabeza estaba vacía y la sentía tan ligera como si fuera de cartón piedra. «¿Todavía no ha llegado el dinero del tío?» Pero no era ésa la frase acostumbrada. «¡Que se lo lleve el diablo!», murmuraba Paula y, acto seguido, apartaba de sí a Marie y se encerraba en el baño.

Por la noche, en sueños, Marie había estado luchando con una muchacha desconocida. Un largo y confuso combate. La chica la había puesto contra la pared sobre la cama y le había susurrado al oído palabras terribles. Sus manos habían rodeado con fuerza, como si de un torno se tratara, el cuello de Marie. Ésta no había conseguido articular palabra. Medio dormida había observado cómo la muchacha sacaba, una tras otra, sus muñecas de la cama para golpearlas, zarandearlas y arrojarlas finalmente contra la pared. Marie oía el temible ruido de las cabezas de porcelana que se hacían añicos al estrellarse contra el suelo.

Estaba todavía amaneciendo cuando Marie, a tientas, se dirigió al cuarto de Paula. Sentía deseos de acurrucarse junto al cálido cuerpo dormido de su tía y respirar su olor. Bajo la luz grisácea de la mañana, distinguió a un hombre que no conocía sobre la almohada arrugada. Dormía con la boca entreabierta y Paula, medio desnuda junto a él, yacía con la cara pegada a su axila, y un brazo sobre el torso del extraño. Era un hombre joven y su marcado mentón, que le temblaba ligeramente al respirar, exhibía una profunda hendidura en el centro. Un espeso vello le cubría todo el pecho hasta los hombros, donde se le acumulaba tanto pelo, que parecían las hombreras de un uniforme. Paula dejó escapar un suspiro y cambió de postura, mientras Marie permanecía inmóvil y en silencio, preguntándose si aquellas dos personas no serían aún personajes de su sueño. Echó un vistazo a su alrededor y descubrió ante la cama unos pantalones de hombre y unos zapatos de piel marrón y blanca –que más bien parecían barcas– y de los que asomaban un par de calcetines oscuros.

Ya en su habitación, se sentó en el suelo y, con dedos trémulos, acarició las cabezas rotas de las muñecas tiradas, con los miembros dislocados, junto a la cama. De pronto, un ojito redondo de cristal rodó por el suelo y se la quedó mirando. Entonces, Marie rompió a llorar.

–Diller ha bajado a comprar –anunció Paula.

Se hallaba sentada en el sofá. «Está tan radiante que parece un árbol de Navidad», pensó Marie dolida.

–¿Ah sí? De modo que todavía sigue aquí... –Con desgana colocó un pie descalzo sobre el otro.

–¿Qué significa eso de «sigue aquí»? Te has levantado muy tarde hoy... Acaba de llegar –protestó Paula con un gesto de reproche.

–En cualquier caso, ¿quién es ese tipo?

–Sé que estudia, pero qué, no tengo ni idea..., filosofía o algo así –dijo Paula sin mirar a su sobrina.

–¿Dónde le conociste?

–¿Cómo te atreves a interrogarme de ese modo?

Marie se sintió herida. Observó a Paula, sorprendida y con mirada inquisitiva.

Paula le tendió la mano. Acababa de lavarse, se había empolvado y llevaba las uñas limpias y arregladas.

–Venga ya, hace dos días que no comemos nada decente. Nos va a traer panecillos y butifarra de huevo. ¿A que suena bien?

–Yo no quiero nada.

Marie respiraba de forma entrecortada. ¿Cómo era posible que cualquier hombre fuera capaz de animar a Paula y hacerla feliz, cuando ella misma ponía sus cinco sentidos en acercarse a ella y aun así fracasaba? Tampoco Leonhard lo había conseguido.

Diller abrió la puerta desde fuera. Marie escuchó atentamente: de manera que le había dado incluso la llave, aunque no fuera más que para ir a comprar. Eso la intranquilizó. De un salto se metió en la habitación de su tía, se inclinó sobre la cama y hundió la nariz en la almohada para percibir el olor.

En la estancia contigua se oyó el estallido del corcho de una botella de champán y la voz de Paula, que, de puro contento, soltaba gorgoritos.

De pronto, Marie tomó conciencia de lo hambrienta que se sentía. Sacó el quimono rojo de Paula del armario y se lo enfundó. Contempló en el espejo su agudo semblante y aquel pelo rubio descolorido, que su tía le había cortado a lo chico, con las tijeritas de las uñas. Escondió los brazos dentro de las mangas y con ademán brusco los cerró sobre su pecho.

–Ven aquí, cariño –la invitó Paula a gritos, al tiempo que le alargaba una copa.

El joven estaba sentado, con las piernas cruzadas, en la butaca de lino verde. Sin llegar a sonreír, entreabrió la boca, dejando al descubierto su dentadura y un gran hueco vacío entre los incisivos.

–Pasa, pasa –vociferó el hombre–, estamos celebrando que somos campeones del mundo. Acabo de enterarme en la tienda.

Se levantó de un brinco, se puso a dar saltitos flexionando las rodillas, y lanzó un par de puñetazos al aire delante de la cara de Marie, que permaneció impasible.

–Sí, mujer, ¡Schmeling! Nuestro Schmeling es campeón del mundo –ahora boxeaba dirigiéndose a tía Paula–, un buen juego de pies, ¿no os parece? –gritó, pero al ver el rostro impertérrito de Marie, se dejó caer de nuevo en la butaca riendo–. ¿Por casualidad es muda? –preguntó a Paula–, ¿o quizá sorda? –Esta ocurrencia le hizo echarse a reír con la cabeza hacia atrás–. Las fiestas hay que celebrarlas tal como vienen.

–Ésta es Marie –dijo Paula, poniendo una mano sobre el hombro de su sobrina–. Siéntate ahí, nena. Mira qué cosas más buenas tenemos aquí, de las que te gustan de verdad. Cangrejo, paté de hígado y fíjate, hasta un melón fresquito.

Acarició la cáscara rugosa con las puntas de los dedos.

El hombre se encendió un cigarrillo corto de color marrón. Bebió un sorbo de su copa, dejó escapar un eructo, mal disimulado, con cara de concentración y, moviendo la cabeza, preguntó:

–¿Cómo tiene usted una hija tan mayor?

–No es mi hija.

–¿Ah no? –Alzó la copa a la altura de los ojos y miró a través de ella a las dos mujeres–. ¡Ya lo tengo! Entonces sois hermanas. –Ahogó una risita–. Ocurre a menudo, es la historia de siempre... bueno, no os lo toméis a mal.

Paula se metió en la boca un pedazo grande de pan con paté. Luego separó los dedos y se los fue lamiendo uno a uno.

–Pues no, es mi sobrina.

–Bueno, tampoco está mal... –repuso el joven con un guiño.

–Pero es cierto –protestó Marie.

La muchacha respiró hondo y tomó un sorbito de su copa. El hombre se reía ahora de tan buena gana que los ojos se le inundaron de lágrimas. Ella tragó saliva y, sin poder contenerse, estalló en risas. Las carcajadas del joven eran tan contagiosas que incluso Paula, que al principio ponía cara de pocos amigos, acabó riéndose a gusto con los demás. Brindaron.

–Así que la sobrina, ¿eh? –El joven se echó a reír de nuevo y esta vez ya ni siquiera podía mantener la boca cerrada. Alzaba los pies del suelo y luego los dejaba caer de nuevo con estrépito.

Marie casi se ahogaba de la risa. Dejó la copa sobre la mesa y, sofocada, comenzó a toser.

–¡Parad ya de una vez! –les increpó Paula, mirando a uno y a otro sin comprender nada.

El joven se levantó de un salto, dejó la copa sobre la mesa, apagó el cigarrillo y tomó a Paula con ambas manos por la cintura. Marie observaba cómo sus fuertes dedos, coronados por unas uñas muy anchas, se hundían en el tejido de rizo; le estaba haciendo cosquillas a la tía en las costillas.

–Vamos, ríase usted también, tiíta. Formamos un grupito tan animado...

A Paula se le subieron los colores y trató de defenderse. Entonces el hombre la agarró por la nuca con una mano, mientras con la otra le asía ambas muñecas. Su cara se acercó a la de ella como si quisiera morderla y, al punto, la boca de su tía desapareció en el interior de la de él. Abría tanto la boca que Marie ya ni siquiera distinguía el carmín de labios. Toda la parte inferior de la cara de Paula desapareció entre aquellas fauces, perfectamente afeitadas y relucientes. Por el temblor de sus mejillas, Marie dedujo que el tipo movía la lengua.

Los ojos abiertos de Paula se fueron cerrando. Seguía resistiéndose, pero Marie comprendió que en realidad no pretendía defenderse. La asaltó súbitamente el miedo de que aquel hombre pudiera asfixiar a su tía, y se levantó despacio. Paula tenía ahora la cabeza recostada sobre el respaldo de la silla. El hombre respiraba pesadamente por la nariz y un mechón de pelo le caía sobre la frente. Paula gimió quedo y, acto seguido, intentó con todas sus fuerzas sacarse al tipo de encima. Por fin consiguió liberar su cabeza y la movió un poco para desentumecerse. Al oír una sonora bofetada, Marie retrocedió un paso. Paula tenía la cara pálida y le temblaron los ricitos del flequillo.

Mantenía la mano con la que le había pegado apartada de sí, como si se tratase de un objeto extraño. El joven se pasó la mano por la mejilla, y escrutó luego la palma, como esperando descubrir en ella un rastro de sangre. Los ojos se le salieron ligeramente de las órbitas al bajar la cabeza y gruñir, con voz ahogada:

–¡Pedazo de animal!

Entonces, veloz como una víbora, se abalanzó sobre Paula y le propinó un fuerte mordisco en el hombro. Paula aulló de dolor.

La mano de Marie buscó la botella de champán, pero el hombre ya había soltado a la tía y se había incorporado riendo.

–Tiíta –repitió.

Se hizo un silencio.

El joven acariciaba el hombro de Paula justo en el lugar donde todavía eran visibles las marcas de los dientes. Sonreía mientras la acariciaba y Paula le dejaba hacer, mientras con la mirada baja, jugueteaba con los anillos que llevaba.

Marie estaba desconcertada. Intentaba comprender lo que estaba ocurriendo ante sus ojos. Los adultos no le hacian ningún caso. Se sentía violenta; iba a sentarse de nuevo y, de pronto, se percató de que las mejillas de su tía enrojecían. Cuando Paula levantó la vista, Marie vio que tenía los ojos extrañamente turbados.

–¡Marie, baja a la farmacia y tráeme un analgésico, por favor, cariño! –ordenó nerviosa–. Date prisa, no me encuentro nada bien –dijo, presionándose las sienes con las yemas de los dedos.

Marie no la había visto nunca hacer ese gesto. De golpe se sintió como si estuviera en el teatro. Pero ¿qué tipo de obra se estaba representando? y, sobre todo, ¿qué papel le habrían asignado?

–¡Vamos, vete ya! –le urgió Paula.

Marie vaciló un momento. En eso, el hombre le dio una palmadita en el brazo diciendo:

–¿No has oído lo que te ha pedido tu tiíta? ¿O va a tener el tío Schmeling que fabricarte unas piernecitas?

Marie seguía dudando.

–¡Lárgate de una vez! –gritó Paula de pronto furiosa, alcanzando la copa con mano temblorosa.

Marie, asustada, tragó saliva.

Cuando, ya ante la puerta, se volvió, el hombre se hallaba frente a la silla de Paula y la miraba a los ojos. Paula respondía a esa mirada con la cabeza bien alta. Curiosamente, parecía llorosa y tenía el delicado mentón ligeramente enrojecido.

Cuando Marie regresó de la farmacia, la puerta del dormitorio de su tía estaba cerrada y la casa, bañada por el sol de la tarde, aparecía sumida en un profundo silencio. Se sentó a la mesa y saboreó lentamente un palito de cangrejo tras otro; luego se olisqueó los dedos y hundió el cuchillo en el melón. De la habitación contigua le llegaba algún que otro ruido sofocado. Parecía como si estuvieran arrastrando algo por el suelo, se oía un tintineo. Alguien roncaba o gemía silenciosamente. Entre sonido y sonido se producían largas pausas, durante las cuales le llegaban las voces del patio, como extraños instrumentos musicales.

Marie escupía pepitas de melón contra el cristal de la vitrina, donde no había más que los dos cazadores de porcelana, con los brazos extendidos señalando un ciervo ausente que, desde hacía tiempo, habían dejado de flanquear. La librería estaba prácticamente vacía; los estantes aparecían cubiertos de polvo y los pocos libros que quedaban estaban caídos unos contra otros, como apuntalándose mutuamente.

Ya en su cuarto, se levantó la falda y contempló en el espejo sus muslos desnudos; el fino vello entre sus piernas era transparente como la miel.

Marie cerró los ojos, fuerte, muy fuerte hasta que le

dolieron. Quería pensar muerte, muerte... muerte... muerte..., pero no consiguió concentrar sus fuerzas en una imagen de la muerte. Sus pensamientos se disgregaban en numerosas escenas dolorosamente claras, tan claras como si estuvieran iluminadas por enormes focos. Un hombre y una mujer.

Abrió el libro de poesía sobre su pecho y permaneció largo rato tendida en silencio con los ojos muy abiertos, sin pestañear, hasta que se le inundaron de lágrimas. Fuera estaba tronando, y una corriente de aire le trajo el aroma de los árboles.

Diller se quedó a vivir con ellas.

Por la mañana, Marie se lo cruzaba a veces en el pasillo, cuando bostezando y rascándose el pecho velludo, iba camino del baño. Paula había experimentado un cambio extraordinario: seguía a aquel hombre con la mirada dondequiera que se encontrara, y Marie notaba que su tía apenas podía contener los deseos de abrazarle, cada vez que se hallaba cerca de él. Por lo general, se pasaban el día entero en la cama y, del lado de Diller, se amontonaban ya las botellas de cerveza, como un auténtico bosque.

Un paquete y la carta llegaron una mañana, cuando Marie se encontraba sola en la cocina, hirviendo su ropa en una gran olla. Con las manos húmedas se hizo cargo de los envíos e inspeccionó el paquete por ambas caras. La carta era de su madre. El paquete lo mandaba Polano. Como en un sueño, cortó la cinta roja con un cuchillo y abrió el envoltorio. Protegidos con papel de seda blanco, había dos libros y una tarjeta, en la que decía: «¿Por qué se esconde de mí? La espero todos los días. Polano».

Marie estrechó los libros contra su pecho y se los llevó a su habitación. Debajo del colchón tenía escondidos sus libros preferidos, uno al lado del otro. Cerró la puerta tras de sí y levantó el colchón. Palpó los lomos de piel, con su pálida filigrana dorada y las cintas de seda, y colocó junto a ellos los dos libros azules. *La Divina Comedia* de Dante. Releyó la tarjeta y la introdujo luego entre las páginas del libro.

Sin embargo, no abrió la carta de su madre. Venía de Francia. Allí vivía su madre con un hombre, con el que se había casado hacía un par de años. Él era viudo y tenía seis hijos. Marie no sabía quién era su padre. Sólo sabía que en la familia no se hablaba de su madre desde que se había quedado embarazada de Marie. Su madre se encontraba en Francia, trabajando como institutriz, y solamente había vuelto a casa para esconderse. Con el bebé no sabía ni qué hacer.

Marie recordaba a una mujer alta y delgada, con un vestido muy cerrado y unas manos que habían oprimido con demasiada fuerza la manita de Marie, cuando caminaba con ella por el parque. En aquella época, Marie vivía con tía Lani, que tenía una sombrerería. Cuando Marie pensaba en su madre sólo le venían a la cabeza las jóvenes empleadas de la sombrerería: chicas de corta edad, sentadas a una larga mesa, una junto a otra, entregadas a la tarea de sacar plumas y cintas de sus cajas y cortar velos. Jugaban con Marie y se reían. Veía todavía con claridad el pequeño escaparate, con infinidad de sombreros multicolores, dispuestos sobre placas redondas, como setas. Guardó la carta en el cajón, junto a las demás, todas sin abrir. Los sellos eran realmente bonitos.

Una tarde de agosto, Marie estaba en la cama, leyendo, mientras la lluvia caía suavemente sobre las copas de los castaños.

–¿No te encuentras bien? –Marie no había oído la puerta al abrirse.

Paula permanecía de pie en el umbral. No entró, sino que se quedó apoyada en la jamba y tenía tan mal aspecto, que más bien parecía ella la enferma, con aquellas ojeras tan amoratadas.

Marie se incorporó.

–¿Dónde está? ¿Se ha marchado ya? –quiso saber.

–Ha salido a comprar. Ha dicho que quería cocinar. Le apetece un asado de cerdo.

–Todavía me queda chocolate –se limitó a decir Marie, y volvió a recostarse sobre la almohada.

Paula se separó del marco de la puerta y cruzó pesadamente la habitación, como si alguien estuviera tirando de ella con una cuerda. Miró por la ventana, se ciñó la bata al cuerpo y cruzó los brazos sobre el pecho.

–¿Preferirías vivir con tu madre? –preguntó sin darse la vuelta.

–No.

–¿O quizá con la tía Lani de Múnich?

–No.

–¿Y con la abuela?

Se volvió hacia Marie y la miró a los ojos. Un estremecimiento le recorrió el cuerpo.

Marie calló.

En los últimos días había estado pensando en la tranquila casa de su abuela, en la anciana que iba y venía por ella, y en aquel olor a gatos y a fruta seca.

–Quiero quedarme aquí contigo, Paula –dijo por fin.

–¿Acaso crees que tu tío Leonhard va a volver con nosotras?

Marie se sobresaltó, pues también había estado pensando en eso.

–Sí, creo que volverá –respondió.

Paula se sentó en el borde de la cama.

–En otoño tiene intención de presentar la demanda de divorcio.

Se produjo un largo silencio.

–En aquel entonces, cuando nos casamos, me decía: «No es bueno que una niña tan inteligente crezca junto a una mujer mayor, ¿comprendes? Esta niña necesita un verdadero hogar. Llevémosla con nosotros». Tú eras entonces muy pequeña, Marie. –Paula hizo un lento movimiento de cabeza y añadió–: Y ahora nos ha dejado a las dos en la estacada, a ti y a mí.

Marie seguía callada.

–Yo, por mi parte, estaba encantada de tenerte en casa; eso lo sabes bien, ¿no es así?

–Sí –concedió Marie.

No era la primera vez que mantenían esa misma conversación con su tía, y temía las lágrimas que, llegado este momento, comenzaban sin falta a resbalar por sus mejillas.

Pero Paula no lloró. Permanecía allí sentada en silencio y miraba hacia la ventana, tras la que caía una lluvia como una cortina de cristal.

–Diller será un zoquete, pero tiene buen corazón –sentenció finalmente–. Es más joven que yo, pero eso no me importa. ¿Crees que podría llegar a caerte bien?

–¿Nunca trabaja? –preguntó Marie a su vez para no tener que dar respuesta.

–Está esperando que le manden dinero de casa.

–Paula soltó una carcajada que sonó como un jadeo–. Lo mismo que nosotras, siempre esperando dinero. Sin embargo él parece tener grandes planes. Quiere montar un restaurante y me ha pedido que trabaje con él.

–¿Tú?

–Sí, y tú también. Es un buen cocinero. Procede de una familia que se dedica a la hostelería.

–Pero, ¿qué haríamos nosotras ahí?

–Él piensa más bien en un bar, donde sólo puedan comerse pequeñeces –contestó Paula tanteando, y echó una mirada a su sobrina–. Supongo que nosotras haríamos de camareras –continuó–, dice que conoce a personas muy interesantes, gente con dinero. Es muy hábil en el trato con la gente.

–Bueno, no sé qué decirte –atajó Marie azorada.

–Pues a mí me parece muy bonito que sea tan optimista y tenga tantos planes. Por cierto, me ha dicho que podría vender los dos jarrones Ming, eso sería realmente estupendo.

Marie permanecía en silencio.

–No sé... ¿No crees que podría tomarnos el pelo? –Marie estiró los dedos de los pies bajo la sábana y oprimió las rodillas hasta que le dolieron.

–Pero, ¿por qué? –preguntó Paula irritada–. Me quiere, está completamente loco por mí.

–Sí, claro... Pero ¿tiene los jarrones? Quiero decir, si ya se los has dado...

–Naturalmente, de lo contrario ¿cómo habría podido ir de compras? Sabes que ya no nos queda dinero. Ha dicho que es cosa de media hora.

Paula se levantó.

–Eres igual que tu tío. No te fías de nadie; me gustaría saber por qué eres siempre tan desconfiada. Lo que te pasa es que no te gusta Diller, porque no es una rata sabia como los amigos de tu tío.

En un repentino ataque de rabia, Paula quiso arrebatarle el libro, pero Marie fue más rápida y lo escondió bajo la sábana.

–Quizá serías más feliz con tu tío y esa amiguita suya, tan culta ella. –Paula temblaba ahora furiosa–. Por mí puedes irte con ellos y contárselo todo. Tu tío tendrá por fin un motivo para divorciarse de mí y la culpa habrá sido mía. Es precisamente lo que está esperando.

Corrió hacia la puerta y la cerró de un portazo tras de sí.

Marie, totalmente confundida, permaneció en la cama escuchando el rumor de la lluvia que golpeaba la ventana. Transcurrió un buen rato antes de que pudiera reanudar la lectura.

Anochecía ya cuando Marie se levantó de la cama y escuchó, con el oído pegado a la puerta. La casa parecía desierta. Diller no había vuelto todavía. Había oído a Paula llenar la bañera y chapotear luego en el agua. Más tarde había quedado todo en silencio; únicamente la lluvia seguía tintineando contra los cristales.

Marie se enfundó la vieja gabardina de su tío sobre el pijama y deslizó los pies desnudos dentro de los zapatos que había junto a la cama. Salió de la casa sin hacer ruido y bajó las escaleras en silencio hasta salir a la calle. Paseaba bajo la lluvia, sin preocuparse de los charcos; se sentía muy ligera y algo mareada. En la tienda de la esquina pidió que le prepararan un bocadillo de jamón dulce y, con cara de satisfacción, observó cómo el señor Stöckl cortaba en dos el panecillo, con un enorme cuchillo.

–¿Cómo está su querida tía? –preguntó el hombre. Llevaba un delantal blanco–. No se la ve mucho últimamente...

–Está bien, gracias –contestó Marie dirigiéndole una sonrisa.

Se lo comió mientras caminaba. Lamía las gotas de lluvia que resbalaban por la corteza dorada del pan. Al rato decidió dar media vuelta y regresó a la tienda para comprarse otro bocadillo. Esta vez lo pidió de salami y se lo guardó en el bolsillo.

Al llegar a casa, nada más abrir la puerta, se dio de bruces con Paula, que había llegado corriendo al oír el ruido de la llave en la cerradura.

–Ah, eres tú –dijo retrocediendo.

Marie seguía mordisqueando su bocadillo.

–¡Estarás contenta! –sonó la voz de Paula con estridencia–. ¡Has acertado! Todavía no ha vuelto.

Dicho esto, dio media vuelta y se dirigió, corriendo por el pasillo, hacia la cocina. Cerró la puerta con sigilo.

Marie colgó la gabardina en el perchero y se metió en la cama.

No se dio cuenta hasta un buen rato después de que había olvidado quitarse los zapatos.

Se despertó sobresaltada. Alguien se había introducido en su cama y la había rodeado con el brazo. Una bocanada de aliento que apestaba a cerveza se estrelló contra su cara. Intentaba incorporarse, pero aquel brazo pesaba como el plomo.

–Quietecita, guapa, muy quietecita –Diller hablaba arrastrando las palabras.

–¿Qué quiere? –gritó Marie–. ¡Suélteme ya!

Trataba con todas sus fuerzas de separarse de su pecho, pero él se cernía sobre ella como una nube de plomo y las punteras de sus botas se le clavaban en las espinillas.

–Tu tía me ha rechazado –dijo en tono quejumbroso–. Ahora dice que soy un estafador. –Con la cabeza levantada, trataba de distinguir la cara de Marie en la oscuridad–. ¿No te parece sucio de su parte?

–¡Voy a gritar! –protestó Marie–, ¡bájese de ahí o me pongo a gritar!

–Vamos, vamos pequeña. –La besó con rabia y sin acierto en la cara–. No creas que no me he dado cuenta de cómo paseas siempre tu coñito delante de mí.

–¡Aaauu! –se quejó Marie, al sentir cómo le oprimía fuertemente las muñecas.

–Estate quieta, cariño, ¿dónde tienes los morritos? No me digas que no lo estabas deseando desde el principio, que el tío Diller te tomara por banda.

Marie quería gritar, pero entretanto Diller había dado ya con su boca y la estaba ahogando con la lengua. Le abría las mandíbulas tan bruscamente, que creyó que iba a desencajárselas.

De un par de puntapiés con las botas, que hicieron que se le saltaran las lágrimas, el hombre consiguió aplacar su pataleo.

–Mira lo que tengo para ti –dijo tapándole la boca y la nariz con una mano helada. Marie luchaba por coger aire, mientras Diller intentaba desabrocharse el pantalón con la otra mano y, a la vez, el pijama de Marie–. Siempre me has gustado más que la vieja, señorita no-me-toques –tartamudeó Diller.

Marie se asfixiaba bajo aquella mano.

–Observa lo que el tío Diller tiene para ti –y Marie

notó con alivio que la mano sobre su cara se aflojaba, cuando Diller tomó la suya para llevársela a la bragueta abierta.

–¡Paula! –gritó desesperada.

De improviso un fuerte golpe le ladeó la cabeza e hizo que se mordiera el labio. Notó sabor a sangre en la boca.

–¡Menuda putita estás hecha! –gruñó Diller, propinándole otro bofetón, ahora en la sien, que la dejó casi inconsciente.

De repente se encendió la luz. Paula estaba allí de pie, con la mano todavía sobre el interruptor. Ofrecía un aspecto envejecido y tenía los ojos muy rojos. Parecía una vieja loca, con el pelo revuelto y pegajoso.

–¡El muy hijo de perra! –exclamó sin perder la calma.

Diller se había incorporado de un salto y se arrojó a los pies de Paula.

Tenía los pantalones medio bajados y la cabeza le bamboleaba de un lado a otro como a un animal enfermo.

Marie aprovechó para cubrirse el vientre desnudo con la manta.

–No me ha dejado tranquilo ni un momento, esa pequeña furcia –gimoteó Diller–. Deseaba a toda costa que me la tirara, siempre dando vueltas a mi alrededor.

Paula quiso darle una patada en la cabeza, pero erró en el intento y le tocó en el hombro con la punta del pie. Diller se cayó hacia atrás y se quedó sentado.

–No puedo teneros contentas a las dos –lloró, ahora con mayor vehemencia–. Y, además..., yo sólo te quiero a ti –hipó y luego tragó saliva.

–¡Fuera! ¡Fuera! ¡Largo de aquí! –vociferó Paula con el puño cerrado en alto.

Arrastrándose por el suelo, el joven se apartó de Paula y se levantó tambaleante.

–Bueno, bueno, está bien, ya me voy.

Con dedos inseguros se abrochó de nuevo el pantalón y se quitó el pelo de la frente. Por un momento, Marie pensó que iba a abalanzarse sobre Paula, pero se encaminó hacia la puerta con los hombros caídos.

–¡La llave! –exclamó Marie–. ¡Quítale la llave!

Diller arrojó el manojo de llaves sobre la cama y le escupió a Marie en la cara. Paula quería lanzarse sobre él, pero, de un salto, Diller salió por la puerta, y se la cerró en las narices. La sujetaba desde fuera, mientras Paula la aporreaba desde dentro y gritaba:

–¡Te mato! ¡Yo te mato!

Pero al rato se cansó y se derrumbó contra la puerta llorando. Al otro lado, el espejo grande se rompió en mil pedazos con un gran estruendo. Los cristales tintineaban al estrellarse contra el suelo. Entonces se oyó a Diller marcharse de la casa de un portazo.

Aquella noche, Paula y Marie durmieron estrechamente abrazadas en la cama de Marie.

Llegó el otoño. Un buen día el suizo se presentó de visita. Paula seguía enferma y se sentía demasiado débil para levantarse. Había pedido a Marie que le limpiara el dormitorio, pusiera flores frescas y se encargara de comprar un pastel. Se la veía nerviosa y excitada, dando a Marie las órdenes desde la cama con una voz, a ratos lastimera, y luego de nuevo dura y autoritaria. Marie tenía la sensación de que el éxito de la visita dependía esta vez exclusivamente de ella, y eso la hacía sentirse inquieta y torpe.

Paula llevaba enferma bastante tiempo. El doctor Morgenstern había hablado de exceso de nervios, sobrecarga anímica, y de la conveniencia de unas vacaciones cerca del mar. Venía todos los días, se sentaba junto a la cama de Paula, le tomaba el pulso y la observaba con ojos pacientes.

–Paulina estaba sola en casa, sus padres habían salido...[1] –cantó el médico a la paciente y dedicó a Marie una amplia sonrisa–. Necesita usted compañía, Paula, personas que la animen, que la hagan reír.

Antes de marcharse acarició la mejilla a Marie y le aconsejó:

–Conviene que coma bien. Pero, sobre todo, ¡nada de alcohol!

–Quizá deberíamos ir a la costa –dijo tía Paula ensimismada.

Pero Marie sabía que en el fondo no deseaba marcharse. Estaba esperando algo y cuando revisaba la correspondencia tenía torpes las manos y le temblaba la barbilla.

–¿Con quién iríamos? –quiso saber Marie. Hacía mucho tiempo que no había estado en la costa.

–Podríamos ir con Bünzli, pero lo tiene tan difícil para tomarse algún día libre... –Paula se mordió los labios en un gesto de preocupación.

–¿Y ese hombre, el que manda siempre libros, ese tal Polano? –preguntó Marie con aire inocente.

1. Canción alemana recogida en el cancionero popular *Der Struwwelpeter. (N. de la T.)*

Paula negó con la cabeza.

Polano había traído un ramo de rosas blancas. Era un atardecer tormentoso, y al depositar Marie el ramo sobre la mesa de la cocina, cayeron de las flores gruesas gotas de agua. Apenas había reconocido a aquel hombre corpulento bajo la tenue luz de la escalera. No quiso entrar; se limitó a entregarle con sumo cuidado el ramo envuelto en papel blanco, como si le resultara difícil separarse de él. No sonrió, pero sus ojos se pararon largo rato en el rostro de Marie. Una mirada penetrante, eso le pareció a ella. Su voz sonó ronca, era evidente que estaba nervioso, pero quizá hubiera que atribuir esa circunstancia a su preocupación por Paula. Cuando, al cabo del tiempo, Marie trató de recordar la cara de aquel hombre, la había olvidado. Sólo se acordaba de su mirada y de la sensación de embarazo que la había embargado.

–No, yo creo que Bünzli es el más apropiado –sentenció Paula sonriente. Marie había cortado una de las rosas y luego la había guardado bajo la almohada.

–¿Es que no te gusta?

–¿Quién?

–¿Polano?

–Ah, Polano... Sí, claro. Pero es más difícil con él. –Paula exhaló un suspiro–. Escribe poesías y sueña con románticas historias de amor. Debe de ser porque su familia procede de Italia... o quizá de España –continuó diciendo–. En cualquier caso debo admitir que es muy guapo.

–¿Tuviste...?, bueno, que si fuiste su novia –preguntó Marie, mientras arreglaba los gladiolos, que fue a colocar en el jarrón.

–No, no exactamente –contestó Paula visiblemente agitada–. Es joven y alocado, ni siquiera estoy segura de que pueda costearse realmente todos esos regalos que me envía. Sin embargo, es bonito tener un admirador tan romántico, ¿quién sabe si algún día puede llegar a serme de utilidad...?

–Pero supongo que habrás salido con él alguna vez, a cenar o así...

–¡Qué va! Bueno, pensándolo mejor, una vez estuve con él en el museo, pero de eso hace ya mucho tiempo. Fue cuando tu tío Leonhard empezó a pasar las noches fuera de casa.

–¿Y qué tal fue? –inquirió Marie haciéndose la distraída, mientras iba arrancando hojitas de los tallos de las flores.

–¿Por qué me preguntas todo eso? –Paula se peinó con los dedos y suspiró–. ¡Quería mostrarme tantas cosas! Un montón de esculturas y cuadros antiguos. Todo el santo rato atento a la cara que hacía, para ver si me gustaba, si me conmovía. No sabes lo nerviosa que me ponía eso... muchas veces no sabía ni adónde mirar.

–Pues creo que a mí me gustaría que alguien se preocupara de enseñarme esas cosas.

Una primavera tras otra, su tío le había prometido que harían un viaje a Roma. Marie bajó la cabeza; se la notaba pesada y acalorada. Pero no fue de vergüenza, sino que repentinamente la había embargado un sentimiento de desesperanza.

Paula no se había percatado de nada, ni siquiera la había escuchado.

–Me estuvo leyendo poemas, incluso mientras comíamos –dijo en tono pensativo–. El asado estaba exquisito.

Marie contempló inquisitivamente a la mujer que tenía delante. ¿Qué tenía que ver con ella? ¿Quién era?

Se imaginó a Paula al lado de Polano, de Leonhard, de Diller, de Bünzli. Se le antojó como si estuviera pasando deprisa, una tras otra, un montón de fotos ajadas. Paula junto a un hombre. Hombres sin rostro que se difuminaban en grises siluetas con sombrero.

–¿Entonces, te gusta más el suizo? –preguntó al fin confundida.

–¿Por qué tienes que llamarle siempre «el suizo»? ¡Suena como si estuvieras hablando de un queso! Se llama Bünzli, ¿me oyes? –la increpó Paula con voz chillona–. Bünzli es un hombre formal. Tiene dinero y se comporta como es debido, no es un payaso. Además me quiere de verdad.

Paula hizo una pausa, estiró los labios y entornó maliciosamente los ojos, unos ojos todavía enrojecidos a causa de lágrimas contenidas.

–Puede que se case con nosotras... es decir, conmigo. Pero tú también estás incluida.

Marie no contestó. Salió sigilosamente de la habitación y se fue a su cuarto.

Se arrodilló ante la mesita de noche de madera de cerezo y respiró hondo. Abrió el cajón, extrajo la rosa, las dos postales, las cartas y el dinero, y lo esparció todo por el suelo. Buscó con los dedos la foto que tenía escondida debajo del papel de estrellas doradas con el que había forrado el cajón.

La fue sacando despacio, tirando de ella con los dedos, hasta que apareció el borde dentado de la instantánea. Se detuvo un momento y siguió tirando. Ya se veía la franja blanca que la enmarcaba y pronto apareció el grano gris de la fotografía. Primero se hicieron visibles las manos de él, aferradas al respaldo de la silla; luego la bufanda enrollada al cuello, como si fuera un oscuro y sedoso animal. A continuación el mentón y luego la boca, una boca ancha, que sonreía con cierta tristeza al espacio vacío que quedaba a la izquierda de la silla, donde se encontraba Paula mirando a la cámara, estrechando el bolso contra su pecho y, a buen seguro, con las piernas muy tiesas y juntas. Por fin sacó la fotografía del todo y mientras iba recortando con la tijerilla de las uñas al hombre de la foto, observaba sus ojos oscuros, que, al igual que su boca, sonreían sin obtener respuesta. Percibió los reflejos del sol, cuyos rayos se filtraban a través del emparrado de hojas, situado en la parte superior de la imagen, y que se posaban sobre el cabello oscuro.

–Polano –murmuró Marie–, vas a enamorarte de mí. Deseo que así sea.

Luego apoyó la foto contra el pie de latón de la lamparita y se quedó dudando unos instantes, antes de romper la mitad donde aparecía Paula en multitud de trocitos pequeños, que se guardó en el bolsillo del vestido.

Tomó del fajo de dinero un billete de cien marcos y lo alisó. Acto seguido lo enrolló, se arrancó un mechoncito de pelo rubio, con una mueca, y lo anudó en torno al billete. Lo puso sobre el plato de estaño en el que se había comido la noche anterior unos huevos fritos, y le prendió fuego. Cerró los ojos y mantuvo todo el cuerpo en tensión. Contuvo el aliento y puso las manos, palma contra palma, entre las rodillas. No debía respirar ni abrir los ojos hasta que el billete se hubiera consumido totalmente.

–¡Marie! –gritó Paula desde su habitación–, ¡Marie, están llamando a la puerta!

Pero Marie no la oyó.

–Su tía necesita reposo, mi querida niña –le decía Bünzli, con la mano asida a la barandilla, mientras tanteaba cuidadosamente con los pies en busca de los escalones. Se detuvo, hinchó el estómago y frunció el entrecejo. Con dos dedos, se sacó del bolsillo del chaleco las dos entradas de color rosa pálido y las contempló afligido.

–Ya no estoy tan decepcionado por haberme perdido la ópera, porque pienso que he conseguido animar un poquito a su tía. ¿No lo cree usted así? –De repente, la trataba de usted y Marie no sabía por qué–. Y ahora –dijo disponiéndose a continuar bajando las escaleras–, ahora recibo el premio por mi buena acción. –Con ambas manos señaló hacia Marie–. Usted ha accedido a que la invite a comer; por así decirlo, en lugar de Paula. –Carraspeó viendo que Marie ni se inmutaba, y se apresuró a adelantarse para abrirle la puerta de la calle.

–Tomaremos un Sauternes. –Se ató al cuello la servilleta y llamó con un signo al camarero–. Un Sauternes, señorita Marie. –El camarero asintió con una reverencia.

Marie se sentía aturdida por el ruido que imperaba en el restaurante, el humo y el tintineo de vasos y cubiertos.

Observó la pequeña pirámide gris que tenía en el plato, con la cúspide coronada por una rodaja negra y brillante.

–Trufas –exclamó Bünzli con aire triunfal–. Vamos, pruébelas, pruébelas.

Marie fijó su atención en la música que tocaban. Había un hombre sentado al piano, con la mirada perdida entre los comensales y los dedos que iban encadenando difíciles acordes.

Ojalá no se le ocurra hablar de mis clases de piano, pensó Marie. Oía su voz melosa y aduladora, pero no supo de qué estaba hablando hasta que la frase: «Su tía trabaja demasiado» la sobresaltó. ¿Qué disparates le habría contado su tía a este hombre y con qué fin?

–Es usted una soñadora; eso me gusta –prosiguió Bünzli.

Por primera vez Marie alzó la vista y observó a su compañero de mesa. Su cara redonda, con aquella boca de lactante, que se acercaba voraz al tenedor, dejando al descubierto la parte interior de su carnoso labio inferior. Sus desteñidos ojos inquietos, parapetados tras las gafas, y su pelo cano, dividido por una ancha y despoblada raya.

–¿Qué le parece si charlamos un rato? –propuso el suizo, al tiempo que le servía el vino. Luego se la quedó mirando levantar la copa–. ¿Es de su agrado?

–Sí –respondió Marie turbada–. Muy bueno.

–Vaya, ¿quién lo iba a decir?, una pequeña experta en vinos.

El hombre iba cortando pequeñas rebanadas de pan y las untaba con mantequilla que tomaba del platito plateado que tenía junto a la copa.

Marie le observaba. Sintió cómo el vino iba abriendo en su estómago un pequeño y cálido puño. Y al punto vació de un trago el contenido de su copa.

–¡No hay que beberlo tan deprisa! –exclamó Bünzli, dándose media vuelta como si buscara testigos que pudieran corroborar su observación.

–Veamos, ¿cómo empezaron esos achaques de debilidad de su tía?

–Fue en verano –contestó Marie con un hilo de voz–, ¡hacía tanto calor!

–Claro, lógico, lógico; pero quisiera saber cuándo se dio usted cuenta de ello.

–Pues..., no lo sé.

–Pero, ¿cómo es posible, tan unida como está usted a su tía? Estoy seguro de que se lo ocultó a usted, esa valiente e irresponsable mujer...

–¡No!

Marie le dirigió ahora una mirada corrosiva. Le repugnaba aquel hombre y aquellas nerviosas manos en continuo movimiento, que ahora iban echando cucharadas de mayonesa sobre la ensalada, con total automatismo.

–¿Qué quieres decir? –le preguntó Bünzli con un guiño.

El camarero sirvió a Marie un plato con tres pajarillos asados del tamaño de un mirlo, que reposaban sobre un pequeño charco de salsa.

–¿Dónde está el puré? –gritó Bünzli al camarero, que ya se alejaba de la mesa.

–Quiero decir –repuso Marie despacio–, que no me lo ocultó, como dice usted. Mi tía se puso enferma cuando Diller nos birló los dos jarrones Ming y luego intentó violarme.

Después de una breve pausa, durante la cual no había dejado de pestañear, Bünzli se disparó.

–¡Pillina! –bramó lastimeramente, señalándola con dedo amenazador–. Hay que ser pícaro para decir eso, sabiendo lo sensible que soy yo a ese lenguaje tan vulgar. Admito que soy algo anticuado, pero aun así me parece que ha ido usted demasiado lejos.

De repente se había puesto muy serio.

–¿Y quién es ese Diller?

–Es el amante de mi tía –contestó la muchacha.

Durante el silencio que siguió, los rumores de la gran sala ensordecieron los oídos de Marie. Se levantó y, al ver a Bünzli ahí sentado con la cabeza gacha, con aquella cara de niño herido, se puso a temblar de rabia y de asco.

Cogió el plato con las dos manos y lo volcó sobre la mesa. Las avecillas doradas daban tumbos entre vasos y platos, como pelotas de ping-pong. Dejó el plato de nuevo sobre la mesa y cogió el bolso. «Ojalá consiga llegar hasta la puerta sin desmayarme», pensó, pues ya la rabia la había abandonado y, desamparada e indefensa, se sentía expuesta a todas las miradas. Tenía la impresión de que todo el mundo se había dado la vuelta para observarla. El piano tocaba al son de sus pasos. Corrió por la mullida alfombra entre las mesas. Un camarero, llevando una bandeja con cúpulas plateadas, se echó a un lado para dejarle paso y le susurró unas rápidas palabras, que rozaron su oído sin alcanzarlo.

Cuando salió a la calle, estaba lloviendo. Apretó el paso, pero al llegar a la esquina se volvió y comprobó que nadie la seguía.

GUIDO

Lo primero que le llamó la atención fue la bolsa roja de malla llena de naranjas. Sí, incluso creyó percibir el olor de la fruta cuando aquella chica rubia pasó delante de él, balanceando la bolsa como si fuera un incensario. La siguió con la mirada, mientras disfrutaba del ir y venir del cepillo abrillantador con que el hombre agachado frente a él le masajeaba el pie derecho a través del cuero. La muchacha tenía el cabello rubio, y tan liso como la crin de un caballo. Lo llevaba suelto, como las mujeres de su infancia, y eso le gustaba. Quizá estuviera sonriendo al tiempo que se alejaba, con sus calcetines blancos agujereados a la altura del talón, justo encima del zapato. Guido movió los dedos en el interior de los relucientes zapatos, mientras esperaba que el limpiabotas terminara de buscar el cambio en el gran bolsillo de su delantal. Al fin, decidió no esperar a que el hombre reuniera las monedas y se echó a andar detrás de ella por el asfalto, todavía mojado a causa del paso del furgón de riego, con los zapatos recién lustrados.

La chica se detuvo frente a una bombonería, prácticamente encima del pequeño moro de madera ataviado con turbante que, sonriente, ofrecía una enorme tableta de chocolate. Esta vez pudo verla de perfil. Observaba muy seria y concentrada la mercancía expuesta, mordiéndose el labio inferior. Ahora le parecía mayor de lo que la creyera en un principio. Cuando la chica reemprendió el camino, la bolsa daba vueltas sobre sí misma y ella le lanzó una mirada de enfado como si llevara de la correa a un perro inquieto.

En la charcutería, Guido se colocó a su lado. La muchacha examinaba el queso tras el mostrador de cristal, tan absorta en sus pensamientos como cuando había observado, momentos antes, los conejitos de chocolate.

Guido se fijó ahora en sus pestañas rubias y en sus cejas, claras y revueltas.

La joven señaló algunas piezas de queso y luego pidió, deprisa y corriendo, de uno y de otro. A continuación se sacó un billete de cincuenta marcos del bolsillo de su chaqueta roja y se limitó a tender la mano abierta en espera del cambio, que luego renunció a contar. Guido sostenía en la mano el paquetito de queso Emmental que le alcanzó la dependienta por encima del mostrador. No le gustaba nada el Emmental. La mujer, que llevaba largos pendientes, al verlo tan indeciso ladeó la cabeza y le preguntó:

–¿No es esto lo que quería, señor? –Y viendo que Guido seguía dudando, añadió–: Me ha pedido usted Emmental, ¿no?

Irritada, mostró con ambas manos la ancha pieza de queso. Guido carraspeó, y asintió con la cabeza.

Entonces la muchacha se volvió hacia él, y pudo ver así que tenía los ojos azules y los párpados algo enrojecidos e hinchados. Las estatuas barrocas sobre los altares de las iglesias bávaras solían tener los ojos así y eso siempre le había conmovido de un modo extraño. Era como si acabaran de despertar a aquellos angelitos, como si se tratara de chiquillos del campo a los que hubieran embutido en aquellos ropajes bíblicos y colocado una corona de rosas sobre la cabeza.

Guido tenía los ojos negros, dos negros cantos rodados, incrustados en su lecho blanco amarillento. También las pestañas eran negras, igual que las cejas y el cabello, peinado hacia atrás. Sólo en la barbilla el pelo le adquiría un tono azulado, una sombra que también le cubría el entorno de la boca, a pesar de haberse afeitado cuidadosamente por la mañana. Con aire ausente se guardó el queso en el bolsillo de la cazadora y salió de la tienda tras los pasos de la muchacha. Caminaron por la larga y soleada avenida que cruzaba el parque, en cuyos márgenes florecían crocus amarillos. Pasaron ante la fuente con la estatua del niño en bronce, cruzaron la calle por entre los coches y bordearon luego las verjas de los jardines y las fachadas de las casas, ante las cuales algunos chiquillos jugaban con peonzas, mientras otros dibujaban con tiza sobre la acera.

Ella era consciente de que la seguía. Se había girado, a la sombra de los árboles del parque, y le había estudiado atentamente con el ceño fruncido, al tiempo que balanceaba la bolsa de la compra, que ahora contenía también el paquete con el queso. Con la mano libre hizo un coqueto gesto para dejarse caer el pelo sobre el pecho.

Antes de abrir la cancela del jardín volvió de nuevo la vista durante un instante, y luego, cabizbaja y obstinada, desapareció entre los arbustos que bordeaban el acceso a la casa.

Guido se detuvo en la acera de enfrente y observó la casa. En la primera planta, dos gigantes, pintados de color verde oliva, sostenían con cara de esfuerzo un estrecho balcón. La casa ofrecía un aspecto realmente desolado; con toda seguridad había visto tiempos mejores. Alrededor de las ventanas se arrebujaban las zarzas y, curiosamente, en la parte delantera del jardín crecían los mismos crocus que había visto en el parque. Guido no sabía con exactitud qué estaba esperando. Palpó el queso en su bolsillo y se sacudió una hojita de saúco que le había caído sobre el zapato recién lustrado. ¿En qué piso vivía ella? Seguro que no era en la planta baja, donde había unos enanitos con caperuzas rojas adornando las ventanas. ¿Sobre qué mesa pelaría las naranjas? ¿Estaría ya comiendo una, y con quién hablaría mientras las saboreaba? Sonrió para sus adentros al percatarse de sus celos. En efecto, ya se sentía celoso, y deseó poder degustar una de aquellas naranjas.

Siempre tenían que ser rubias las mujeres en las que se fijaba, eso le disgustaba. ¿A qué se debería que viera a todas las morenas como hermanas? «Tu herencia latina», se dijo. Una mujer le había dicho una vez que las personas morenas tenían un olor distinto al de las rubias. Lo decía tocando la guitarra, con la mirada perdida en el lago junto al cual habían acampado. Él se pasó toda la fría noche dentro de la tienda de campaña respirando su olor. Era morena y olía a leche.

–Entonces, ¿cómo huelo yo? –le preguntó él.

–Yo huelo siempre con antelación cuando deseas abrazarme –respondió ella, y le miró con los ojos ligeramente desviados, esos ojos que habían conseguido embrujarle, pues siempre le miraban como si él estuviera muy cerca de ella y dicha proximidad la turbara por completo. Una mirada «estrábica»; ése era el nombre que recibía el fenómeno, según ella.

Arriba, en el tercer piso, se abrió de pronto una ventana. La muchacha se había quitado la chaqueta roja y ahora llevaba una blusa blanca. Sacando el torso por la ventana, con las manos apoyadas en el alféizar, le sacó la lengua. Fue entonces cuando Guido reconoció la casa. Tiempo atrás vivía en esa casa una mujer a la que él había cortejado. De eso hacía un par de años; fue antes de que se trasladara a Berlín. La muchacha cerró la ventana de un golpe.

Guido sonrió. También a la chica la había visto con anterioridad. En una sola ocasión. Un día lluvioso, en la oscura escalera de esa misma casa. Aquella pequeña y decidida silueta, envuelta en un raído albornoz de hombre, se había cruzado en su camino cuando fue a llevar las flores para Paula. Ella fue quien se hizo cargo del ramo, como si él no fuera más que un vulgar chico de los recados.

–¡La conseguiré! –murmuró Guido en italiano. Dio media vuelta y se marchó, obnubilado, como si hubiera permanecido demasiado rato al sol. Al llegar a la esquina arrojó el paquetito de queso a la papelera.

Marie recorrió el largo pasillo en penumbra y entró en la cocina. Trataba de silbar, pero sólo le salía una especie de siseo. Le agradaba cómo la había mirado aquel hombre en la calle, pero al mismo tiempo le molestaba. De hecho, ya en la charcutería le había causado cierta inquietud esa mirada desvergonzada y que, en cierto modo, le resultaba conocida. Abrió la bolsa de un tirón y algunos granos de arroz se desparramaron sobre la mesa y por el suelo. Sin tomar un respiro, colocó sobre el fuego la olla, derramando por el camino un poco de agua.

Entonces apareció Ludwig y la miró con los ojos como platos.

–No quiero arroz –fueron sus únicas palabras, mientras introducía los deditos por los agujeros de la bolsa de malla y trataba de sacar una naranja.

–¿Dónde está Paula? –le preguntó Marie, sin dejar de picar cebolla.

–Mamá aún está en la cama.

Ludwig se sentó a la mesa y se puso a pelar una naranja.

–¿Es verdad que el año próximo tengo que ir a la escuela? –la interrogó compungido.

–Sí, y eso está muy bien. De hecho, ya quería preguntártelo. ¿Por qué no bajas nunca a jugar al patio? Te pasas el día encerrado en casa.

–¿Vas a ir tú también a la escuela?

Paula apareció de repente en el umbral de la puerta, todavía en camisón; se desperezó y dio un largo y placentero bostezo.

–¡Marie también tiene que ir a la escuela! –protestó Ludwig, escupiendo pepitas.

Paula se rascó debajo del camisón, bostezó de nuevo y se sentó por fin a la mesa.

–Trae los platos –ordenó a Ludwig y, dirigiéndose a Marie, añadió–: Haces mucho ruido, Marie, ¿acaso estás de mal humor?

Marie no respondió. Aquel hombre de cabello oscuro debía de ser mucho mayor que ella. ¡Y qué manos más morenas! En eso se fijó muy bien en la tienda donde compró el queso. De pronto le entraron ganas de ir corriendo a su habitación para mirar a la calle desde la ventana. Quizá estuviera todavía allí, fingiendo que esperaba el tranvía.

Cuando Guido volvió a ver a Marie había transcurrido casi medio año. Al principio no la reconoció. Se había cortado la melena y ahora llevaba el pelo a lo chico, como casi todas las mujeres. Realmente parecía un chico. Estaba apoyada contra uno de los pilares que sostenían la bóveda de aquel sótano, cuyas mesas aparecían adornadas con guirnaldas de papel. Sobre la pista de baile giraba lentamente un delfín dorado entre un mar de pececitos luminosos colgados del techo mediante largos hilos. Se celebraba la fiesta de carnaval del periódico local. Guido se había disfrazado de pescador napolitano y llevaba un pañuelo rojo cubriéndole la cabeza. Marie hacía rebotar una pelotita de colores que iba atada a una cinta de goma elástica, ignorando a las parejas que pasaban bailando junto a ella. Guido comprobó que la muchacha llevaba la nuca afeitada.

Estaba sentado a la mesa junto a la pelirroja disfrazada de concubina del harén que se hacía llamar Paula. Ésta no paraba de meterle en la boca rodajas de salchicha blanca de Baviera, apoyada con desidia sobre su hombro. Todavía era hermosa. Ella lo contemplaba tras sus pesados párpados pintados con mirada pícara. Guido no recordaba que tuviera aquella fina arruga en la comisura derecha de los labios y, cuando ella le miró de perfil, descubrió también una línea vacilante, que le partía de la barbilla y le alcanzaba el pecho. Entonces Paula alzó el rostro y trató de tensar el cuello. Guido se sintió conmovido por aquel gesto y, durante un momento, le asaltó una ternura largo tiempo olvidada, teñida de tristeza. Mientras bailaban, ella se había recostado sobre su pecho sin ofrecer resistencia. Hubo un tiempo en que él la había deseado vivamente, pero, desde entonces, mucho había llovido, y ahora trataba en vano de percibir esa sensación que tanto le perturbara.

En aquella época, la mera idea de un abrazo de Paula le atormentaba y embriagaba a la vez.

Con gran sorpresa constató que, en realidad, las mujeres como Paula no le atraían. Y, aun así, era precisamente a ese tipo de mujeres a las que solía encontrar de nuevo al cabo del tiempo –medio desnudos ambos sobre un sofá o entre las sábanas de una cama ajena–, sin aliento y con los ojos cerrados. Sin embargo, no le dejaban huella; permanecían en los patios de entrada, en las escaleras, en los umbrales; ninguna penetraba en las alcobas, en las estancias secretas que él albergaba en su interior. A Guido le gustaban las chicas tímidas y torpes, las que bajaban la vista de inmediato cuando le veían acercarse.

Mientras bailaban, él acarició la espalda de Paula, y ella le miró a los ojos.

–El mundo es un pañuelo para los enamorados –le susurró Paula, esbozando una sonrisa.

La mujer despedía un fuerte olor, ya que sudaba al bailar. A pesar de ello, él no opuso resistencia cuando la mujer le estiró hacia la mesa.

–Quizá hoy tengas suerte conmigo –se insinuó Paula–. ¿Por qué has tardado tanto en dejarte caer por aquí?

Guido observó a Marie, que, muy tiesa, escuchaba aburrida lo que le contaba un hombre de uniforme rojo. Ella no miró en ningún momento hacia donde estaba él. Paula, en cambio, le hablaba tomándole de la barbilla y forzándole a mirarla a la cara. Entretanto, Marie se había acercado a la mesa y se daba aire con una mano.

–Ésta es Marie, mi sobrina.

Marie iba a marcharse de nuevo cuando lo descubrió ahí sentado. La muchacha llevaba unos *shorts* dorados y un corazón verdirrojo, bordado sobre la blusa blanca, que le quedaba justo encima de su propio corazón. Paula se reía y trataba de arrebatarle a Guido la visera.

–Marie, te presento a Guido Polano –dijo Paula con solemnidad, subrayando las palabras–. ¿Te acuerdas de él?

Marie no llevaba máscara, y miró fijamente a Guido sin pestañear. Éste se levantó para bailar con ella, mientras Paula buscaba apoyo en la pechera del frac del hombre regordete sentado a su lado, que fumaba un puro tras otro.

–Pídenos otra botella –le gritó a Marie, y le envió un beso aéreo, pero ésta dio muestras de no haberla comprendido. Luego, en brazos de Guido, se hizo la remolona, y cuando la tomó de la barbilla para tratar de que levantara el rostro hacia él, bajó la cabeza, terca como una mula.

A Marie no le sorprendió. Paula hablaba de casualidades de la vida y el repentino interés que Guido mostraba por Marie la hacía sentirse inquieta y desconfiada. Incluso llegó a apuntar la posibilidad de que las cartas que ahora le escribía a Marie y los libros que le mandaba no fueran más que una estratagema para reanudar las relaciones con ella. Quería leer a toda costa lo que Guido decía en aquellas cartas y evitar que Marie volviera a verse con él.

–Yo nunca tomé a Polano realmente en serio –le decía a Marie–, pero tú eres una jovencita sin experiencia, y puede llegar a encandilarte con esos ojos a lo Valentino...

Marie dejaba hablar a Paula, leía las cartas encerrada en su habitación y las escondía luego entre las páginas de algún libro. No quería perder la calma. Ahora era importante mantenerlo en secreto, esperar y, ante todo, no delatarse. Una no debía alargar la mano hacia lo que deseaba. Sabía que era peligroso ceder, había que rebelarse contra ello, cerrarse en banda y no hacer concesiones. Marie sentía que el poder sobre un hombre residía en aquel silencio, en el aparente rechazo. Hablar de ello lo hubiera estropeado todo.

–¿Te gusta?

–Todavía no lo sé.

–¿Piensas volver a verle?

–Puede ser.

–¿Quieres que le invitemos, que hable yo con él?

Marie se echó a reír.

De pie junto a la ventana, cerró los ojos y pensó en él. Se vio caminando por la calle hacia la casa de Guido. Ya había efectuado el recorrido en una ocasión, después de recibir su primera carta. Se había empeñado en ver la casa donde vivía, le pareció imprescindible. No conocía el piso, pero podía imaginarlo con todo detalle. Una espaciosa sala llena de libros, con cuadros en las paredes, estatuas y biombos pintados.

–Vive realquilado en casa de una vieja profesora de piano –comentó Paula–. A la anciana le molesta que Guido utilice la cocina.

¡Pero qué sabría Paula!

Aún junto a la ventana, Marie seguía andando hacia la casa de Guido. Una vez allí, entró y subió las escaleras.

Se hallaba ya en su habitación, en la que había penetrado sigilosamente a través de las cortinas. Se colocó frente a él y le tendió una mano. Guido estaba echado en el sofá y leía poesías; no, estaba sentado a la mesa bajo la luz de la lámpara, con el mentón apoyado en la mano. Marie le rozó con los dedos la frente, los ojos y luego la boca. Entonces, abrió su abrigo ancho y le mostró su blanco cuerpo desnudo. Él se quedó como hechizado.

A principios de verano, Marie consintió por fin y acordó una cita con Guido. Él le había mandado unas cuantas cartas, y en todas le rogaba que le dejara verla. No le mandaba flores y tampoco se permitía detenerse, cuando pasaba por allí, frente a la casa de la muchacha para tratar de verla. En la primera postal que Marie le había escrito como respuesta, le daba las gracias por los libros recibidos. «He oído opiniones muy contradictorias sobre este libro. El título no me infunde precisamente ánimos para leerlo», le puso en grandes letras redondas: Aquella frase conmovió a Guido. Le había enviado *El ocaso de Occidente*.

Guido contemplaba a Marie acercarse. Sentado en un banco bajo los castaños, fumaba un cigarrillo y observaba a la muchacha, que se dirigía hacia él con gesto hosco a través de la pradera. Llevaba unos cuantos libros contra el pecho y parecía no tener prisa por sentarse junto al hombre. El pelo le crecería pronto, pensaba Guido, y se acordó de la espesa mata de pelo cobrizo de la concubina del harén y del hombre gordo que encargaba champán y que tan groseramente olvidaba sus rechonchos y colorados dedos en el corsé azul de su vecina de mesa. A Guido no le gustaba rememorar la imagen de Marie sentada con ellos a la misma mesa. Cierto que había sido admirador de Paula, pero de eso hacía mucho tiempo, y ahora que sabía que era tía de Marie ya no le atraía en absoluto.

Marie se sentó y depositó el montoncito de libros sobre el banco, en el espacio que les separaba.

–Aquí estoy –exclamó, mientras seguía con la mirada a dos perros blancos que se peleaban frente a ellos en el césped. Guido, que entretanto se había levantado, se metió con gesto rápido la mano que Marie no había querido estrechar en el bolsillo, y al punto la volvió a sacar. Apagó el cigarrillo y, en ese momento, se percató de la turbación que le embargaba. Era una sensación que raramente había experimentado en presencia de una mujer. Quizá al principio, cuando todavía no sabía si gustaba a las mujeres. Y ahora, ¿le gustaba a Marie?

Tomó el primer libro del montón y examinó la portada. Hoffmannsthal, *Poemas*. Debajo había un libro de Rilke y el *Tartarín de Tarascón*.

–¿Le apetece que leamos juntos? –preguntó medio en broma.

–Sí –respondió Marie mirándole a los ojos.

–¿Va usted a leer para mí? –preguntó de nuevo incrédulo.

–Si así lo desea...

Marie miró de nuevo a los perros. Guido hojeaba los libros sin saber qué hacer. Acaso fuera positivo agotar el primer encuentro leyéndose poemas mutuamente. Quizá no se tratara más que de un juego de la muchacha para ocultar su timidez. De hecho, se había parapetado detrás de los libros desde el principio; ya los llevaba a modo de escudo cuando llegó atravesando la pradera.

Guido conocía bien los dos tomos de poesía. De estudiante se había alojado en casa de la viuda de un catedrático, una mujer que comulgaba con el nudismo y la alimentación a base de cereales. En el salón de su casa solía organizar veladas en las que reunía a un nutrido grupo de mujeres, todas ataviadas con amplios ropajes, para recitar poemas. La señora Kalkreuth le había tomado bajo su protección y, aunque a Guido no le gustara la chuleta con almendras que preparaba, había que reconocer que a través de ella conoció a un sinfín de peculiares personalidades femeninas. Pintoras que habitaban enormes estudios, repletos de armarios y jarrones chinos, y muchachas que bailaban descalzas y con coronas de flores, al son de la flauta.

Escudriñó a Marie durante un momento. No, decididamente ella era distinta. Su traje chaqueta era de corte serio, como los de hombre. Sus dedos jugueteaban con el lazo de la blusa; enrollaba la delgada cinta y la volvía a desenrollar. Algún día tendría que decirle que se limpiara las uñas, pero para eso todavía había tiempo. Deseaba despejarle el pelo de la frente, arreglárselo como a él le gustaba, hacerla sonreír.

–Tengo que marcharme pronto –dijo Marie–, he de llevar a Ludwig al médico.

–¿Quién es Ludwig?

Ahora sí sonrió, pero no por Guido, sino por Ludwig.

–Ludwig es el hijo de mi tía, aunque en realidad es hijo de ambas, es decir, yo... bueno, yo tengo que acompañarle al médico, pues de otro modo no iría.

Guido lanzó un suspiro.

–De modo que vive en casa de sus tíos, en lugar de vivir con sus padres.

–Yo no tengo padres –replicó Marie encogiéndose de hombros–, y tampoco tengo tío. Somos sólo nosotros tres.

–Quisiera hablar con su tía.

Marie bajó la mirada y permaneció en silencio. Guido la observaba de perfil.

–Entonces ¿qué me responde? –preguntó al fin.

Marie volvió la cara hacia él, todavía evitando mirarle.

–Mi tía y usted... fueron amantes, ¿no es cierto? –le espetó la muchacha, y estudió su rostro en busca de una respuesta.

Guido se esforzaba en encontrar las palabras adecuadas.

–Bueno..., lo que se dice amantes... no fue exactamente eso.

Marie recogió los libros y los estrechó contra su pecho.

–¿Qué pasó entonces entre los dos?

«Esta chica lee demasiado –pensó Guido–; parece disfrutar interrogándome de este modo.»

–No era usted más que una niña en aquella época, Marie. Ni siquiera llegamos a vernos. Yo solía ir a casa de su tía...

–Nos vimos una vez... –le interrumpió Marie–. Fue una tarde, aún lo recuerdo... usted trajo un ramo de flores, gladiolos; no, eran flores blancas, rosas... Llevaba un sombrero. Paula estaba enferma.

Marie esperó su reacción. A Guido le gustaba cómo le miraba ahora, sin pestañear. Percibió las diminutas perlas de sudor que le brillaban sobre el labio superior.

–Yo veneraba a su tía, era una mujer hermosa.

–*Es* una mujer hermosa –le corrigió ella.

–Naturalmente, pero ya en aquella ocasión, en el umbral de la puerta... cuando usted me abrió. Me observó de arriba abajo con aquella mirada tan severa y...

–Vamos, no me venga ahora con cuentos –cortó la muchacha, casi sin poder reprimir la risa.

Guido, desconcertado por aquella repentina hilaridad, perdió la compostura y trató de cogerle la mano, pero Marie la apartó enseguida y continuó riendo.

–¿Por qué lo hace? –preguntó entonces la chica.

–¿Hacer qué?

–Contarme todos esos embustes.

Guido levantó la vista hacia las ramas de los árboles. «Ahora es el momento –pensó–, ahora es cuando debes demostrar tu talento», se dijo.

–Cuando la tengo a mi lado, cuando hablamos... Nunca me había sentido así... Usted... Bueno, me desconcierta usted.

Durante unos momentos, Guido se sorprendió admirando su propia voz de adulador. Pero Marie no había notado nada, tan ocupada como estaba consigo misma. Se mordía los dedos, se había ruborizado y aún no había agotado las ganas de reír.

–¡Présteme atención, por favor! –la voz de Guido sonó casi ofendida, y con razón.

–¿Es eso tan grave? –inquirió Marie, que había parado de reír y ahora se sonaba ruidosamente la nariz.

–¿Grave? ¿A qué se refiere? –El ruido que hacía Marie al sonarse le estaba exasperando.

–Que yo... que le desconcierte a usted –respondió finalmente, y echó a Guido una rápida mirada.

Le habría gustado castigarla por esa mirada, agarrarle la cabeza y besarla como besaría a una mujer de verdad, abriéndole la boca para sentir aquellos labios bajo sus dientes. Sin embargo, se limitó a decir:

–Bueno... tan grave no es.

Ella le turbaba, pero de un modo harto distinto al que le tenían acostumbrado las demás mujeres. Le apetecía abofetearla, y estrecharla luego entre sus brazos para sentirla sollozar contra su pecho.

–No es tan grave... –repitió con suavidad–, de hecho siempre lo había deseado.

Y, con sorpresa, reparó en el detalle de que aquello era cierto.

Marie se contentaba con mirarle, pero no se mostraba ni azarada ni cariñosa, como habría sido de esperar después de tal confesión, sino curiosa y con un poco de malicia.

De niño, Guido tenía la costumbre de colarse en la sala donde las mujeres planchaban y remendaban la ropa. Mujeres ya mayores que charlaban mientras trabajaban, se reían y le gastaban alguna que otra bromita. Algunas se habían quitado el vestido y trabajaban en ropa interior. Tenían los brazos enrojecidos y el pelo húmedo les caía sobre la cara.

Una vez le habían capturado con una sábana limpia, como si fuera un pequeño animal. Le echaron la sábana encima y le envolvieron con ella. Notaba multitud de manos sobre él, que le hacían cosquillas y le pellizcaban. Cuando se puso a chillar y a patalear, no por tener miedo realmente sino para prolongar el juego, ellas tensaron la sábana tirando de los extremos y le mecieron como a un bebé. Él se arrellanó y se dejó balancear de un lado a otro; miraba las caras sonrientes de las mujeres sobre él, que aparecían y desaparecían, y veía entre ellas la puerta abierta y el jardín con sus cuatro árboles, coronados por el cielo azul que se perdía entre bancos de nubes en el horizonte.

–Me gustaría enseñarle la casa donde transcurrió mi infancia –confesó Guido–. Me encantaría hacerle una visita a mi madre... con usted. Todavía vive allí, en una vieja casona, grande y oscura. Todas las noches se sienta a la mesa larga, decorada con cestos de fruta falsa. Fruta de cristal, uvas, melones y melocotones de vidrio de colores. Ahí permanece sentada, completamente sola. Sólo la criada entra de tanto en tanto, cuando mi madre necesita algo.

–¿Y dónde vive?

–En Turín. Mi padre murió. Era mucho mayor que ella. Mi madre es de origen alemán y conoció a mi padre en un pueblo costero. Ella había acudido allí acompañando como niñera a una familia de Milán. Él solía contemplarla en la playa mientras ella secaba a los críos, les daba el almuerzo y los llevaba al agua. Eso le gustaba al hombre enormemente. Él habría querido tener muchos niños; sin embargo, no tuvo más que uno, y ése soy yo.

Marie sonrió. Aquella historia le parecía entrañable.

–¿Qué aspecto tiene su madre? –preguntó curiosa.

–Bueno... ahora parece un alma en pena. Desde que murió mi padre, viste luto riguroso... pero antes era otra cosa. Todavía recuerdo las sombrillas de colores que solía llevar. También me viene a la memoria un chal floreado con flecos. Cuando mis padres salían de noche, corría a buscarlo y lo extendía sobre mi almohada. Mi padre regentaba una tienda de tejidos. Siempre olía a telas cuando regresaba a casa. Era un olor bastante indefinible, entre agrio y amargo.

Marie se inclinó sobre él como para percibir el olor. Guido no supo si le había entendido bien, pero le entraron ganas de acercarle a la boca la palma de la mano, como se la tendería a un potrillo para palparle el hocico. Sonrió. ¿Por qué le contaba todo eso a Marie?

–¿Quiere leer para mí, ahora? –le preguntó.

–¿Y cómo fue que llegara usted aquí?

–Vine a estudiar historia del arte –explicó Guido– y ahora trabajo en la restauración de un fresco que se encuentra en una pequeña iglesia situada cerca de aquí. Mariastern. ¿La conoce?

Marie no la conocía.

Se hizo un silencio entre ambos. Ella parecía esperar algo. Él callaba y sonreía para sus adentros, con la barbilla hundida en el pecho; ahora le tocaba el turno a Marie. Ella debía tomar la iniciativa. Pero nada ocurrió.

Guido se imaginó a Paula paseando desnuda por la habitación, mientras le decía: «Está claro que a las mujeres de verdad nos tienes miedo». La veía poniéndose un sombrero y arreglándose el pelo que le caía en cascadas por debajo. Todavía eran visibles las huellas rojas que unos dedos le habían dejado en las mullidas carnes del talle. «No me dirás que no son aburridas y estiradas como saltamontes, las jóvenes de hoy en día.»

En ese momento, con un movimiento rápido, Marie apoyó la cabeza sobre el hombro de Guido y alzó la vista hacia él.

–¿En qué está pensando? –le preguntó, y, por un instante, Guido tuvo la sensación de que no era capaz de ocultarle nada, que debía decírselo todo. Enseguida se asustó de aquel pensamiento.

–¡Béseme! –le ordenó Marie, sin cerrar los ojos.

Guido vaciló. Lentamente, fue acercando su cara a la de ella y la besó en la frente.

Transcurridas tres semanas, Guido acudió un día a tomar el té con ellas. Marie permanecía sentada a la mesa con tal cara de resignación que parecía una niña pequeña. Paula conversaba con Guido sobre su trabajo. Éste no estaba seguro de que a ella le interesara realmente todo lo que le preguntaba. Guido se escuchaba a sí mismo divagando sobre mosaicos antiguos, para pasar luego a Leonardo, y de Leonardo a Mantegna. A continuación se enfrascó en una larga perorata acerca del color y luego se perdió en explicaciones sobre arqueología, que se extendía desde la civilización egipcia hasta Mesopotamia. Aun así, pudo enterarse de algunas cosas referentes al tío de Marie, pero también supo de paso que Ludwig no era hijo de ese tío.

Paula le confundía de veras; su brazo blanco y redondo se paseaba por delante de sus ojos al servirle el té. Ella le reía todas las bromas con auténtica espontaneidad y, si en algún momento del discurso se encallaba, le ayudaba incluso a encontrar las palabras. Guido no sabía muy bien cómo comportarse. No conseguía implicar a Marie en la conversación. La muchacha estuvo tensa hasta que apareció aquel chiquillo de orejas tiesas y fue a sentarse en su regazo. Así que ése era Ludwig. Llevaba en brazos un Kasperle de madera y le iba dando trozos de pastel. ¿Desde cuándo jugaban los niños con muñecos? Decididamente, una familia curiosa. ¿De qué vivirían, y a qué se dedicaba Marie durante todo el día, cuado no leía poesía?

Después de que Marie se levantara y se marchara con Ludwig a la cocina, Guido permaneció con Paula en la mesa, como si ellos, los adultos, pudieran, ya sin la presencia de los niños, hablar por fin de cosas serias.

–No quisiera que tratara de seducir a Marie –disparó Paula sin rodeos, y cuando él se disponía a contestar le hizo desistir con un simple gesto–. Marie es una criatura muy sensible, y no permitiré de ningún modo que le hagan daño.

El rostro de Paula se ensombreció.

–¿Cuáles son pues sus intenciones?

–Marie ya no es una niña –repuso Guido con un hilillo de voz.

–Eso es justamente lo que suponía. Pero le aseguro que aquí, en Alemania, no estamos dispuestos a que nuestras jovencitas...

Guido se abstuvo de decir que también ellos en Italia pensaban así, y que eran, con toda seguridad, mucho más rigurosos en lo concerniente a ese tema. Tampoco le preguntó qué opinaba ella de sí misma. Ya le estaba irritando su propia paciencia, aunque comprendía que era debida a la dulce debilidad que se apoderaba de él cuando contemplaba a la mujer que tenía delante. Sus hombros redondos, las piernas cruzadas, la ceñida chaquetilla amarilla que desprendía un suave aroma a reseda cuando ella se inclinaba hacia él... Paula, estaba claro, pretendía que cerrara cuanto antes el compromiso con Marie, pero algo le advertía en contra de aquella intromisión. Quería hablar personalmente con la muchacha, pues era ella quien debía aceptarle y entregársele, sin que su tía la forzara o influyera en su decisión. Marie era un ser muy extraño, y el reto de conquistarla le producía a Guido un placer especial y del todo desconocido. No se sentía todavía a su altura, pues ella no le permitía franquear la frontera del lejano país de su vida secreta, donde nadie, según él imaginaba, tenía acceso, y mucho menos su tía. Sí se consideraba, en cambio, a la altura de Paula; ella era de su misma estirpe y Guido no se cohibía ante ella. Le permitía colocar su pequeña y cálida mano sobre la suya, y se imaginaba a sí mismo quitándole las horquillas del cabello, al tiempo que la sostenía fijamente por la nuca.

–¿Entonces, estamos de acuerdo? –le interpeló Paula, con una sonrisita de complicidad–. ¿Puedo estar segura de que respetará a mi Marie? Prométamelo.

Guido tuvo la sensación de que lo estaba pidiendo para ella misma. La miró un largo instante a los ojos y asintió.

Ludwig y Marie jugaban a las cartas en la mesa de la cocina.

–Entonces, Marie, pasaré a recogerla mañana hacia las dos... iremos a visitar esa exposición –anunció Guido, de pie junto a Paula.

–¿A las dos? –preguntó ella, soltándole un codazo a Ludwig por tratar de verle los naipes. Miraba a Guido por encima del abanico de cartas en sus manos, tan pausada y dócil como si se estuviera dejando embaucar en un juego que había calado de antemano, como si comprendiera que él necesitara excusas, y viera que le proponía actividades para estar a su lado, consintiéndole, a pesar de todo, sus torpes cortesías. Entonces, Marie rozó con las cartas la mano que él había puesto sobre la mesa junto a la suya, y jugueteó con ellas entre sus dedos. Guido hizo un gesto para retenerle la mano, pero Marie fue más rápida. La muchacha dedicó acto seguido una sonrisa a Ludwig, pero Guido supo que en realidad iba dirigida a él.

–Así pues, ¿vengo mañana a las dos? –insistió el joven.

Veía los pies descalzos de Marie debajo de la mesa, uno junto al otro. «Como dos palomas», pensó, y, ya en el pasillo, cuando se disponía a ponerse el sombrero, ladeó la cabeza: «Debo de estar locamente enamorado».

–Venga, le enseñaré lo que ha pintado Marie.

Paula le condujo al salón que se hallaba a oscuras.

Era un día caluroso, y Guido había traído un ramo de lirios para Marie. La mujer depositó el ramo sobre la butaca y luego se inclinó sobre las hojas de dibujo extendidas sobre la mesa.

–Toma clases de acuarela en casa del profesor Zager, un viejo amigo de la familia. También la envío a clases de piano. De momento practica en el conservatorio, hasta que tengamos nuestro propio piano. Pero todo eso ya se lo habrá contado ella misma.

–Pues no...

También Guido se inclinó ahora sobre las acuarelas y observó emocionado el jarrón con las flores rojas, las frutas amarillas en la fuente y el pequeño paisaje con los arbolitos, que más bien parecían coliflores. A buen seguro había mojado la hoja entera antes de empezar a pintar y, en algunos sitios, había frotado tan fuerte con el pincel que había estropeado y oscurecido el papel.

–Tiene talento, ¿no le parece? –preguntó Paula, estudiando el rostro del joven.

–¿Dónde está Marie? –inquirió éste a su vez, moviendo con cuidado las pinturas de un lado a otro–. Pensábamos dar un paseo por el río...

–Vaya, lo había olvidado... Marie ha ido con Ludwig a ver la función de títeres. Al pequeño le hacía tanta ilusión...

Guido notaba cómo Paula le rozaba, sintió el calor de su cuerpo a través de la tela de sus pantalones, y cuando alzó la cara hacia ella para protestar por la poca solvencia que Marie había demostrado, ella le respondió con una mirada tranquilizadora y cariñosa.

–¿Decepcionado?

Guido quiso dar un paso atrás, pero al punto sintió una mano posarse en su espalda y retenerle con autoridad. Sobre la cómoda divisó un cestito repleto de cerezas y, junto a él, su sombrero.

–Se marchó hará una media hora –le susurró Paula y él, sin quererlo, inhaló su aliento.

Guido se había vuelto hacia ella. Paula se le acercó despacio, se apoyó suavemente contra él como si deseara bailar, e incluso levantó el brazo como esperando que empezara a sonar la música, que él la tomara de la mano y le rodeara el talle con el otro brazo. Pero Guido permanecía inmóvil y con los brazos caídos. Ella dijo algo que él no entendió. Luego alzó la vista y le miró a través de su espesa cabellera, como lo habría hecho una sirena entre las algas. Guido percibió cómo subían las aguas. Sin prisa pero sin pausa le iban escalando por los muslos hasta alcanzarle el pecho, densas y fluctuantes. También a ella le envolvió esa suave ola, que la mecía muy despacio, arrastrándole también a él. Paula se movía como un pez en aquellas aguas y Guido no tenía nada que temer. Ella conocía las mareas, y él se abandonó a esa resaca imperceptible que le atraía y que pronto lo arrastró hasta la cara y la boca de Paula. Ahora sólo debía dejarse llevar. El rumor que inundaba sus oídos formaba parte de aquel mar y la cama era como un banco de arena, hacia el cual iban nadando con parsimonia, sin prisas.

Ella le había ido despojando de su ropa, seria y sin premura, botón a botón, y cuando le quitó la camisa él sintió sus fríos dedos. Ella ya se había desnudado y se encontraba en la penumbra de la alcoba, blanca y resplandeciente frente a él. ¡Qué moreno estaba él al lado de Paula! ¡Y qué pesados parecían los brazos y piernas de ella! ¿Sería él capaz de sujetar todo aquel peso sin que se le disolviera y desapareciera? Qué bonito gesto de su parte permanecer callada; no hubiera soportado una sola palabra que le recordara que tenía delante a una mujer de la especie humana. Sin embargo, ella había cerrado los ojos y esperaba la señal para salir nadando con él. Guido percibió una vez más las olas y la brisa marina sobre su rostro, y al punto supo que deseaba ahogarse con ella, sumergirse en aquel paisaje verde y ondeante que ella conocía y había prometido mostrarle.

Más tarde reposaron en silencio, echados uno junto al otro. Guido fumaba un cigarrillo y se imaginaba a Marie sentada con Ludwig frente al teatro de títeres. En el guiñol de su infancia había marionetas tan grandes como él. Enanos salvajes que se apaleaban, cantaban unos frente a los otros y le perseguían, con muecas esperpénticas, incluso en sueños. Él se quedaba pegado a las faldas de la niñera sin atreverse a mirar, pero cautivado, a pesar de todo, y sin moverse, hasta que el último títere caía gritando al suelo y los tambores redoblaban con tal estruendo que le obligaban a taparse los oídos.

Paula puso el cestito de cerezas sobre la sábana, se echó boca abajo y tendió a Guido uno de los frutos. Éste se apoyó sobre los codos y contempló la pequeña cereza.

–Me casaré con Marie.

–Lo sé.

PAULA

Cuando llegó frente a la casa se detuvo un momento y, con la cabeza alta y las manos en los bolsillos de los pantalones, miró calle abajo. Paula, oculta tras los visillos, sostenía en la mano el sombrero de Guido y con la otra acariciaba la suave ala. «Mira hacia arriba», pensó Paula, colocándose el sombrero a la altura del pecho. «Aquí tengo tu sombrero y voy a dejarlo donde tú has apoyado la cabeza. No hace falta que pongas esa cara de inocente.» Pero Guido se limitó a mostrarle su duro perfil y, acto seguido, se echó a andar por la soleada calle, que se hallaba desierta y en silencio. Era domingo.

Paula llevó el sombrero a la habitación y se dirigió bostezando a la cocina. Se desperezó, tomó asiento y se sirvió un poco de café frío de la cafetera, que se hallaba todavía sobre la mesa entre las tazas y migas de pan del desayuno.

Guido volvería a por su sombrero. Volvería y se llevaría a Marie. Marie que había esperado todos esos años sin saberlo, y ahora se paseaba por la casa como si padeciera una enfermedad irreversible y supiera que le quedaba poco tiempo de vida.

Paula conocía ese estado de ánimo. Pero Marie no quería saber nada de ella; su cara se contraía cuando Paula intentaba hablarle.

La muchacha sentó a Ludwig sobre sus rodillas y comenzó a acariciarle la nuca. Paula permanecía allí sentada y las dos jóvenes caritas la contemplaban como si fuera un viejo elefante tratando, por última vez, de levantarse y bailar sobre las patas traseras, como tantas veces había hecho ante un bullicioso tumulto bajo la carpa del circo.

Paula fue a la despensa en busca de mermelada y comprobó que Marie había decorado los tarros con figuritas recortadas de libros de cuentos.

De niña, Paula solía jugar con muñequitas recortables y sus vestiditos de quita y pon. Tenía un montón de altivas muñecas en ropa interior y les recortaba modelitos de noche, sombreros y abrigos, para vestirlas y desvestirlas a su conveniencia. Sin embargo, no había hombres que pudieran actuar de acompañantes de aquellas damiselas ni sacarlas a bailar para que pudieran lucir sus pieles y sus finas capas ensartadas con plumas de garza. De modo que, a algunas de ellas, Paula les había cortado el pelo y les había añadido bigotes. Luego convirtió algunas faldas oscuras en pantalones y les dibujó chaquetas de esmoquin y pajaritas, pero seguían siendo mujeres disfrazadas, de ojos melancólicos sobre las barbas pintadas. Y cuando Paula decidía meter a estos caballeros en la cama junto a las damas, después de una larga velada en la ópera o en algún restaurante de alto copete, al quitarles la ropa, quedaban de nuevo al descubierto los cuerpos de mujer. Todas las muñecas vivían en un libro grueso y, cuando a Paula le apetecía jugar con ellas, cerraba los ojos y abría el libro al azar, sin saber qué personaje la estaría aguardando entre las páginas.

A Paula le parecía como si Guido hubiera abierto aquel libro y hubiera encontrado en él a Marie. Marie en combinación blanca, el pelo corto y los pies descalzos; y Guido la había cogido para vestirla con la elegante ropa que le tenía preparada. Ella, Paula, seguía oculta en otra página y Guido ya no quería jugar con ella. Rememoró la imagen de Guido y empezó a desnudarle, tal como había hecho una hora antes en su alcoba: la americana, el chaleco de seda, la camisa blanca, el pantalón de impecable planchado. Ahora tenía entre las manos al galán del libro gordo de su infancia, y a su lado colocó a la dama que ella le había elegido.

¿Qué iba a hacer Marie con él? Marie, que nada sabía del libro, ni de cómo jugar con los apuestos hombres-muñeca...

Se imaginó a Guido, pero de repente su imagen se esfumó y otros hombres suplantaron la figura que minutos antes había sostenido en sus manos. No quería ver cómo se transformaba, cómo su rostro se convertía en el de otro hombre. ¿Le diría a Marie lo mismo que le había dicho a ella mientras la estrechaba entre sus brazos? ¿Había ella creído lo que le decía? En realidad no la había dejado hablar. Ella quería hablarle de la noche de carnaval, de la época en que él vivía en otra ciudad y de pronto dejó de escribirle; remontarse todavía más atrás en el tiempo y recordarle la época en que él la cortejaba con pasión y le mandaba regalos preciosos. Quería hablarle del viaje a Florencia y de por qué en aquella ocasión no había accedido a sus pretensiones. Pero Guido no se lo permitió. Se había comportado como si ella fuera una mujer desconocida, como si jamás la hubiera amado; una mujer a quien, en el calor del abrazo, se susurran palabras al oído que no le están destinadas, sino que pertenecen a una situación ambivalente, y deben ser olvidadas de inmediato tan pronto como los cuerpos se separan.

Al principio, esa actitud le había sorprendido; posteriormente se sintió ofendida. Guido la había tratado sin demostrarle el menor cariño o amor. Tuvo la sensación de que Guido era su enemigo, y de que todo lo sucedido entre ambos en aquella cama, entre sábanas y almohadas, había sido un combate. ¿Acaso luchaban por Marie? Ella siempre había protegido y mimado a Marie. La había adoptado y Marie le pertenecía.

–Bueno, si consigue hacerla feliz... –reflexionó en voz alta en medio de la cocina, y, altiva, pasó la vista a su alrededor. Pero, ¿qué significaba ser feliz? Paula no quería ni pensar en ello.

Ludwig se parecía a su padre, y Paula observaba sus ojos rasgados y su prolongado labio superior con cariñosa indulgencia. Sin embargo, en aquel tiempo, cuando el vientre empezó a hinchársele, cuando por las mañanas le entraba aquel mareo y se echaba a temblar de frío, inclinada sobre el lavabo, esos mismos ojos y ese labio le habían producido tanto asco que sentía enormes deseos de hundir sus puños en aquellos ojos y desgarrar aquel labio con las uñas.

Se hallaba sentada en una barca, en compañía de un hombre que remaba en mangas de camisa con el sombrero de paja caído sobre la nuca.

–Quiero quedarme contigo; tú eres la mujer que siempre he buscado... –aseguraba el hombre que habría de ser el padre de Ludwig. Y el lago era una superficie luminosa en la que los remos se sumergían, ligeros, con suavidad. El lago había jugado a favor de él, lo mismo que las ramas del sauce, que le acariciaban los brazos desnudos cuando pasaban con la barca debajo del árbol, al igual que el ramo de margaritas que se iba marchitando en el regazo de Paula y despedía un olor amargo, a pradera y a verano.

Con qué cuidado las manos de aquel hombre iban

ordenando y guardando en la maleta los frascos y tubos; qué bien hablaba de la epidermis, del abrigo ácido que envuelve la piel, de las finísimas partículas córneas, de los folículos pilosos. Vendía sus productos en salones de belleza, peluquería y farmacias. Depositaba su maletín sobre el mostrador y, con sumo cuidado y sin prisa, iba alineando la mercancía que ofertaba. «Afrodita» era el nombre de su tónico facial y «Diana» el de su mascarilla para el pelo. Mientras sostenía el frasco abierto bajo la nariz del cliente, le hablaba de damas de noble alcurnia que le habían escrito cartas de agradecimiento. Así le había conocido Paula. Recordaba su alegre carácter, cómo la hacía reír con sus juegos de palabras y lo serio que se ponía de repente cuando le hablaba de su gran afecto, del poder de la belleza femenina, de la belleza de su Paula.

Ella le había creído, mucho más que a Leonhard, su marido, que le escribía sonetos y una tarde bochornosa y de tormenta la había obligado a permanecer durante veinte minutos de pie frente al cuadro de las ninfas danzarinas, en un museo italiano.

Paula oyó las risotadas de Ludwig y Marie en el pasillo, se arregló el pelo con los dedos y se ciñó la bata al pecho. Tan sólo en una ocasión había vuelto a saber del padre de Ludwig. Le escribió una postal desde Brasil en la que decía: «Querida Paula, tú eras demasiado buena para mí. Te escribo desde el Pan de Azúcar. Soy un canalla».

El invierno había llegado pronto aquel año. El carbonero trajo las briquetas en una carretilla y se quedó un rato en la cocina charlando con Paula.

–La señorita Marie debe de andar muy ocupada; ya

ni siquiera viene por la tienda... –comentó el hombre, y tomó el vasito de licor entre sus dedos, ennegrecidos por la carbonilla–. ¿Qué edad tendrá ahora... la señorita?

Volvió los ojos hacia la puerta como si esperara verla entrar.

–Marie tiene veintidós años –respondió Paula, al tiempo que le quitaba los zapatos a Ludwig.

El hombre se bebió el licor de un trago y suspiró.

–Seguro que pronto se casa, una muchachita tan hermosa como ella...

–Bueno, todavía tiene tiempo para eso –repuso Paula mientras se iba desabrochando el abrigo.

Marie dibujó una roca a la que se hallaba encadenada una joven mujer desnuda. Tenía los brazos levantados hacia el cielo y la boca abierta. En el agua, a sus pies, se revolvía el cuerpo retorcido de un horrible monstruo con una burda cabeza de perro. Marie chupó el pincel y empezó a pintar el mar en tonos verde y gris oscuro. Paula se sentó junto a ella en el taburete bajo, encima de un montón de medias y ropa interior, y la observaba pintar.

–¿Es eso lo que os enseñan en el cursillo? –le preguntó a su sobrina alzando los hombros, en un fingido gesto de enfado.

Marie bajó la cabeza y se puso a tintinear con el pincel en el pote del agua.

–¿Y dónde está el caballero andante? –inquirió de nuevo Paula soltando una risita. Pero Marie le dedicó esa cara contraída que le había observado con frecuencia desde que salía tan a menudo con Guido.

–Me ha pedido que abandone esta casa –dijo Marie

por fin–. Opina que no es bueno para mí que continúe viviendo aquí contigo.

–¿Ah sí? ¿Y adónde quiere que vayas? ¡A dormir en su camita y a comer de su platito!

Marie no contestó.

–Y a Ludwig y a mí que nos parta un rayo, ¿no? –le espetó Paula sin dejar de mirarla. Enseguida tuvo la sensación de haber dado en el clavo.

–Si yo... bueno, si nos casáramos, también tendría que irme, tendría que dejaros a los dos.

–¿Y es eso lo que quieres realmente, separarte de nosotros?

Paula hizo un mohín y trataba, al mismo tiempo, de apartar la vista de aquel horrible dragón, tan torpe y fofo que nunca sería capaz de escalar la roca lisa para alcanzar a la joven.

Marie se transformó de repente ante sus ojos en una mujer sabia y maternal. Esbozó una sonrisa con la cabeza inclinada y rodeó con el brazo los hombros de su tía.

–Mira tía, ahora Ludwig ya va a la escuela –dijo en un tono de voz tan dulzón que Paula se echó a temblar de rabia–. Y tú tienes a tu Georg... Yo tengo que pensar en mi propia vida, debes comprenderlo, tiíta.

–No metas a Georg en esto; sólo está aquí para darme un poco de calor. ¿O es que acaso tu Guido exige que vivamos en régimen de convento de clausura? ¡Y no me llames tiíta!

Marie nunca la había llamado tiíta. Aquellas frases se las inspiraba Guido, lo mismo que aquella voz.

–Al parecer te tragas todo lo que te cuenta ese esnob asqueroso que desprecia a las mujeres, ese...

–Es tan bueno conmigo –le cortó Marie bajando la vista; aún no había terminado con el numerito–. Desea hacerme feliz, quiere poseerme.

–¡Desde luego, eso es lo que quiere! –gritó Paula fuera de sí–. Quiere meterte en su cama y separarnos, porque sabe que me lo conozco al dedillo.

Pero Marie la contemplaba indulgentemente, todavía con la cabeza gacha. Paula tuvo que hacer esfuerzos para no abofetearla. Con un violento gesto se desprendió del brazo de su sobrina.

–Georg no deja de ser un aburrido pequeño burgués –continuó–. No quiero verle más, siempre con su ciclamen... y esos aires de superioridad cuando me trae alguna moneda de valor envuelta en papel de seda.

Marie volvió a sus acuarelas y, con el pincel levantado sobre la pastilla del vermellón, vaciló unos instantes.

–Pues Guido le encuentra tan simpático y solvente... –dijo por fin.

Paula escudriñó el rostro de Marie buscando el rastro de una sonrisa, pero la muchacha se había cerrado en banda. Marie bajó la mirada; no quería acordarse de las bromas que, a propósito de Georg, el empleado del banco, solían hacer ellas dos cuando, en otro tiempo, después de haber llevado a Ludwig a dormir, ambas se sentaban a la mesa. Paula solía reírse a gusto cuando Marie se ponía a imitar cómo Georg se colocaba con pedantería la servilleta alrededor del cuello, destapaba las ollas encima de los fogones para husmear su contenido, se reprimía un bostezo con la barbilla temblorosa o se limpiaba las uñas con un mondadientes.

Marie abandonó la casa a principios de verano. Guido tenía amigos en Hannover y lo arregló para que alojaran a Marie. De ese modo, ella aprendería idiomas –inglés y francés–, continuaría con el piano y asistiría a clases de dibujo en casa de un pintor que Guido conocía y apreciaba.

Después de acompañar a Marie a la estación, Paula había mantenido una conversación con Guido en el salón, a fin de concretar detalles acerca del ajuar de Marie, la boda y el piso. Guido se hizo cargo de todos los pormenores, encargó toallas y juegos de cama, y diseñó muebles, que describía a Paula, obviando preguntarle si le parecían bonitos o si creía que iban a gustarle a Marie. Paula optó por dejar que las cosas siguieran su curso. Incluso cuando, junto a ella en la cama, Guido le hablaba de Marie y de lo mucho que a la pobre le estaba costando adaptarse a la vida en Hannover, Paula guardaba silencio y se limitaba a contemplarle, con la distancia de una mujer que sabe apreciar a un buen amante y no le interesa lo más mínimo lo que éste pueda contarle sobre su esposa.

Guido era distinto de Leonhard, diferente de todos los hombres que ella había conocido. Por lo general había confiado en todos esos hombres, había creído conocerlos a fondo, disponer de ellos, dominarlos cuando yacían junto a ella, desnudos y exhaustos. Pero Guido era distinto. Notaba en él una extraña frialdad, que ni siquiera desaparecía cuando la estrechaba con pasión entre sus brazos. Guido no se entregaba nunca, ni a ella ni a Marie. Se organizaba la vida del modo que consideraba más adecuado y, con respecto a Marie, todavía tenía que pulirla, a fin de hacerla encajar en sus esquemas. Ella misma, Paula, no representaba para él más que una isla, hacia la cual le arrastraban sus instintos, pero que abandonaba a nado, con rapidez y sin volver la vista atrás tan pronto había cerrado tras de sí la puerta del apartamento.

Ahora solía hablar poco de su profesión; lo hacía en contadísimas ocasiones, y siempre a regañadientes. Ya no permitía que Paula penetrara en esa parcela de su vida. Trabajaba como asistente de un catedrático especializado en el Renacimiento, y solía viajar con él a Roma y Florencia. Eso fue todo lo que Paula pudo sacarle.

Precisamente se encontraba de viaje cuando, un buen día, Marie se presentó de improviso en casa de Paula. Se sentó a la mesa de la sala sin quitarse el sombrero. Había vuelto a casa. No tenía intención de volver a Hannover, pues, según expuso a Paula, estudiar idiomas la aburría y torturaba, y las personas con las que vivía no la comprendían en absoluto.

–¿Y qué va a decir Guido de todo esto? –preguntó Paula, no sin una cierta sensación de triunfo.

Marie se encogió de hombros. Se movía por la casa como si fuera una extraña. Paula intentó por todos los medios que se sentara para poder interrogarla, pero Marie rechazó los macarrones refritos que su tía le puso delante. Tampoco se quitó ni chaqueta ni zapatos, y sujetaba el bolso bien apretado bajo el brazo como si estuviera a punto de marcharse de nuevo.

En la cocina, se detuvo frente al soporte de madera que Georg había colocado en la pared, a la altura de los fogones, y del cual colgaban, uno junto a otro, el cucharón, la espumadera y el batidor.

–Georg –informó Paula–. Fíjate, incluso ha traído una muela de afilar cuchillos y un cesto para las cebollas.

Pero Marie seguía callada. Ya en el salón, se miró en

el espejo de la cómoda estilo Biedermeier y se quitó el sombrerito.

–Esa gente, esos Ölschlegel... hablaban de Guido como si fuera un Dios recién bajado del Olimpo, empeñado en casarse con una mujer terrenal. Sobre todo ella. Que si Guido opina... Guido siempre ha dicho... Guido espera de usted, hijita... Llegué a pensar que la mujer estaba locamente enamorada de Guido... siempre escuchando ese maldito disco: «Pobre mujercita..., y luego dicen que su marido valora mucho la fidelidad...» o algo así. Un ridículo coro masculino sin acompañamiento instrumental. El disco se lo había regalado Guido.

–Vamos, Marie –la apremió Paula, nerviosa–. Como toda jovencita enamorada, ahora te imaginas que todas las mujeres...

–Ya no sé si todavía estoy tan enamorada como antes –la interrumpió Marie–. Seis meses es mucho tiempo y... –Levantó unos guantes de piel de cerdo que vio sobre la cómoda y los examinó cuidadosamente–. ¿Ha estado aquí? ¿Te ha visitado con frecuencia?

–Tan sólo un par de veces, creo, y no estuvo mucho rato. Simplemente le apetecía que habláramos de ti.

Paula comenzó a comerse ella misma los macarrones de su sobrina. Marie se dirigió al dormitorio de Paula y echó un vistazo a su alrededor.

–¡Déjame una rebeca de lana; tengo frío! –le gritó a su tía a través de la puerta abierta.

Paula se obligó a permanecer sentada.

–¡En el armario! ¡Mira en el armario, Marie! –respondió mientras repasaba mentalmente con rapidez el estado del dormitorio.

–Podrías airear el cuarto de tanto en tanto –sugirió

Marie al salir de la alcoba, sin haber cogido la chaqueta, y fue a sentarse con Paula a la mesa.

–Hablamos con Guido de tu ajuar –comentó su tía después de una pausa, al tiempo que agrupaba los últimos macarrones con el tenedor.

Marie dejó el bolso encima de la mesa y la miró.

–Quizá ni siquiera me case con él –sentenció finalmente.

Paula raramente visitaba a Marie en el piso nuevo que Guido había montado, donde vivía su sobrina desde que había contraído matrimonio. Era un piso de alquiler situado junto a un pequeño parque. El día de la boda, Guido había bailado con Paula y la había mirado a los ojos con decisión, sin pensar en el pasado. Paula pasó por alto, con una sonrisa en los labios, los temores del hombre.

Georg se había emborrachado en el banquete de boda, y los ojos se le humedecieron al extraer una flor del jarrón que tenía delante para declararse a Paula. Paula, que sostenía a Ludwig dormido en sus brazos, pensaba en lo vacía que quedaría la casa sin Marie, y en la circunstancia de que, a partir de entonces, recibiría menos dinero de Leonhard. Se vio sola, sentada a la mesa con el niño, y sola en la cama, de noche, cuando las ramas de los castaños golpearan las ventanas.

Marie visitaba a Paula todos los días. Lo hacía dando un paseo y siempre traía flores y pastel. Hablaba del trabajo de Guido, de su apasionamiento y de sus éxitos. Siempre andaba colaborando en trabajos que habían de ser cruciales para su futuro. «En el fondo odia a los hombres», se decía Paula para sus adentros, pero nunca se atrevió a preguntarle a su sobrina si le gustaba dormir con Guido.

La habitación de Marie la había alquilado a un hombre que trabajaba de tipógrafo en el periódico local. No resultaba fácil alquilar habitaciones; Paula había leído sobre desempleo y descontento en el país, pero era incapaz de comprender qué comportaban aquellas noticias. Algo había cambiado, y no sólo en su casa, pero no quería pensar en ello para no incrementar su inquietud. Afortunadamente, el piso le pertenecía, y estaba pensando en alquilar otra habitación. Ludwig podía dormir en el cuarto pequeño. Era un niño tranquilo y apacible, aunque solía llorar cuando regresaba del colegio sin que Paula supiera consolarle.

–Este niño acabará siendo un desgraciado –le pronosticó Leonhard a Paula tras la boda de Marie.

Leonhard había asistido al enlace a petición de Marie, sin decirle nada a su esposa Katarina. Después de dejar al ebrio y lloroso Georg sentado en un taxi, y haberle pagado el viaje, llevó a Paula del brazo hasta casa, como si no hubieran hecho otra cosa desde hacía años.

–Ludwig es un chiquillo inteligente y sensible –comentó mientras se metía en la cama de su ex esposa.

Paula no supo muy bien por qué no le contó entonces nada acerca de las intenciones de Georg. Tenía la impresión de que solamente si Leonhard se enteraba de que pensaban casarse, estaría engañando realmente a Georg. Además, bien podía ser que éste no lo hubiera dicho en serio. Las bodas, eso lo sabía Paula muy bien, hacían aflorar el talante sentimental de la gente. Ahora, apoyada sobre el pecho huesudo de Leonhard, le parecía como si éste no se hubiera marchado nunca de su lado.

–Katarina cree que estoy en Maguncia... –comentó Leonhard jocoso–. En una reunión de filología clásica.

–¿Eres feliz con ella? –preguntó Paula, tirándole de un pelito que tenía en la axila.

–Ay, Paulina... –respondió estrechándola todavía con más fuerza–. Ya sabes cómo son las cosas, uno siempre quiere lo que no tiene... Yo tengo todo lo que quiero, pero lo que quiero no lo tengo y lo que tengo no lo quiero...

Paula guardó silencio. Leonhard la mecía suavemente.

–¿Sabes qué? Búscate un hombre y mándame al niño a vivir con nosotros en Roma –concluyó–. Se avecinan tiempos difíciles para Alemania. No me fío un pelo de la gente que va a subir al poder. No sé cómo van a evolucionar las cosas. Nosotros que pensábamos que después de lo de Hindenburg la situación ya no podía empeorar más... Al menos los italianos saludan los nuevos tiempos con *ossobuco* y *profiteroles* con nata. En cambio, el futuro de Alemania está en la olla del potaje de lentejas.

A Paula le inquietaron aquellas palabras. Leonhard tenía la facultad de intranquilizarla siempre con sus miedos y profecías. ¿Cómo habría podido olvidar eso? Se acordó con cariño de Georg y de su colección de monedas, sus píldoras de ajo y su apetito voraz. Sin embargo, volvió a apoyar la cabeza en el pecho de Leonhard y respiró profundamente aquel aroma acidulado que le era tan familiar.

Siempre queriendo adoptar niños. ¿Acaso no había «salvado» a Marie, como él lo llamaba? Y ahora quería salvar también a Ludwig.

–¿Y qué planes tienes para mi hijo? –quiso saber Paula.

Pero Leonhard solamente suspiró.

–Paula –dijo muy serio–, mándame a Ludwig. ¿Qué edad tiene ahora el niño? ¿Siete años? Al fin y al cabo, nosotros no tenemos hijos... Tú procura casarte con una buena persona que pueda cuidar de ti.

Pero Paula no quería saber nada, ni de lo uno ni de lo otro.

Paula tenía la sensación de que Marie vivía dos vidas paralelas. Por un lado, la vida junto a Guido, que la mimaba y educaba como si fuera una niña. Paula la veía arreglar las flores en los jarrones y extender la carne en una bandeja grande, cuidadosamente y con el ceño fruncido. La veía leer libros, con el lápiz en la mano para ir tomando notas. En una ocasión le había comentado a Paula riendo que Guido le ponía preguntas, como si fuera su profesor, y que aquello le gustaba. Cuando Marie visitaba a Paula, solía quitarse el vestido para no arrugarlo, se sentaba en la cocina en combinación, con las piernas cruzadas, y le hablaba a su tía de sus conversaciones con Guido.

–Me está enseñando una vida completamente nueva –dijo un día, sin mirar a Paula–. Conmigo, desde luego, tiene una paciencia de santo.

–Eso significa que le amas –dedujo ésta, que trataba de comprender a Marie.

–Hasta ahora, nunca me había interesado por la Historia –continuó la joven, echando a su tía una mirada de reojo–. Y tú tampoco; deberías leer a Stefan Zweig y a Heinrich Mann. Guido dice que los de la Academia de Prusia le hicieron la vida imposible a Heinrich Mann, tanto, que se vio obligado a emigrar a América. Sin embargo, es un poeta magnífico.

Nunca se refería al tema del amor, pero Paula sabía esperar. Cuando Marie dejó al fin de hablar siempre de Guido, poco a poco volvió a ser la muchacha que había vivido con ella en aquella casa, la que se pasaba el día entero dando vueltas a su alrededor, formulando preguntas sobre sus vivencias; la que metía los dedos en el tarro de los pepinillos y se reía cuando Paula imitaba al señor Metzler, su inquilino, pidiéndole prestado el candelabro para recibir a una visita femenina. La Marie de confianza que descubrió entonces le pareció a Paula la verdadera Marie. Una mujer que sobrevivía en un inseguro mundo de hombres gracias a su inteligencia, su capacidad de adaptación y su sentido del humor, de manera similar a como lo hacía la propia Paula. Pero también cabía la posibilidad de que estuviera juzgando a Marie de forma equivocada.

Guido ya no volvió a visitar a Paula. Había ocupado una plaza de asistente en el Instituto de Historia del Arte adscrito a la universidad de la ciudad vecina. Al principio trató de convencer a Marie para que se trasladaran a vivir allí, pero Marie se opuso a sus deseos. Y a Paula le pareció una decisión acertada.

Luego vinieron los años que, más tarde, Paula se negaría a recordar. Sólo le venían a la mente fragmentos, escenas que era incapaz de situar en el tiempo. Todo lo que la rodeaba parecía desmoronarse.

Un buen día el señor Metzler irrumpió en la casa vestido de uniforme gris. Sorprendió a Paula en la cocina, en el preciso instante en que ésta se disponía a tomar un traguito del jerez que Georg guardaba para cocinar. De un golpe violento la mujer volvió a dejar la botella sobre la mesa. El señor Metzler, por otra parte, ya la había pescado otras veces en la cocina y aprovechado para soltarle apasionados discursos.

–¡Vaya!... Por fin se ha dado cuenta el partido de lo asqueroso que era ese color –le espetó Paula, examinándole con el ceño fruncido.

Pero él se limitó a hacerle entrega, como si de un legado se tratase, de una bandera roja-azul-y-negra doblada con meticulosidad, y a continuación se enzarzó en un largo y confuso monólogo acerca de las obligaciones de Paula como mujer alemana propietaria de vivienda. Concluyó con una escueta alusión a que partía hacia el frente.

Paula no comprendió de inmediato lo que estaba ocurriendo, pero luego también Guido fue llamado a filas.

Contenta de haber mandado a Ludwig a Italia, decidió permitir que Mia se instalara a vivir con ella; en principio iba a ser sólo de forma provisional, hasta que Mia se hubiera curado del todo una dolencia intestinal que arrastraba desde hacía tiempo, pero de todas formas se alegraba de tener a su amiga en casa.

Guido había enviado a Marie a Austria, donde años atrás había adquirido una casa de campo en un pueblecito perdido. Marie le había escrito a Paula algunas cartas en las que le describía su enorme preocupación por Guido y expresaba la esperanza de que éste se reuniera con ella en cuanto le concedieran un permiso.

Una tarde, Mia decidió echar las cartas a Paula.

–Esto no tiene buen aspecto –observó–, aquí tenemos la torre que se derrumba, y también veo mucha gente que se introduce en tu vida, gente nueva... Quizá un viaje, quién sabe.

Sin embargo, Paula no quiso seguir escuchándola; la perspectiva de esa gente desconocida entrometiéndose en su vida la inquietaba enormemente. Y el espectro de la torre que se derrumbaba la aterrorizaba aún más. Tenía la corazonada de que todo iba a ir de mal en peor; el mundo exterior se estaba introduciendo, amenazador, en su propia casa, su pequeño reino. La ausencia de Marie hacía que se sintiera aún más sola. Y aunque Leonhard le había escrito que Ludwig se encontraba bien, también decía en su carta que Italia se había sumado al movimiento. Incluso mandó un dibujo del Duce. Parecía una carpa con casco de acero, pero Paula no estaba como para reírse con semejante alarde de humor negro. Marie se había quedado embarazada.

Georg iba separando los cupones de la cartilla de racionamiento como si manejara delicados sellos de valor. A veces le leía a Paula alguna noticia de la prensa.

–Ojalá no nos pasemos –decía, y–: un civil tiene la obligación de servir a la patria.

En ocasiones, Paula sospechaba que a Georg le habría gustado poder participar personalmente en todas aquellas ofensivas victoriosas que le leía a Paula de los periódicos. En lugar de eso, había sido destinado al servicio civil, y Paula tuvo que prohibirle que, después de cenar, tan pronto había terminado su contabilidad, como él la llamaba, extendiera sobre la mesa todas esas horribles insignias grises.

A Mia, que ya había regresado a casa, la mandaron a coser a una fábrica de uniformes.

–Me han reclutado –comentó sin entusiasmo–. La vieja Mia también es necesaria en la *Wehrmacht*[1].

Paula la echó de menos.

1. Fuerzas armadas alemanas. *(N. de la T.)*

También ella trabajaba ahora, en una fábrica que producía suelas para botas militares. No se sentía a gusto entre aquellas mujeres, aferradas a enormes y ruidosas máquinas. La necesidad de levantarse temprano la ponía de mal humor y la volvía extremadamente irritable. Fuera de sus cuatro paredes, como ella decía, la vida parecía discurrir a una velocidad incomprensible y peligrosa, como una pesada e imparable maquinaria en la que uno no puede equivocarse o despistarse, ya que, de lo contrario, el engranaje le engulle sin piedad.

En su primer día de trabajo, Paula se pinchó el dedo en la máquina, y el horror y el dolor que el accidente le produjo se mezclaron con una sensación de impotencia y miedo. Su casa ya no le prestaba protección alguna; Georg tampoco podía protegerla y, por si fuera poco, ni siquiera Ludwig podía considerarse seguro en Italia. Como guindilla, Marie esperaba un hijo, y le había escrito que no aguantaría mucho tiempo sola en aquella maldita casa de campo.

Paula compró algunos víveres de reserva y los amontonó en la despensa, pero aquel pequeño excedente no consiguió devolverle la sensación de seguridad.

Cuando recibió la noticia de que Marie había dado a luz una niña, no consiguió alegrarse del todo. Naturalmente, lo celebró con Georg brindando a la salud de Marie, pero luego se echó a llorar y Georg tuvo que llevarla a la cama.

–Todo se está volviendo tan confuso –repetía una y otra vez–. Parece como si el tiempo me arrastrara consigo, como un río desbocado que se lleva por delante árboles, cadáveres y cachivaches, y yo me debato en medio de la debacle sin saber adónde dirigirme.

Georg bromeaba llamándola cariñosamente su niñita pesimista, su gallinita miedosa, su pequeña tontina, pero se le notaba en la cara que trataba de ocultar su propio miedo. Se inventaba chistes a propósito de las máscaras antigás que recomendaban en la prensa, sobre la marcha militar que eternamente sonaba en la radio. Y cuando bajaban al sótano, se sentaba muy derecho al lado de Paula y le apoyaba la cabeza en el hombro.

–No es a nosotros a quienes buscan, Paulina mía, a nosotros no. Apuntan a la fábrica de maquinaria. No ves que sería absurdo que malgastaran sus bombas con nosotros... –la consolaba siempre.

Pero Paula no lo tenía tan claro. A ella no le merecía ninguna confianza aquel sótano, donde buscaba con Georg un hueco entre los vecinos y escuchaba cómo las paredes se iban desplomando a trozos cuando caía alguna bomba cerca de allí. «Esto es el final», pensó en más de una ocasión.

Personas a las que prácticamente no conocía acudían a llamar a su puerta, dejaban sus maletas en el pasillo, se sentaban en la cocina y bebían su café de malta aguado. Por las noches, a través de la pared de su alcoba, oía el llanto de los niños y los movimientos de personas que, medio en sueños, daban vueltas en la cama, cuchicheaban y se apretaban unos contra otros para combatir el frío y el miedo.

Mia volvió a instalarse en casa de Paula. Se había lastimado una rodilla al bajar por la escalera del refugio antiaéreo. Georg fue a buscar su máquina de coser con una carretilla. A partir de entonces, la modista se pasaba las tardes en el salón, bajo la lámpara, cosiendo bolsitas para las máscaras antigás, mientras Paula, envuelta en una manta y echada en el sofá, se quejaba de no saber nada de Ludwig y de que Leonhard estuviera cada día más pesimista y susceptible desde que había contraído aquella enfermedad. Leía en voz alta sus cartas a Mia y ésta asentía con gesto agorero a todo lo que Paula decía, con la pierna vendada sobre una silla.

–Se han llevado al doctor Morgenstern. Anteayer... me lo han contado unos vecinos –anunció Mia–. ¡Un hombre tan anciano! Al parecer le empujaron escaleras abajo, y ni una triste maleta le dejaron llevar consigo. Por no llevar, no llevaba ni abrigo...

–Le encerrarán como a los demás, al pobre hombre. Y cuando nos pongamos enfermos no habrá nadie que cuide de nosotros.

–Paula, te lo ruego –suplicó Mia con los ojos enrojecidos, y miró a su amiga inclinada sobre la máquina de coser, como si en cualquier momento fuera a echarse a llorar.

–No puedo creer todo lo que está ocurriendo –balbució Paula, apesadumbrada. Pero lo creía. Sólo que no quería pensar en ello; enseguida se le aparecía la imagen del doctor Morgenstern abriendo su maletín y sacando el estetoscopio. Veía su chaleco a rayas, que le hacía arrugas sobre el pecho abombado, y cómo se sacaba con dos dedos el reloj de oro del bolsillo. Sus enormes ojos pacientes tras el grueso cristal de las gafas, tan cercanos, y su sonrisa bajo los ralos bigotes.

–Esto acabará con él –concluyó Mia.

Pero Paula le hizo un signo para que callara. Se imaginaba al anciano gritando con la boca muy abierta y los ojos, tras los gruesos lentes, tristes y aterrorizados.

Mia se palpó con la mano el vendaje de la rodilla y añadió:

–La misma suerte ha corrido la mujer que solía traerme el hilo de coser.

De pronto, Paula se precipitó hacia la puerta para escuchar si había alguien fuera en el corredor. Puso la radio. Una voz de mujer cantaba una canción acerca de tres abedules en un prado. Bajó el volumen y movió el dial en busca de la emisora. Mia dejó de coser. Por encima de silbidos y ruidos se distinguía una voz masculina. Paula respiraba con dificultad. Realmente, Georg era mucho más hábil que ella con la radio.

–Es el acoplamiento –apuntó Mia, con la cara contraída en una mueca. Se oían rumores, pero aun así se entendía el comunicado. Ambas mujeres se pusieron a escuchar atentamente, sin dejar ni por un momento de mirarse a los ojos.

Transcurrido el invierno, llegó la primavera y, pronto, también el verano. Pero Paula se sentía cansada y falta de ánimo; la luz del sol le parecía más pálida que otros veranos en que solía sentarse ante la ventana abierta y mirar al patio. «Me hago vieja –pensaba–, las fuerzas me abandonan.» Le horrorizaba la llegada del otoño y el frío del próximo invierno. La lucha diaria por el carbón, la comida y por la más insignificante pieza de vestir la desmoralizaba cada día más. «Ojalá pase pronto todo esto y todos nosotros podamos sobrevivir», pensaba a menudo.

Un buen día, la casa donde habían vivido Guido y Marie desapareció de la faz de la tierra. Paula bajó de la bicicleta y se sentó en un banco del parque. A su lado, un anciano rebuscaba entre vigas carbonizadas y tochos reventados. Paula se imaginó a Marie, levantando a su bebé recién nacido para mostrarle el manzano que había detrás de la casa en la que ahora vivía. Paula la había visitado en el campo, pero en aquellos momentos resultaba difícil viajar en tren y, de todos modos, ella ya no se sentía con fuerzas para repetir el viaje. Afortunadamente, Marie y la niña se encontraban seguras. Sin embargo, no se atrevía a pensar en Guido. Marie le había dicho en una carta que seguía sin noticias de él. En cuanto a Ludwig, también él se hallaba a salvo. Leonhard se haría cargo de él si le ocurriera algo a ella, a Paula, si su casa se derrumbara como aquélla; cuando ya no pudiera ni siquiera sentarse en el banco del parque y contemplar al anciano, que ahora daba saltos de contento porque había encontrado una jarrita para la leche, toda abollada.

Ya en casa, mientras pelaba las patatas que Georg había traído y le observaba sacar cuidadosamente de su bolsillo un cucurucho de comino y entregárselo, Paula recobró el coraje. De alguna forma conseguiría salir adelante. Además, un día u otro tendría que acabarse aquella pesadilla. Georg fregó dos platos y cerró luego la persiana negra para que no se viera luz desde el exterior. Paula se quitó las botas y las rellenó con papel de periódico. Se miró los pies y los dedos deformados, montados uno sobre otro. Había llevado tantos zapatos estrechos de tacón alto en su vida... Se imaginó todos los pares alineados delante de ella, una larga hilera de preciosos zapatos de piel reluciente, adornados con lacitos y cadenas: las sandalias de piel de serpiente de Budapest, que había combinado con un vestido *evasée* de falda plisada; las botas de charol abotonadas, que llevaba con medias negras cuando Leonhard había tomado sus pies y, sin mirarla, los había puesto sobre su regazo; los zapatos de ante rojo que dejaban al descubierto el dedo gordo, y que habían estado toda la tarde en la caseta de playa junto a la ropa, mientras Paula conversaba con el padre de Ludwig, sentados ambos cerca de un montón de redes de pescar y flotadores de corcho, frente a las libélulas que revoloteaban sobre el agua...

Georg colocó las botas delante de la estufa.

–¿Ya has envuelto las briquetas en papel de periódico húmedo? –preguntó al tiempo que abría la portezuela de la estufa.

Paula se echó a llorar.

Una mañana de invierno Paula oyó que alguien subía, lenta y pesadamente, peldaño a peldaño, por la oscura escalera de su casa. Hacía frío, y llevaba la cabeza envuelta en un pañuelo que le amortiguaba los sonidos. Se apoyó contra la pared y esperó. Alguien subía despacio la escalera, pues percibió una sombra de contorno impreciso, una persona que transportaba algo pesado, un fardo o quizá un saco.

–¿Viene usted a mi casa? –preguntó con voz de pito–. ¿Quién es?

Encendió la cerilla que tenía preparada en la mano. Ya no tenían luz en la escalera, y le daba miedo caerse cuando salía tan pronto de casa por la mañana.

Entonces, al iluminar el rellano con la cerilla, vio a Marie bajo la luz amarillenta, apoyada en la barandilla y con una criatura en brazos.

–Soy yo. Bueno, somos nosotras, Marie y Bettina.

La niña dormía. Y siguió durmiendo cuando ambas mujeres le quitaron el gorrito y la instalaron bajo el edredón en la cama de Paula. Tía y sobrina permanecieron un buen rato abrazadas sin saber qué decirse. Luego se sentaron en la cama y se abrazaron de nuevo. Marie parecía una de aquellas mujeres desconocidas que venían a suplicarle a Paula una cama para sus hijos, tan pálida y con el pelo sucio.

–Todavía no he encendido la estufa –se disculpó Paula–. Iba a salir y pensaba hacerlo a la vuelta. ¿La enciendo? Todavía me queda carbón.

Pero Marie se metió con Bettina bajo el edredón y, finalmente, también Paula cogió frío y decidió imitarla.

–Tres generaciones en la misma cama –observó Paula triunfante.

–No podía seguir soportándolo, tan sola –balbució Marie por fin–. Hace meses que no sé nada de Guido, Paula, ni siquiera sé dónde está; no les dejan decirlo. Ahora ya no mandan correo del frente.

Paula no quería hablar de los bombardeos, pero no fue capaz de ocultar su preocupación por Marie y su hija.

–No sé cómo te has atrevido a venir a la ciudad con este gusanillo, pobre criatura –comentó, echándose el abrigo por encima de las piernas–. Ahora vienen cada noche. Muchas veces ni siquiera me desvisto para meterme en cama; pienso que no vale la pena que me duerma, si enseguida... Esa sirena te ataca los nervios... te desvela por completo.

Marie tenía la vista fija en el techo e iba asintiendo mecánicamente.

–La señora Knopp –prosiguió Paula–, ya sabes, la de la lechería, salió un día del refugio, sólo un momento para recoger al perro, y ya no...

Marie cerró los ojos. La niña dormía con la boca abierta. Tenía el pelo oscuro y la piel amarillenta, como Guido.

–De momento vais a quedaros aquí conmigo –resolvió Paula, y buscó bajo la manta la manita de Bettina para llevarla hasta su mejilla.

–Me gustaría poder dormir, dormir días enteros –dijo Marie.

BETTINA

Bettina no había visto nunca un hombre como aquél, negro como un escarabajo. Su espalda se erguía, lisa y reluciente, a partir del claro pantalón corto. Sólo podía ver esa parte de su cuerpo, pues el hombre se hallaba detrás de la mesa de la cocina, lavándose en una palangana. La manopla llena de espuma asomaba de repente bajo sus axilas y al punto volvía a desaparecer, como una lengua rosada que le iba lamiendo. Sabía que era un hombre porque le oía canturrear; emitía breves sonidos semejantes a los de una trompeta, y los alternaba con largos trinos encadenados. También su cabeza, asentada sobre un cuello largo y delgado, tenía un aspecto muy raro; una bola brillante y aterciopelada, tan negra como el alquitrán. El hombre estaba en la cocina de tía Paula, y por eso Bettina podía contemplarle tanto como quisiera, lo mismo que a la escurridera repleta de pasta encima de la mesa y las cebollas colgadas del marco de la ventana, con sus brotes verdes pegados a los cristales.

Bettina se sentó en el suelo, se arremangó el vestidito por encima de las rodillas y se puso a toquetear con los dedos la espuma gris que flotaba en un gran charco de agua.

La cocina parecía otra con la presencia de aquel hombre moreno que cantaba. Ahora le llegaba el perfume de la enorme pastilla de jabón lila que había encima del mantel de hule. De pronto, el hombre levantó una pierna, la introdujo en la palangana, colocada sobre un taburete, y se volvió. Emitió un sonido corto y agudo y, al ver a Bettina levantarse y secarse las manos en el corpiño de su vestido, le guiñó el ojo. Bettina salió corriendo de la cocina.

Olga, Marie y tía Paula estaban reunidas en torno a la mesa del salón. Olga procedía de la comarca del Ries, y a menudo le contaba cosas a Bettina acerca de la fábrica de órganos que de niña tenía cerca de su casa. «Siempre oíamos buena música», decía, y se ceñía la bata al pecho. Llevaba una piedra colgada del cuello que brillaba como un carámbano.

–Ven aquí, cariño –le dijo, y rodeó a Bettina con el brazo.

Encima del hornillo, donde normalmente se dejaba la cafetera, Bettina vio una lata redonda y roja con la tapa levantada. Olga metió la mano dentro y le alcanzó a Bettina una extraña salchicha con los extremos angulosos. Marie lanzó a su hija una severa mirada desde el otro lado de la mesa, y ésta se apresuró a dar las gracias antes de hincarle el diente a la salchicha, que estaba tibia y tenía un gusto exótico, maravilloso.

–En la cocina he visto a un hombre muy moreno –explicó Bettina.

Las tres mujeres observaban con interés cómo la salchicha se iba haciendo cada vez más corta.

–Es Jonny –contestó Olga con un suspiro.

–¿Va a quedarse a vivir aquí con nosotras? –preguntó Bettina, que, en cierto modo, consideraba el piso de tía Paula como parte de su territorio.

–Ha venido a visitarme –repuso Olga–. Estas salchichas las ha traído él.

Olga estaba siempre de buen humor, y Bettina creía que era debido a las redondas y prietas carnes de que hacía gala, a sus rosados codos y rodillas, con aquellos hoyuelos, parecidos a los de los niños de los cuentos. Las cabezas de esas criaturas, demasiado grandes en proporción al cuerpo, también eran similares a la de la mujer, con una mata de pelo rubio que Olga no llevaba pegada a la cabeza y recogida detrás en un moño, como se peinaba la madre de Bettina, sino colgando sobre los hombros, como un montón de finos fideos amarillentos y resplandecientes de mantequilla. Marie tenía un aspecto tan dulce y agradable, sentada de ese modo en el sofá... No quiso comer salchichas, pero sus labios se movían al tiempo que contemplaba a Bettina, como si estuviera degustando el cálido jugo que se estaba formando en la boca de su hijita.

Olga estaba radiante y risueña; miraba a Bettina con ojos rasgados y sostenía entre sus dedos un cigarrillo. Tía Paula también estaba fumando, algo que Bettina nunca le había visto hacer.

–¿Y a ti te parece bien que traiga a todos esos hombres a casa? –quiso saber Marie en cuanto Olga hubo abandonado el salón.

–¿Y por qué no? –contestó tía Paula masticando–. Es buena chica, y tiene un gran corazón; ayer mismo, sin ir más lejos, me trajo un par de medias. ¿Qué más da que sea negro? Es un hombre muy guapo, y tiene una mirada adorable. No quiero saber lo que hace, eso es algo que no me incumbe.

–Sabes muy bien lo que hace –gruñó Marie, levantándose y haciendo un gesto a Bettina.

–¿Quieres mantequilla? –preguntó Paula–. Ayer vino a verme Seibold y me trajo mantequilla a cambio del abrigo de piel de Leonhard. Tenía pensado guardarlo para Ludwig, pero... –Tía Paula levantó la mano y luego la dejó caer.

Qué delgada se veía Marie, ahí de pie junto a la mesa y qué aire tan severo tenía.

–¿Qué es lo que hace Olga, eh? ¿Qué hace? –preguntó Bettina, y fue a sentarse sobre las rodillas de su tía.

Paula la besó en el cuello y le susurró al oído:

–Ven mañana, iremos a por bayas. Podrás comer tantas como quieras. Olga conoce a alguien del pueblo que tiene el jardín lleno de grosellas, frambuesas y moras.

Marie dio un beso a la tía en la cabeza y cogió a Bettina de la mano.

–Ven, Betti, nos vamos a casa.

–Voy un momento a la cocina –replicó la niña. Pero cuando abrió la puerta, la cocina estaba desierta.

En el camino de regreso a través del bosque, a Bettina le dolía la boca. El paladar le escocía a causa de la gran cantidad de bayas que había comido. Paula acarreaba dos pesadas lecheras y resoplaba a causa del esfuerzo. Olga era la única que disfrutaba del paseo ya que, de tanto en tanto, se salía del camino dando saltitos para coger setas escondidas entre los árboles, que luego guardaba cuidadosamente en el bolsillo superior de la mochila.

Paula llevaba un pañuelo de colores en la cabeza, con un nudo sobre la frente como los marajás. Llevaba la falda del vestido estampado toda arrugada por detrás, por donde se había sentado, y tenía las piernas llenas de arañazos, pues se había lastimado al coger frambuesas entre los zarzales. Bettina nunca había visto tan agotada a su tía, y le sorprendía ver a Olga tan campante, silbando, caminando como si fuera un hombre, sobre aquellos tacones tan altos.

–Un día más como éste, y tengo que guardar cama una semana entera –se quejó Paula.

–¿Y Olga... por qué está tan contenta?

–Ella es campesina y está acostumbrada a estos trotes –le respondió su tía, depositando las lecheras en el suelo para tomarse un respiro.

Olga se acuclilló entre unos helechos y se bajó el pantalón. No eran bragas lo que llevaba, sino un bañador azul similar al que Bettina le había visto a su padre. Podía ver a Olga sin perder detalle, sus nalgas redondas, ese lugar oscuro entre ambas y el riachuelo espumoso que la tierra iba engullendo.

–¡Esto sí que sienta bien! –exclamó Olga con regocijo.

Bettina estaba asombrada; ella se resistía incluso a dejar que su madre le pusiera el termómetro en el pompis. Tía Paula, por su parte, ya se había colocado junto a Olga, y Bettina optó por hundir la mano en el cesto de las bayas y, casi a disgusto, se comió un puñado de tibias y pegajosas frambuesas.

–El calzoncillo es de Jonny –explicó Olga, y Paula se echó a reír.

–Por lo visto, todos los que salen contigo se llaman Jonny...

–Sí, todos. Porque todos son iguales.

–Eso es cierto.

Las risotadas de ambas mujeres amortiguaban ahora el sonido del líquido al dar contra el suelo.

–Ya no puedo caminar más –lloriqueó Bettina, y se dejó caer en el camino junto a las lecheras–. Estoy malita.

Olga tuvo que llevar a Bettina en brazos hasta la estación. Qué agradable sensación la de estar tan cerca de sus cálidos pechos, que se balanceaban a cada paso.

Su cabello olía a caramelo de malta, tal como Bettina había imaginado.

El hombre moreno se hallaba sentado en la cama hojeando una revista. La alcoba estaba llena de humo. Bettina buscó la estufa con la mirada y, a través de las ventanillas de la portezuela, distinguió las llamaradas rojas que subían y bajaban. El hombre le hizo un signo con la mano, huesuda y alargada. Ella se volvió para echar un vistazo al pasillo oscuro, entró y cerró la puerta tras de sí. Hacía mucho calor en la habitación. Bettina se quedó de pie frente al hombre y observó la revista que reposaba entre sus pies desnudos. Se veía un coche repleto de gente, un automóvil descapotable en el que se apretujaba un montón de personas, unas encima de otras. Parecían alegres, saludaban con la mano y sostenían banderitas y botellas. Era una foto brillante y con muchos colores. El hombre alzó la revista del suelo; Bettina pasó con cuidado la mano por el papel satinado.

–América –dijo el hombre.

Y su voz sonó más aguda de lo que Bettina recordaba. Entonces él recogió del suelo un pantalón verde oscuro y se puso a rebuscar en los bolsillos. Un objeto tras otro, fue depositando sobre la cama un fajo de billetes, un papel doblado, una moneda y un pequeño peine rojo que parecía hecho de plastilina brillante. Luego le tendió a Bettina un trozo de chocolate envuelto en papel marrón, del cual colgaban todavía pequeños restos de papel de aluminio.

Bettina conocía esas chocolatinas y sabía el aspecto que tenían cuando estaban enteras; se llamaban Hershy's, y el nombre estaba escrito en letras plateadas. Esa palabra ya sabía leerla, y eso que todavía no iba a la escuela. Sin saber por qué, rechazó el chocolate. El hombre, que no dejaba de mirarla, dejó el chocolate sobre la cama. Alargó la mano, le acarició la cinta roja que llevaba en el pelo y dijo algo que Bettina no entendió, pero que sonaba agradable. Entonces ella le mostró a su vez un reloj de pulsera que ella misma había recortado en cartón y se había sujetado a la muñeca con ayuda de una goma elástica. El hombre le tomó el brazo, se llevó el reloj al oído y estuvo un rato escuchando, dibujando una amplia sonrisa en los labios. Tenía las uñas de las manos de color azul oscuro. De nuevo le ofreció el chocolate, pero Bettina, vergonzosa, no pudo cogerlo. La cama, con las sábanas blancas y arrugadas, aparecía bajo la luz de la lámpara como un extraño paisaje nevado, una nieve que no se fundía con el calor de la alcoba y bajo la temperatura de aquel cuerpo moreno, que, sólo protegido por el pantalón corto, descansaba sobre la helada capa.

–¿Olga? –preguntó el hombre, y alzó los hombros.

Bettina comprendió que le preguntaba dónde se encontraba Olga y, despacio y con voz clara y audible, respondió:

–Olga está con tía Paula en la cocina. Están preparando la comida.

–Aaah –asintió el hombre, moviendo la cabeza.

Bettina fingió remover en una olla y señaló hacia la puerta. El hombre se rió. Sus encías eran de un color rosado, igual que la lengua. Entonces él hizo ver que se metía algo en la boca, y se echó a reír de nuevo. Bettina asintió. El tipo fingía masticar con la boca llena, y tragaba con tal esfuerzo que se le desorbitaban los ojos. Bettina soltó una carcajada. En ese momento, él la atrajo entre sus rodillas y Bettina bajó la vista con timidez al ver tan cercano aquel rostro risueño que relucía tanto como su pecho desnudo. Los ojos parecían nadar en aquella cara, como si sólo las pestañas negras –tan duras que parecían de alambre– les impidieran escapar de la cara.

Bettina observó la revista a sus pies y a la gente del descapotable. Estaba pisando a aquel grupo tan alegre, con el pie enfundado en un calcetín blanco zurcido, y tapaba los extraños árboles que aparecían junto al coche.

–América –dijo el hombre, al tiempo que la zarandeaba con suavidad–. América, América.

–Ameeeérica –repuso Bettina, y el hombre explotó en tal ataque de risa que se dejó caer de espaldas sobre la cama, y casi la arrastra a ella consigo.

Bettina se incorporó de inmediato. El hombre parecía asustado y volvió a sentarse. Le rodeó delicadamente el cuello con los brazos y la retenía sin mirarla. Desde tan cerca, su cabello no parecía tan negro, sino más bien castaño oscuro, y era tan espeso como un pedazo de musgo. Bettina sentía la respiración del hombre sobre su pecho, una cálida brisa que iba y venía a golpes desiguales. No entendió por qué la entristecía tanto aquella respiración. Sentía deseos de palpar la piel oscura de sus hombros, pero algo se lo impedía. Le daba la sensación de estar viendo algo nuevo y bonito que no podía adoptar en su mundo, pues no sabía dónde ubicarlo entre el chocolate y la muñeca, entre las bayas y la brillante foto de colores.

De repente, el hombre la estrechó contra su cara y se puso a hablar. Ella no entendía sus palabras, pero su voz, peculiar y sonora, era tan dulce y marrón como el chocolate. No podría aguantar mucho rato.

Se deshizo del abrazo y salió corriendo de la habitación. En la penumbra del pasillo, que olía a col y a cera de suelo, rompió a llorar, apoyada en la pared, entre baúles y muebles.

Olga se hallaba sentada en la cama, pintándose los labios. Bettina, de pie junto a ella, se esforzaba en separar todo lo posible los dedos de las manos, para que se le secara la laca de uñas que Olga acababa de ponerle.

–Estará a punto de llegar –dijo Olga, metió la nariz en la caja de polvos, tosió y se miró en el espejito la lengua entre los dientes. En la radio sonaba música de tambores; se oían también otros instrumentos, que unas veces se acompasaban al sonido grave y otras sobresalían por encima o por debajo de él. Olga se movía al ritmo de la música, mientras se recogía el cabello con sendas peinetas a izquierda y derecha.

–¿Jonny es tu marido? –quiso saber Bettina.

–¿Qué Jonny?

–Ese hombre moreno...

–Es mi amigo.

–¿Y vive aquí contigo?

–No, no... Pásame los zapatos, anda, los blancos. Sólo viene a visitarme.

Bettina cogió el lápiz negro y se pintó unas líneas gruesas sobre los párpados.

–¡No me lo rompas, Betti!

–Es un soldado, ¿verdad? Lleva uniforme.

–Sí. ¿Te gusta el uniforme?

–No.

–¿Y por qué no?

Olga se había levantado y se miraba las pantorrillas en el espejo.

–No lo sé. A nuestro perro no le gustan los hombres con uniforme. Siempre quiere morderles.

–Qué bicho tan raro.

–¿Por qué? ¿Es que ahora son amigos nuestros... esos hombres?

–Eso debes preguntárselo a tus padres, Betti... Dónde habré dejado el bolso... Ah, sí, ahí está.

–Mamá dice que no debo hablar con ellos.

–Mira, Betti, Jonny es buena persona –le contestó Olga, poniéndole las manos sobre los hombros–. Viene de un pueblo del otro lado del océano, igual que yo, y tiene cuatro hermanos pequeños. Me ha enseñado sus fotos.

–¿Puedo verlas?

–Yo no las tengo. Siempre las lleva en la cartera.

–¿Vas a salir con él?

–No, no... ¿Cómo se te ocurre una cosa así?

–¿Irás a su pueblo?

–Pero qué dices. Si es negro.

Bettina se quedó pensativa. Agitaba las manos en el aire como le había visto hacer a Olga cuando se dejaba secar las uñas.

–Aunque tienes razón. Le prefiero a muchos otros tipos –reconoció Olga riendo, mientras se echaba perfume con el vaporizador. Luego echó una nubecita en dirección a Bettina.

De pronto se abrió la puerta y en el umbral apareció un hombre uniformado. Llevaba la gorrita hundida hasta la nariz y masticaba algo. Era rubio y usaba gafas redondas.

–Betti, ven a la cocina –ordenó Paula por encima del hombro del soldado.

Bettina se deslizó por delante del forastero, y su tía la tomó de la nuca y la condujo a la cocina.

Un hombre gordo y calvo estaba sentado a la mesa; contempló a Bettina de arriba abajo con gesto amable.

–Ésta es Betti –dijo tía Paula–. Dale la mano al señor Seibold.

–Esta niña huele como una familia de gatos al completo –comentó el señor Seibold, y tomó un trago de cerveza.

Tía Paula desvió los ojos.

–Siempre quiere estar con Olga –dijo, y con la vista fija en las uñas de la niña, añadió–: La laca de uñas la quitaremos antes de que te vayas a casa.

Paula se dispuso a frotar con el pulgar la raya negra que Bettina se había pintado sobre los párpados, pero al ver que no desaparecía se ayudó con un trapo de cocina.

–Una niña tan mona... –dijo el señor Seibold, y soltó una carcajada que hizo que su barrigota se balanceara.

El señor Seibold se presentaba siempre a última hora de la tarde, cargado de pesadas bolsas que le hacían resoplar mientras subía las escaleras.

–Aquí tenéis vuestra ración de forraje –le dijo a Bettina–. Seibold cuida de todos.

Eso no era cierto. Bettina sabía que Paula le daba de todo a cambio de aquellas latas de leche en polvo, chocolate y café. Él lo guardaba todo en las bolsas ya semivacías: tacitas de porcelana, figuritas y cuellos de pieles. Tía Paula le observaba con gesto apesadumbrado.

La lata que ahora manejaba el señor Seibold llevaba una etiqueta de color caqui y un montón de inscripciones en negro. Una vez levantada la tapa dentada, Bettina vio brillar en el interior una superficie marmórea, rosada y amarillenta, en la cual se hundió la navaja del hombre como si de mantequilla se tratara.

–¿Qué es eso? –preguntó Bettina, y abrió enseguida la boca para probar la pequeña pirámide rosa que le ofrecía el hombre.

–Esto se llama *jem-end-ex* –respondió Seibold–, que significa huevos con jamón. Es lo que toman en América para desayunar. Todos los soldados lo llevan en su ración de hierro, porque es indispensable si quieren desayunar en alguna parte.

Bettina se imaginó la ración de hierro como un plato sopero de hierro en el que nadaban lentejas de hierro y patatas de hierro, con tenedores también de hierro. Aquella masa rosada sabía bien, pero no se parecía a nada que Bettina conociera, y mucho menos a los huevos con jamón.

–¿Y eso es lo que comen en América para desayunar? –preguntó incrédula a Seibold, echando una mirada a la lata semivacía.

–Sí –respondió el hombre con la boca llena–, y *crêpes* con sirope de arce.

Bettina se sentó a la mesa y observó atentamente cómo el señor Seibold sacaba un montón de paquetes pequeños y los iba alineando sobre la mesa.

–Toma, este café se lo llevas a tu madre –le pidió tía Paula.

LOS ENAMORADOS

La casita con el tejado a dos aguas que Guido construyó para su familia una vez terminada la guerra se hallaba en un barrio periférico. Tenía un jardín en el que Marie cultivaba hortalizas, flores y árboles frutales. Todos los días, Bettina tomaba el tren para ir al colegio. Su nueva casa le gustaba, ya que disponía de una habitación para ella sola y había además dos cuartos de baño, uno de la planta baja y otro en el primer piso. Sin embargo, Bettina no comprendía por qué la casa le parecía tan vacía, a pesar de vivir en ella con Guido y Marie. Quizá fuera debido a que todo era tan nuevo; también la casa necesitaba algún tiempo para acostumbrarse a la gente. En las habitaciones se respiraba todavía un fuerte olor a pintura fresca.

La callejuela que bordeaba la casa estaba sin asfaltar, de forma que rara vez pasaba un coche por allí.

–Qué lugar tan tranquilo y maravilloso... –decía Marie.

–Sí, realmente es una suerte que Bettina pueda crecer en este entorno –observaba Guido.

La tienda más próxima se encontraba a una media hora de camino. Cuando Bettina regresaba tarde del colegio sentía un poco de miedo al tener que atravesar el parque y luego cruzar por el paso subterráneo del ferrocarril, cuyas paredes retumbaban con gran estruendo cuando pasaba un tren por encima de su cabeza. En una ocasión había visto a un hombre allí arriba, sobre los tirantes de hierro del puente. Iba todo pintado de verde, llevaba unas gafas con cristales muy abultados y un gorro de baño en la cabeza. Estaba rociando de pintura los apuntalamientos del puente y tenía el aspecto de una criatura surgida del fondo del mar. Después de aquella visión, el paso subterráneo se le antojaba a Bettina aún mucho más siniestro.

Los miércoles y los viernes no iba a casa al salir del colegio, sino que almorzaba en casa de tía Paula.

Después de comer y hacer una pequeña siesta en el sofá, tapada con una manta de ganchillo, como su tía quería, tomaba el café con el tío Georg y se preparaba para volver a la escuela. De mala gana, porque ella prefería quedarse en casa de tía Paula que acudir a las clases de trabajos manuales, que le parecían aburridas y carentes de sentido.

En realidad, nunca llegaba a dormirse sobre el sofá, cuando su tía se había marchado a su cuarto y el tío Georg la seguía, después de tirar con fuerza de la cadena del váter, haciendo un ruido infernal. El tío Georg llevaba una vida muy ordenada. Antes de jubilarse había trabajado como empleado de banco, y alardeaba de tener bajo estricto control tanto las cuestiones del hogar como sus funciones corporales, que marchaban, según él, con una puntualidad comparable a la de la más precisa maquinaria de reloj.

Tía Paula hacía lo posible por trastocar aquel orden sin fisuras, aunque no conscientemente. Había vivido algunos años sola, o, como se chismorreaba en la familia, con diversos hombres, y había perdido con ello toda disciplina en lo concerniente al ritmo de vida, a los horarios de las comidas, al sueño y al orden en general. Aunque quizá no lo aprendió nunca. Paula había estado casada durante años con un hombre rico y excéntrico y, según se decía, solía pasarse el día o bien en la cama ataviada con un bonito salto de cama de puntillas, o bien echada en el sofá con blusas de encaje o ceñidos corpiños, más bonitos si cabe. «Por no hablar de sus vacaciones veraniegas, cuando reposaba sobre la hamaca bajo los manzanos, luciendo siempre delicados vestidos de lino blanco y con la consabida sombrilla», añadía sin falta el padre de Bettina, rascándose la nariz, llegados a este punto de la conversación.

El hombre rico había sucumbido a unas misteriosas fiebres palúdicas con ocasión de un viaje a Egipto, y su familia había conseguido quitarse a Paula de encima concediéndole una raquítica pensión de viudedad. Sólo cuando su tía se refería en alguna ocasión a «esos buitres», Bettina podía leer la cólera en sus bonitos ojos grises. Su cuerpo entero entraba en tensión y sus pequeñas manos parecían incapaces de manejar las peinetas de concha que, de pura rabia, se ensartaba una y otra vez en el cabello rojizo, a la altura de las orejas.

Así pues, Bettina permanecía en el sofá durante la sobremesa, vestida pero, eso sí, descalza, pues el tío Georg solía comprobarlo levantando la manta. A través del cristal combado de la vitrina estilo Biedermeier, la niña contemplaba las frágiles tacitas de porcelana de Meissen, las botellas de cristal tallado, con sus tapones rosados en forma de bola, y los elefantes de marfil de distintas medidas. A veces alargaba el brazo hasta la pequeña librería chapada en madera de cerezo y sacaba lo que le quedaba más a mano en ese momento: libros, encuadernados en cuero fino como si llevaran guantes. Leía a André Gide, Maurois, Verlaine... También ellos podían considerarse supervivientes, como las tacitas de la vitrina. Años atrás, la casa había tenido una biblioteca con las paredes cubiertas de libros, y toda la vajilla, de un color verdoso equiparable al brillo de la luna, era extremadamente delicada. Ésa era la vajilla que se usaba todos los días, para todas las comidas. Bettina se imaginaba los platos soperos, repletos de caldo de guisantes o de albóndigas con sémola, pero nunca había tenido oportunidad de ver ninguno. Todo eso sólo se lo habían contado.

El tío Georg le caía francamente bien. Le parecían interesantes sus bolsas rosadas del tamaño de una judía, asentadas bajo los ojos, haciendo ángulo con la nariz. En un principio, Bettina pensaba que le habían crecido precisamente allí para sostenerle las gafas, unos cristales sin montura que siempre llevaba relucientes. Pero el tío le explicó luego que se las causaba el hígado, aunque eso ella no lograba comprenderlo. El cuerpo de tío Georg le recordaba al huevo de zurcir que había en el costurero de su madre. Tenía la barriga tan voluminosa y tan tensamente rodeada de tejido dentro de los pantalones, que parecía embutida en un calcetín dispuesto para ser zurcido.

A veces, cuando tío Georg le acariciaba la mejilla, se le ponía aquella mirada acuosa que ella detestaba; sí, la mirada que la impulsaba sin querer a retirar la cabeza, tan pronto le veía acercar la mano. Ésta solía olerle a cebollas y ajo –tío Georg cocinaba con pasión, y lo hacía a menudo y de forma suculenta–, y aquel olor solía tranquilizarla un poco hasta que le veía los ojos, como hipnotizados. Entonces, aquella sórdida historia se entrometía entre ambos: su hija menor, que había sufrido ataques de epilepsia, la pequeña Luise, la niña de sus ojos, su dulce pequeña. La que un día, habiendo salido de compras su descuidada madre, sufrió un ataque epiléptico, se desplomó contra el horno, yendo a dar con la mejilla en el hierro candente, y más tarde murió. La mano del tío acariciaba la mejilla de Bettina. Ella se parecía a Luise. O al menos, eso le había susurrado Marie cuando, durante el almuerzo de Pascua, Bettina, sentada al lado de su tío, se dio la vuelta en la silla, pues éste había posado pesadamente la mano sobre su rodilla. La historia de la mejilla de Luise se la había contado ya en diversas ocasiones.

Había otra historia que el tío le refirió un par de veces, pero en ella no aparecía la pobre Luise y Bettina no sabía muy bien por qué razón se la explicaba a ella. Mientras iba hablando, respiraba con la misma pena que le había observado cuando hablaba de Luise, pero sus ojos miraban de otro modo, más a la expectativa, demostrando mayor impaciencia. Bettina no comprendía qué esperaba su tío de ella. Le contó algo acerca de una mujer, una mujer a quien llamaba «pequeña pícara» que no le dejaba dormir en toda la noche, que nunca tenía bastante, un «diablillo»... y, una vez más, se parecía a Bettina.

Bettina trató de parecerse a un diablillo; eso le gustaba mucho más que asumir el papel de la chica que sufría aquellos raros ataques. Mientras le explicaba esa historia, tío Georg le palpaba el pecho liso bajo el pullóver noruego, y Bettina lo arqueaba hacia él para mostrarle los alces azules tejidos sobre el fondo blanco, un auténtico trabajo de chinos.

Cuando Paula salía de su alcoba hacia el mediodía, desperezándose y bostezando, pasaba junto al tío Georg y le acariciaba con cariño la calva resplandeciente. Luego abrazaba a Bettina y se lamentaba por su palidez, afirmando quejumbrosa que esa terrible escuela tenía agotada a su pequeñina. Agitaba la cabeza en un gesto de reprobación hacia los malos tiempos que corrían, en que a las niñas pequeñas las hacían estudiar tantísimo. «Y encima... –añadía con un suspiro–, nada más que cosas inútiles.» Bettina estaba de acuerdo con todo lo que su tía decía y hacía. Le encantaba percibir su olor, un olor a sudor mezclado con reseda. La blanca piel de sus hombros aparecía salpicada de innumerables pecas doradas. De la cuchara de su tía, Bettina aceptaba gustosa cualquier bocado. De la cuchara del tío, en cambio, nunca le apetecía nada.

Bettina miraba a su tío con curiosidad, y trataba de imaginárselo cuando todavía trabajaba en el banco, contando dinero detrás de una gruesa ventanilla de cristal, pero no lo conseguía.

Guido, su padre, no entraba jamás en la cocina de Marie. Nada más impensable que sorprender a Guido con una bolsa de la compra o un trapo de cocina en la mano. De esas cosas se encargaba Marie. Guido solía sentarse a desayunar, en bata y con una redecilla en la cabeza; a veces desaparecía en su habitación, y no se le podía molestar. Formulaba sus quejas o elogios acerca de la comida que Marie le servía, pero no se inmiscuía en los quehaceres cotidianos, una larga serie de tareas de las que se ocupaba ella. Un procedimiento misterioso permitía a Marie convertir, como por arte de magia, las sucias y rugosas zanahorias en deliciosos y humeantes bocaditos, resplandecientes de mantequilla, y espolvoreados de perejil. Lo mismo sucedía con el montón de ropa arrugada, que las manos de Marie transformaban en impecables torres de camisas bien dobladas. Y Marie conseguía hacerlo todo –o a Bettina se lo parecía– sin ningún esfuerzo, aunque por las noches a menudo se sentía demasiado agotada para participar de forma activa en la conversación de Guido.

Bettina intentaba ayudarla en todo lo posible, y solía reírse cuando Guido le preguntaba:

–¿Es que tenéis siempre algo que contaros, Paula y tú, o te está enseñando cómo se debe llevar una casa?

Sin embargo, Bettina no entendía por qué él no se reía. Guido nunca visitaba a tía Paula, y cuando iba a recoger a su hija permanecía, con el sombrero y el abrigo puestos, en el umbral de la puerta, marcando con el pie algún ritmo impaciente mientras Bettina iba en busca de su cartera, y tía Paula le rodeaba con el brazo, le miraba a los ojos y trataba por todos los medios de atraerlo hacia la sala, ofreciéndole una copita de jerez.

Guido impartía clases. Bettina había notado que, cuando hablaba de las cosas que les enseñaba a sus alumnos, le cambiaba la voz. Era como si los ojos se le separaran, para observar, por encima de Bettina, algo muy alejado y muy complicado de describir. Muchas veces, Bettina no le comprendía, y se veía obligada a interrumpirle. Ella procuraba sentarse encima de sus rodillas, para estar cerca de él cuando su cara se le hiciera extraña. Solía hablar de cosas grandiosas. Bettina lo percibía enseguida, pues Marie enmudecía y se limitaba a escucharle con la boca abierta. Hablaba de iglesias construidas en un pasado remoto por personas cuyos nombres ya nadie recordaba, y de pinturas, gigantescas pinturas sobre las paredes que era necesario restaurar para que no palidecieran.

–En este caso, el artista se preocupó ante todo de conseguir un efecto de profundidad espacial mediante métodos lineales –decía Guido–. Los volúmenes de los cuerpos le sirvieron para dar la medida del espacio.

Mientras se perdía en todas esas explicaciones,

Guido iba dando leves golpecitos con las gafas sobre el libro abierto que tenía delante. Bettina pudo ver una multitud de hombres que vestían cortas faldas plisadas y gorros rojos en la cabeza, de pie bajo una bóveda. Un anciano y una mujer, con una gorra provista de orejeras colgantes, aparecían sentados en sendas sillas. Bettina tropezó de pronto con los insolentes ojos de una diminuta figura, una niña con cara de vieja que se hallaba situada junto a la holgada falda de la mujer. Era la única figura que dirigía la mirada al frente, hacia Bettina.

–¿Es su hija? –preguntó curiosa.

–Es una enana.

De inmediato, Marie le hizo a Bettina un signo para que se callara. Guido continuó hojeando el libro, y Marie esperaba paciente a que reanudara sus explicaciones. Deseaba que siguiera hablando.

–Vive para el arte –proclamó tía Paula con los labios estirados–. Tu padre es un gran erudito del arte, una persona muy instruida. Sus alumnos son realmente afortunados. Estoy convencida de que una persona con tal grado de sensibilidad debe de cautivarlos por completo.

A Marie se le dibujaba una amplia sonrisa en los labios, y siempre guardaba silencio cuando la tía hablaba de Guido en aquellos términos. Bettina se daba cuenta de que a su madre le sentaba de maravilla oír comentarios positivos acerca de él. Pero, aun así, tenía la impresión de que tía Paula no lo decía del todo en serio, todos esos elogios; le parecía más sincera cuando alababa el *gulasch* del tío Georg.

–¿Qué es lo que lee actualmente? –quiso saber Paula, al tiempo que apoyaba las yemas de los dedos sobre la mesa para levantarse. Bettina tuvo la sensación de que, en el fondo, no le interesaba demasiado la respuesta de Marie.

–Della Robbia, creo –contestó Marie–. En nuestra luna de miel tuvimos ocasión de ver en Florencia los magníficos medallones de cerámica en el hospital de Los Inocentes.

Marie se transformaba por completo en casa de Paula. Incluso hablaba de forma distinta, su voz se volvía aguda y se reía con frecuencia. En casa, por el contrario, daba la sensación de tener que hacer grandes esfuerzos para tenerlo todo como Guido quería y esperaba de ella. Sus jornadas estaban marcadas por un ritmo preestablecido, que no debía, bajo ningún concepto, sufrir alteraciones. Sin ir más lejos, el reloj de la cocina, con esa manecilla que avanzaba a pequeños impulsos, se lo había comprado Guido. Bettina no debía molestar a Marie cuando Guido estaba al caer. Era de suma importancia que los alimentos que él había de tomar se hallaran ya debidamente dispuestos sobre la mesa cuando llegara; la mantequilla en pequeñas ondas estriadas, el jamón en rosados rollitos. Tía Paula, en cambio, colocaba la pastilla de mantequilla envuelta en papel blanco en cualquier parte de la mesa, y contemplaba con apatía cómo el tío Georg la sacaba de su envoltorio. Muchos días, Paula ni siquiera llegaba a vestirse como es debido; debajo del quimono le asomaba a menudo un camisón de puntillas archigastado, lleno de manchas de café que se fundían unas con otras en misteriosos continentes, sobre los promontorios de sus senos.

De todas las personas que frecuentaban la casa de tía Paula, Bettina prefería a la bruja. Solía visitar a Paula las tardes en que tío Georg se citaba con sus amigos en el Hasenbräu. El Club de los Numismáticos se reunía dos veces a la semana. Antes de salir, tío Georg se pasaba un buen rato limpiando cuidadosamente sus zapatos, se arrancaba con ojos llorosos los pelitos grises que brotaban de sus poderosas fosas nasales y se peinaba el cabello ralo con un cepillo ancho, que reservaba exclusivamente para él. La lucha por la manopla de baño propia había terminado para él, según decía siempre a Bettina, guiñándole un ojo, hacía ya muchos años.

Mia no era como las brujas de los cuentos. Era modista, y vestía siempre, incluso en verano, ceñidos abrigos negros con apliques de piel en el cuello. «El tordo estrafalario», la había bautizado tío Georg en una ocasión, y Bettina estuvo de acuerdo en que Mia guardaba cierto parecido con ese pájaro. Andaba a pequeños pasitos, y su nariz descollaba en su cara, roja y desafiante. Quizá fuera por eso que tenía aquella mirada tan triste. Alguien se había equivocado al cortar el patrón de aquella nariz, y ella no tenía posibilidad de acortarla, como había hecho con las faldas que le cosió a Bettina, aprovechando los viejos vestidos de baile de tía Paula.

Cuando venía Mia, Bettina no iba a la escuela. Luego, su tía le escribía, con aquella letra grandota, una disculpa formal: «Ruego disculpe a mi sobrina, que no ha acudido a clase a causa de una fuerte hemorragia nasal...». Tío Georg no debía enterarse, pero bastaba con retenerle en la cocina. Eso sí, antes había que apañárselas para quitarle las gafas, ya que tía Paula no veía lo suficientemente bien para escribir sin ellas.

Mia se dispuso a echar las cartas, con un vasito de vino tinto y un bol de ensalada italiana a su lado. Bettina lo había comprado todo en la charcutería de la esquina.

–Saludos a tu señora tía –le decía siempre el dependiente de pelo cano, inclinándose detrás del mostrador. Se peinaba con una raya que al menos medía un dedo de ancho y que llevaba siempre en el mismo lugar.

A Bettina le gustaban aquellas cartas. Eran de bonitos colores y completamente distintas a los naipes corrientes. Las figuras que mostraban llevaban unos vestidos muy anticuados y sostenían en las manos cosas curiosísimas. Un demonio con torcidos ojos de cabra, que tenía pezuñas y pechos de mujer, aparecía sobre un pedestal, al cual se hallaban encadenados un diablillo y una diablilla.

Tía Paula, que lucía un vestido ancho de color cobrizo, tomó asiento en el sofá y observó cómo Mia mezclaba las cartas. No llevaba medias, pero sí unos zapatos brillantes de tacón alto que solía quitarse entre quejidos un segundo después de que Mia abandonara la casa.

–Va a venir el niño de tus ojos –anunció Mia con voz triunfante, y tomó un traguito de vino–. Pronto vendrá. Veamos qué más tenemos aquí... Una mujer, una mujer peligrosa.

–¿Y cuándo vendrá? –preguntó Paula, echándose ambas manos a las mejillas.

–Pues vendrá... vamos a ver... antes de que florezca el saúco.

–¿Dónde lo ves? –saltó Bettina, que buscaba la mata de saúco inclinada sobre las cartas.

–Deja en paz a Mia. ¿No ves que tiene que concentrarse?

–Me lo dice una voz en mi interior –replicó Mia

ofendida–. Las cartas sólo me sirven para inspirarme. Pero eso tú no lo puedes entender.

–¿Y qué pasa con el tío Georg? –preguntó Bettina, rebosante de curiosidad.

–Ahí lo tienes. Sentado y bien aposentado.

Ambas mujeres rieron de buena gana. El hombre estaba sentado sobre un dado y lucía en su pecho el sol y la luna.

–Mi buen Gogo –exclamó Paula contenta.

Aquello tranquilizó a Bettina.

Mia no tenía niños, pero hablaba de las chicas que cosían para ella y de sus respectivas penas como si se tratara de sus hijas. Salían a colación herpes zóster, uñeros y anemias. Tía Paula, por el contrario, no podía aportar nada a la conversación, ni siquiera referente a su hijo Ludwig, que siempre evitaba informarla por carta cuando alguna vez se ponía enfermo. El chico estaba estudiando en Milán y visitaba a su madre en raras ocasiones.

–¿Has recibido correo? –preguntaba siempre Mia antes de extraer del bolso el mazo de cartas y guardar el pañuelo de seda en que las traía envueltas. A Bettina casi nunca le permitían tocar las cartas, solamente cuando alguna vez, después de mucho rogar, Mia se las echaba a ella. En esas ocasiones, sin embargo, Bettina notaba que la voz interior de Mia era casi imperceptible. Hablaba en voz alta y muy rápido para que no se le notara, pero lo que decía era aburrido y repetitivo.

–Veo un profesor que tiene contigo una paciencia de santo –dijo con la boca llena de ensalada italiana, y–: te convendría hacer una visita al dentista, fíjate... la salud, bueno, quizá no sea más que una gripe.

–Mi Lulu tiene tanto trabajo... –intervino Paula a

su vez–. Ya te conté que ahora, encima, se ha puesto a estudiar ese dificilísimo dialecto. Es casi tan complicado como el latín, ladino se llama..., no, retorromano.

–¿Y dónde se habla eso? –inquirió Mia, mirando de tal manera a todo lo largo de su nariz que parecía bizca.

–En las montañas.

–En esta casa os va a caer también algo de dinero.

–¿Dónde?

–Aquí está, más claro que el agua.

–¡Qué bien! –exclamó Paula, desgreñándole a Bettina el cabello.

Tía Paula era la madre de Marie, aunque en realidad era su tía. Ludwig, por su parte, era hijo de Marie, si bien de hecho era su hermano y, en realidad, era su primo. A Bettina no le cabía en la cabeza que la madre de Marie no hubiera querido criar a su propia hija. Paula se había hecho cargo de la niña cuando su hermana decidió regresar a Francia.

–¿Y por qué no te llevó con ella? –había preguntado Bettina.

–No le fue posible. Eran tiempos muy distintos a los actuales.

Marie nunca quería contarle a Bettina cosas acerca de su madre, a pesar de lo mucho que le gustaba hablar sobre su infancia.

Tía Paula también eludía sus preguntas al respecto.

–Mi hermana Else era un botafuego –decía–. Por aquel entonces, las mujeres que decidían no casarse lo tenían francamente crudo. Ella se vio obligada a marcharse fuera de la aldea, del estrecho círculo familiar, de Alemania... quería hacerlo todo a su manera. No te imaginas cómo era de guapa y testaruda, siempre de cabeza contra la pared...

–¿Acaso no quería estar casada? –preguntó Bettina sorprendida.

–Claro que quería, pero tú no lo entiendes, Betti. Haz el favor de no interrogarme de ese modo.

–¿Acaso era un bandido, el padre de mamá? –Bettina se imaginaba a un hombre con la boca tapada con un pañuelo negro.

Paula se echó a reír y se quedó mirando a Bettina con gesto pensativo. Bettina comprendió que estaba pensando lo que debía decirle, y decidió tratar de ayudarla.

–Tú misma tuviste a Ludwig completamente sola. Marie me ha contado que ambas os encargasteis de educarle. En cambio, nunca se te ocurrió confiar el niño a otra persona.

Al punto se dio cuenta, por la cara que ponía Paula, de que había dicho algo inconveniente. Su tía bajó la cabeza y empezó a sujetarse los rizos que le caían, detrás de las orejas. Sus ojos claros miraron a Bettina de arriba abajo, como si no la reconocieran.

–De todo eso hace ya mucho tiempo –dijo al fin–. ¿Para qué te interesan esas viejas historias, Betti? No es bueno para los niños ser tan curiosos.

Pero Bettina siguió pensando a menudo en su abuela, aquella extraña mujer que no amaba a su hija y que no quería ningún hombre a su lado, y siguió reflexionando también de lo que haría el padre de Ludwig allí en el Pan de Azúcar, y de por qué no iría nunca a visitarlos. Por lo que ella sabía, tío Georg no era el padre de Ludwig, ni tampoco tío Leonhard.

A Guido no se atrevía a preguntarle, ya que cuando él hablaba de tía Paula, solía fruncir el entrecejo y pronunciar frases como: «Quien siembra vientos, recoge tempestades» o «Cada cual se forja su fortuna». Aquello sonaba como si tía Paula viviera de mala manera o fuera desgraciada, y Bettina eso no acertaba a verlo por ninguna parte. Cuando Paula estaba presente en la sala, Bettina tenía la sensación de que todos los muebles se ordenaban en torno a ella, que todos los objetos se acomodaban en función de su presencia, como si hubiera sido ella quien había encargado el sol que se filtraba a través de la ventana, ella quien había hecho aparecer sobre la mesa las viandas que iban a degustar; aunque tío Georg las hubiera cocinado. En cambio, en la casita donde vivían Guido y Marie, cada una de las habitaciones aguardaba el regreso de Guido, como si todas las cosas le pertenecieran y sólo quisieran ser contempladas y utilizadas por él. Marie debía ocuparse de restablecer aquel orden sin que Guido lo notara, y a Bettina le tocaba ayudarla. Incluso cuando veía a su madre echada en la cama de matrimonio, a Bettina le parecía como si Marie se hallara sólo de visita en el dormitorio, y aquella cama no fuera la suya. Una vez, siendo Bettina todavía muy pequeña, rompió un juguete, un pequeño molino, y Marie se enfadó mucho con ella.

–No tienes ningún respeto por las cosas –le gritó–. No te pertenecen, todo lo que tienes, tu osito, tus cuentos de pintar, tus peluches, todo pertenece a tu padre. Él solamente te lo ha prestado, recuérdalo bien.

A Bettina le entraron de repente unas horribles ganas de echarse a reír. Qué iba a hacer Guido con sus juguetes, no podían importarle demasiado.

–¿Entonces, tu ropa y tus zapatos también son suyos? –preguntó a Marie, dispuesta a hacerle reír también a ella y liberarse así, de paso, de aquel cosquilleo en la garganta que le ponía los ojos llorosos.

–Él trabaja y cuida de nosotras –respondió Marie con una voz carente de entonación–. Debemos estarle muy agradecidas por todo, sin él no podríamos vivir, tú y yo.

Un miedo extraño se apoderó de Bettina. Era como si Marie se hubiera marchado y ella estuviera hablando en ese momento con una niña no mucho mayor que ella.

–Pero tú le preparas la comida y le planchas las camisas... Además, también le ayudas en su trabajo, no digas que no. Si no, ¿por qué te lee en voz alta todo lo que escribe?

–Eso no es un trabajo –contestó Marie–. Yo no tengo estudios. Es él quien me mantiene. Escúchame, Bettina.

Marie se había levantado. Fue a sentarse en el suelo junto a Bettina y la abrazó. Su rostro, enrojecido y cercano, temblaba como si fuera a estallar; cómo, eso no lo sabía Bettina; quizás en lágrimas, o a lo mejor, como la niña esperaba todavía, de risa, pues ella misma se moría de ganas de explotar en carcajadas para convertir todo lo que Marie había dicho en un divertido teatro.

–Tienes que esforzarte mucho en el colegio –prosiguió Marie zarandeándola suavemente para volverla a estrechar contra sí al momento–. Debes aprender todo lo que puedas, tú que tienes la oportunidad de hacerlo, por tener un padre que te lo permite. Yo no pude estudiar nada, un poquito de piano, un poco de dibujo, algo de poesía, pero nada realmente a fondo. No sabes lo infeliz que eso me hace.

–¡Pero a ti te gusta tocar el piano! –clamó Bettina desesperada.

Pero Marie no la escuchaba.

–Prométeme que vas a esforzarte con tus estudios –prosiguió muy seria–. Se lo debes a papá, y a mí también.

Bettina percibió entonces una cadena de tenaces vocablos bailando ante sus ojos; se le aparecieron las tachaduras rojas entre las frases de su dictado y, llena de remordimientos, respondió:

–Te lo prometo.

Ludwig llegaría pronto. Bettina ya saboreaba los espaguetis en la boca y se avergonzaba, pues en realidad quería pensar en la enorme iglesia que Guido le mostrara un día en un libro, y que parecía construida en azúcar de blanquilla. No se acordaba muy bien de la apariencia física de Ludwig, aunque recordaba que no se parecía a su madre, a pesar de que Marie afirmase lo contrario. Marie siempre suspiraba cuando explicaba a alguien que Ludwig estaba estudiando idiomas en la ciudad de la iglesia de azúcar.

–Lo que yo daría por poder leer a los poetas franceses en su lengua original –añadía sin falta.

Bettina odiaba las clases de francés y aquella estúpida historia de una cigarra boba y una hormiga tacaña.

Pensar en Ludwig la inquietaba sobremanera. Sin embargo, la última vez que le había visto había estado muy simpático con ella. «Salió» con ella, como él decía, al puesto de helados. Bettina se había zampado tal cantidad de helado que, días después, todavía se le ponía la carne de gallina cuando se acordaba de aquellas bolas de color blanco y rosa jaspeado. Ludwig la contemplaba mientras se lo comía y, de vez en cuando, se le iba la vista detrás de alguna mujer que pasaba. Entonces, no le quitaba ojo de encima, como si esperara a alguien. Pero no esperaba a nadie, eso le había dicho, y, como si quisiera demostrárselo, se palpó el bolsillo de la camisa y sacó una fotografía. Una moto muy rara con un delantal de chapa ante el volante.

–Ay, no, ésta es la Till que quiero comprarme –había exclamado entre risas–. ¿Dónde la habré metido?

De nuevo se sacó una foto del bolsillo de la camisa, la contempló emocionado y la depositó sobre la mesa, como si pretendiera vendérsela a Bettina. Era la fotografía de una mujer; y con qué afectación torcía los ojos. Una lámpara la iluminaba por detrás. Tenía una sombra oscura encima del labio superior, como si llevara bigote.

–Ésta es Simonetta. ¿Te gusta?

–¿Por qué mira de esa manera tan rara? –preguntó Bettina.

–¡No! ¡No la toques! Tienes los dedos pegajosos.

Bettina, ofendida, había continuado comiéndose el helado.

Pero lo peor de todo era cómo se ponía Paula cuando Ludwig estaba en casa. Se afeitaba los pelos de debajo del brazo; Bettina la había estado observando mientras lo hacía. Iba a hacer la compra y luego depositaba sobre la mesa de la cocina, ante la mirada resignada de tío Georg, un montón de bolsas repletas de verduras y frutas exóticas. El pobre tenía que pasarse un buen rato consultando el libro de cocina antes de enfrentarse con las alcachofas.

–Eso son cardos, Betti –decía–. ¡Cardos! Cuando

viene el señorito de Milán, hemos de convertirnos en burros.

Ludwig solía llevar traje blanco, por lo general muy arrugado, y zapatos que, de tan finos y suaves, parecían guantes. Cuando se tumbaba en el sofá, sin siquiera quitarse los zapatos, Paula se sentaba frente a él en la butaca y le observaba maravillada. Entonces era por él por quien se lamentaba, de que tuviera esas ojeras moradas bajo los ojos. Era a él a quien reprendía por haberse decidido a estudiar un dialecto tan arcaico, teniendo ya tantísimas cosas en la cabeza. Cuando estaba él, el ritual de las comidas se veía sensiblemente trastornado. Al chico no le gustaba escuchar el concierto de sobremesa que daban por la radio, al que Bettina se había acostumbrado, y, por si fuera poco, la pequeña debía incluso renunciar a su habitual siesta. Permanecía sentada en una silla y fingía leer sus libros, pero le molestaba soberanamente que, sin preocuparse lo más mínimo de ella, Ludwig se quedara traspuesto en el sofá con la boca abierta. A lo mejor estaba soñando en esa tal Simonetta...

–¿Cómo era Ludwig de pequeño? –preguntó Bettina a su madre, Marie, durante la cena.

–Era terrible –se apresuró a responder el padre, mirando de reojo a su esposa, que acababa de dejar la sopera encima de la mesa–. Me tenía tales celos que a veces incluso enfermaba. Nos lo llevamos a la playa en algunas ocasiones, ¿te acuerdas, Marie? De hecho, lo tratabas como si fuera tu hijo, siempre le pedías que se pusiera al sol.

–Mi pobre Lulu... –intervino Marie–, la de veces que lo llevamos al coche para que pudiera dormir un rato y nosotros tuviéramos ocasión de estar un ratito solos.

–Ah, sí... –afirmó Guido mirando a Bettina–. Eso fue después de que tu madre descubriera lo mucho que le gusta que yo le haga arrumacos. Costó su tiempo. ¿Cuánto, Marie, años?

Bettina observó a Marie para imaginar cómo se besaba con Guido. Eso la ruborizó, y le entraron ganas de reír. Marie permanecía ahí sentada, tan derecha, y bajo las estrechas mangas de su vestido de lana se le veían los brazos, pálidos y redondos. El pecho se le iba hinchando y deshinchando. También ella, Bettina, tendría algún día un pecho como aquél. ¿Le revolvería el pelo, Guido, al abrazarla? Por las mañanas, cuando había terminado de peinarse y de colocarse, despacito y sin mirar, todas las horquillas en el moño, Marie inclinaba la cabeza a un lado para darle un beso a Bettina, a fin de no despeinarse. Adoraba su cara; parecía un melocotón, con los finos pelillos dorados diseminados por las mejillas. Lo único que no estaba en consonancia eran esas arrugas horizontales que le atravesaban la frente. Bettina había tratado repetidas veces de alisárselas con los dedos, cuando estaba sentada sobre sus rodillas. Su propia frente era entonces muy alta y lisa.

Marie miró a Guido. Parecía turbada, pero contenta.

–¡Para ya de una vez! –le advirtió, al tiempo que cogía el plato de Bettina y le servía la sopa de patatas.

–Bueno... –continuó éste, agarrando la muñeca de Marie, que pretendía hacerle callar–. Y Ludwig, como es lógico, nunca dormía. Nos espiaba.

–No me gusta que bromees con eso –le reprendió Marie, tratando de mantener la cara seria.

–En realidad, el chiquillo estaba enamorado de ella. Una vez llegó a mearse en mi sombrero, de pura rabia. Un nuevo Borsalino, sí señor.

Esta vez, Marie se rió a gusto. Bettina adoraba a su madre cuando se reía. Abría mucho la boca y se le ponía toda la cara roja. Si el ataque de risa la pillaba de pie, se doblaba en dos apoyándose sobre Bettina, incluso en plena calle. Más de una vez, Bettina había sentido un poco de vergüenza. Pero así, cenando, Marie estaba sencillamente preciosa cuando se reía. A Guido también le gustaba. Por ello trataba siempre de prolongar la broma.

–¿Y no recuerdas lo que hizo el gato dentro de mi zapato? Cuando metí el pie por la mañana... era el gato de Ludwig... Matzi, se llamaba; un bicho asqueroso. Fue el día en que anunciamos nuestro compromiso. Tía Paula vestida de verde mar, y tu madre con un vestidito negro y un sombrero... El sombrero era muy bonito; estaba adornado con unas fantásticas plumas de garza, situadas sobre la oreja, que le llegaban hasta el hombro. Y lo pálida que estaba, Betti. Se había afeitado las cejas, y luego se las repintó demasiado anchas, ¿te acuerdas, Marie? Yo te las borré con mi bonito pañuelo blanco de puntillas y te las volví a pintar.

–¿Eso te permitió que le hicieras? –le interrogó Bettina divertida. Le encantaba que le hablasen de los viejos tiempos, cuando ella aún no había venido al mundo.

–Sí, en aquella época sí –respondió el padre, y empezó a comerse la sopa.

Bettina metió también la cuchara en el plato, pero quería que le explicaran más cosas.

–¿Y Ludwig, qué hizo Ludwig en la fiesta del compromiso?

–No me hables –saltó Marie–. El pobre bebió demasiado ponche y se puso enfermísimo.

–No me lo imagino en absoluto, tal como lo veo ahora. –El Ludwig pequeño le daba pena, pero el mayor, de ninguna manera.

–También es cierto que cambió muchísimo, tan pronto pasó un par de años viviendo con Leonhard –intervino Guido–. Eso le sentó de maravilla. De lo contrario, Paula hubiera hecho de él un auténtico desastre, después de la marcha de Marie. Ésta, al menos, le llevaba como un palo –y, dirigiéndose a Marie, prosiguió–: Hay que admitir que fue un gesto admirable por parte de Leonhard.

–Bueno, no tenían niños –repuso tranquila, y miró a Bettina–. ¿Por qué preguntas todo eso acerca de Ludwig?

–Tía Mia le echó ayer las cartas a tía Paula, y le dijo que el niño de sus ojos iba a venir. Entonces yo pensé que quería decir que él iba a volver a casa.

Guido y Marie se echaron a reír.

–Quizá tengas razón –concedió Guido–. Anda, come, y echa los codos un poco hacia adentro, que parece que vayas a salir volando.

Bettina llevó la caja de cartón a la cama de Marie y se la colocó junto a ella. Le quitó a Marie el libro de entre las manos y lo dejó sobre la mesita de noche. El sol invernal penetraba a través de la ventana y, allá a lo lejos, sobre los verdes campos, se aglomeraban los cuervos. Bettina levantó la tapa de la caja y tomó la foto que quedaba en la parte superior.

Marie sonreía de perfil, con los ojos semicerrados, cara al sol. Se hallaba de pie frente a la estatua de un caballo. Llevaba la gorra de terciopelo ladeada, hundida hasta media frente, y un burdo abrigo de espiga, negro y blanco. Los bordes de la fotografía estaban recortados, formando unos dientecillos diminutos y afilados, y Bettina la sacó de la caja que tenía entre las piernas y se la mostró a Marie.

–Son los caballos de bronce de San Marco –comentó Marie, examinando la foto con una sonrisa–. Esto fue en Venecia, durante nuestro viaje de novios. Antes de partir, Guido se había comprado una Leica, por aquel entonces una máquina muy moderna. El abrigo era precioso, me lo hizo Mia. Ella me hizo toda la ropa, un vestuario completo, incluso un juego completo de lencería, en seda color crema.

–¿Sale Mia también en alguna foto? –quiso saber Bettina.

–No. –A Marie le temblaba la mano en la que sostenía la instantánea–. Era muy feliz ahí, delante de esos caballos. Tu padre me enseñó toda la ciudad, y me compró una gardenia blanca. En un principio, no quería casarme tan pronto. Temía marcharme de casa de Paula, pero tu padre empeñado en que tenía que salir de esa casa, que ése no era sitio para una joven respetable y formal como yo. Eso era lo que decía. Quería tenerme a su lado y cuidar de mí, ¿entiendes? Eso no lo había pretendido nadie conmigo hasta entonces.

–¿Pero por qué no querías vivir en casa de tía Paula? Estabas muy bien allí, ¿no es cierto?

Bettina no podía imaginarlo como algo bueno, eso de que alguien quisiera cuidar de uno.

–Sabes, Bettina, yo soy muy distinta de tía Paula –respondió Marie–. Tía Paula... Bueno, entraban y salían muchos hombres de aquella casa. A mí, desde luego, no me entusiasmaba ese ambiente. Era todavía tan joven... pero, decididamente, yo era distinta de Paula. Una vez oí cómo le decía a un hombre –era un pintor, Bodo. El cuadrito que tiene Paula colgado en el dormitorio lo pintó él, ¿sabes?, el que hay colgado junto a la puerta entrando a la derecha–: «Marie sí que es una mujer para casarse con ella», eso le dijo Paula a ese tipo.

Bettina no la acababa de entender y preguntó:

–Pero a ése no le querías, ¿no?

–Ése... bueno, me aprisionó contra el armario de la cocina y pretendía besarme –repuso Marie con timidez.

Bettina también se ruborizó.

–Ah, ya –se limitó a decir, y prefirió no seguir preguntando.

Guido aparecía sentado en un pequeño coche descapotable, uno de esos coches que se ven anualmente en la feria del automóvil. Llevaba unas gafas de sol redondas y una gorra blanca con orejeras perforadas.

–Ésta la hice yo –exclamó Marie, y le cogió a Bettina la foto de la mano–. Lo de detrás, el portal de la iglesia que se ve, es San Lorenzo de Siena.

–¿Y ese coche tan raro? –preguntó Bettina.

–Fíjate con qué orgullo sostiene el volante con una mano, mientras reposa la otra sobre el respaldo del asiento contiguo. Eran asientos de cuero rojo, y la consola de mandos de madera barnizada. El coche se llamaba Micky. Yo le regalé a Guido un cochecito mecánico del mismo modelo en color crema. Lo puso encima de su escritorio.

–¿Y dónde está el coche ahora?

–¿Qué coche, el mecánico?... Pues no lo sé.

–El coche grande.

–Ah, ése. Nos lo requisaron durante la guerra y ya no lo vimos más.

–¿Yo ya había nacido?

–A ver, espera... no, creo que aún no. Tu padre intentó enseñarme a conducir, pero yo siempre llevaba el coche a lo salvaje. En una ocasión, incluso tuve un pequeño choque con un tranvía.

–¿Qué? ¿De veras?

–Bueno, no me pasó nada. Además, Guido estuvo muy ingenioso a la hora de negociar con los policías. Todo lo hacía bien. Sabía cocinar. Era un portento para elegir los vestidos que Mia me confeccionaba; me acompañaba a su casa y se sentaba a mirar cómo me los probaba. Era para mí como un padre excelente, cariñoso y solícito, ¿entiendes? Me enseñó a limarme las uñas y a retirar las pieles muertas... me enseñó a comer langosta...

–¿Y es buena?

–Riquísima, pero todo eso era en tiempos de paz, Betti, y vivíamos de una manera muy distinta a la de hoy. Formábamos una pareja tan encantadora que la gente se paraba en la calle para mirarnos. Tu padre estaba muy orgulloso de mí. Yo tomaba clases de equitación. También me animó a aprender mecanografía y taquigrafía. Él deseaba que yo aprendiera, pero yo nunca lo tomé en serio. –Marie se puso muy seria–. Era una niña tan tonta y vanidosa... Mira, ten.

Alcanzó una fotografía grande que estaba reblandecida y diluida, como si alguien se hubiera entretenido en pasar un pincel gordo y mojado por encima.

–Sólo me gustaba tocar el piano –dijo suspirando.

–¿Y por qué has dejado de montar a caballo? –preguntó Bettina.

–Mira Betti, al estallar la guerra, todo cambió. Ahora tengo tanto trabajo en casa... y, además, te tengo a ti. Tú eres lo más importante para mí, ¿comprendes? Un hijo siempre tiene preferencia, un hijo va antes que nada.

Bettina tomó la foto y la giró entre sus dedos.

–¿Ésta eres tú?

Una jovencita de pelo corto, con la nuca rasurada, que vestía una corta falda plisada, aparecía cabizbaja apoyada en una verja de puertas batientes. La muchacha sonreía, absorta –se veía claro– en sus pensamientos. Los árboles del fondo aparecían difuminados, como envueltos en niebla. Bettina no conocía de nada a la chica de la foto.

–Era una casa preciosa, la del Parque de Wittelsbach –comentó Marie, que ahora tenía marcada una arruga perpendicular entre las cejas. La rebeca de punto gris que llevaba puesta le arañaba a Bettina en la mejilla–. Los muebles los hizo todos tu padre. Iban chapados en madera clara. Muy sencillos, pero muy bien acabados.

–¿Estás triste, mamá? –inquirió Bettina, con ganas de quitarle la foto de la mano.

Marie le acarició el cabello.

–Todos los muebles se quemaron. Ya no queda nada de aquella casa. Entonces ya habías venido al mundo, Betti. Aquella noche no había nadie en casa. Tú y yo estábamos en lugar seguro, muy lejos de allí, y tu padre estaba en la guerra.

A Bettina le asaltó una extraña somnolencia. Se acurrucó contra Marie y dijo:

-Pero ahora ya ha pasado todo eso. Y a ti te gustan los muebles que tenemos ahora, ¿no es cierto?

–Te tengo a ti –repitió Marie–, tú eres lo más importante para mí en esta vida, y ambas tenemos a tu padre. Piensa en lo que habría ocurrido si no le tuviéramos, si no hubiera regresado de la guerra.

Pero a Bettina, eso no le cabía en la cabeza.

Era la hora de la sobremesa y estaba nevando.

Bettina había chocado en las escaleras con tía Mia, que, extrañamente excitada, se palpó inquieta el sombrero negro mientras se ponía los guantes.

–¿Ya te vas? –preguntó Bettina decepcionada, y se quedó de pie frente a ella como si quisiera impedirle el paso.

–Hoy no hay tiempo para echar las cartas –le susurró tía Mia–. Hoy no, ya lo verás.

Sacudió un poco de nieve del cuello del abrigo de Bettina y luego pasó por delante de ella.

–¿Qué ha ocurrido? –quiso saber Bettina.

De pronto se apagó la luz de la escalera y, en la penumbra, desde el rellano de abajo, Mia canturreó:

–Ha llegado el niño de sus ojos, ya os lo había dicho yo.

Tía Paula se había contagiado del buen humor de tía Mia y tenía las mejillas de un color rojo ardiente. Se hallaba de pie en la cocina junto a tío Georg y observaba impaciente cómo éste preparaba café, dando continuos saltitos, mientras se arreglaba el pelo con los dedos, se retocaba las cejas y las sienes con el dedo ensalivado y, de cuando en cuando, repasaba su aspecto en el cristal de la vitrina.

Bettina la miraba sin comprender nada. Observó de reojo la bandeja de pastel y, dirigiéndose a tío Georg, que, en medio de aquel jaleo manejaba la cafetera y el cazo calientes con toda tranquilidad, preguntó:

–¿Qué está pasando aquí? ¿Qué es lo que tiene

Paula y por qué estaba Mia tan nerviosa? –hizo una pausa y luego añadió–: ¿Ha venido alguien?

–Tenemos el gallinero alborotado –respondió tío Georg, y echó a Paula una mirada cariñosa.

Paula dio un abrazo a Bettina y la estrechó de tal forma que le clavaba el broche en la mejilla, y la niña tuvo que abrir la boca para coger aire.

–Entra, entra, cariño... –le urgió tía Paula.

–Sí, entra, corazón, y verás lo que Ludwig ha traído de Italia –corroboró tío Georg impasible, y se dispuso a batir nata en un cuenco.

La mujer no se llamaba Simonetta, sino Bianca. Tenía tanto pelo que las manos de Ludwig desaparecían en él como en agua negra. Acercó los labios a Bettina para besarla, después de que Ludwig le diera a ésta un empujoncito. Sus ojos la miraban a la cara, tranquilos y grises. Era tan bonita que Bettina tuvo que echarse fingidamente a reír para poder liberarse de aquella fuerza que la atraía contra su pecho.

–*Bella* –dijo la mujer, y sus labios rojo pálido, lo único que se movía en su rostro blanco y silencioso, articularon aquella palabra extranjera como si con ella hubiera bautizado a Bettina para siempre. Nunca se había fijado en cómo se parecía Ludwig a su madre.

Tenía aspecto cansado y, a la vez, feliz de estarlo. Sus ojos chispeaban de tal modo que de vez en cuando se veía obligado a cerrarlos. Él, que no paraba de hablar, permanecía sentado al lado de esa mujer, como quien encuentra una sombra en un día caluroso y se sienta a contemplar el paisaje que le rodea, que le deja embelesado. Ludwig no podía quitar, ni por un instante, las manos de encima de la mujer. Jugueteaba con sus dedos, la tomaba por la nuca y la soltaba de nuevo para retirarle una hilacha del cuello de la chaqueta. La mujer se lo dejaba hacer todo y, sólo de vez en cuando, levantaba la cabeza hacia él para mirarle a los ojos. También ella, como Ludwig, parecía estar viendo algo que a Bettina se le escapaba, algo que debía de ser realmente admirable, pues los ojos se le inundaban de aquello y se tornaban tristes, una tristeza que Bettina había sentido alguna vez en su propio rostro en el último año, cuando por primera vez vio el mar.

–¿Verdad que es bonita? Se llama Bianca, que significa blanca, clara, luminosa y resplandeciente –terció Ludwig.

–Ni siquiera estando enamorado es capaz de olvidar sus estudios de lengua –exclamó tío Georg, al tiempo que depositaba la cafetera sobre la mesa.

–Es una mujer realmente hermosa –concedió Paula, y tomó asiento en una silla junto al sofá.

–Haced el favor de no hablar de ella como si fuera sorda –intervino Ludwig enérgico, y se acercó a la mesa para servir a Bianca el café. Bettina tomó un trozo de pastel de queso y le dio un mordisco. La mujer no comía nada, pero iba tomando el café, y a Bettina le sorprendió que Ludwig no le sostuviera la taza a la altura de la boca y le ofreciese pastel arrodillado ante ella.

La habitación situada en el otro extremo de la vivienda recibió una capa nueva de pintura. La mesa blanca para jardín que había en el pasillo tenía un aspecto muy cambiado con su flamante color rojo. Paula habría sacado todos los muebles bonitos de las habitaciones para colocarlos en la nueva, pero Bianca los rehusó sonriente, mientras, cogidas de la mano, Paula la llevaba ante las cómodas Biedermeier y le iba mostrando la casa, pasillo abajo.

–No, mamá –decía ella, y besaba a tía Paula en la sien con tal ternura que ésta se sentaba después de un buen rato en la butaca y murmuraba para sus adentros.

–Pero necesitará un mueble bueno. ¿Dónde piensa, si no, guardar la ropa interior? Le daría también los candelabros. Bueno, la estantería del dormitorio ya la han cogido, aunque ésa no es muy bonita...

–¿Van a casarse? –quiso saber Bettina.

–Sí, cuando puedan. Ella tiene que resolver todavía lo del marido.

–¿En Italia? ¿Un marido?

–Sí, es terrible todo esto. Él, por supuesto, no está dispuesto a dejarla marchar. Eso, claro está, lo comprendo perfectamente.

–¿Pero no le gusta el hombre que tiene en Italia?

Paula no la había escuchado, ya que miraba por la ventana cómo un mirlo picoteaba la comida.

–Ludwig tiene que encontrar trabajo con urgencia –concluyó Paula–. Aaay..., ¿qué será de mis pobres niños?

Marie tocaba el piano. Fuera ya era oscuro y un viento impetuoso sacudía las persianas.

–El viento de primavera –había dicho Marie antes de desaparecer en su habitación, pero en realidad todavía hacía frío.

Bettina escuchaba las notas que se filtraban, atenuadas y melancólicas, a través de la pared y que caían sobre su cama como finísimas virutas metálicas. Sin embargo, Marie no tocó la *Canción del viento de primavera.*

¿Habrían estado Guido y Marie sentados juntos de aquel modo alguna vez? ¿Habría mirado Guido a Marie como Ludwig miraba a Bianca? Bettina trataba de imaginárselo, pero no lo conseguía. Guido no acostumbraba a tenderle los brazos a Marie. Se sentaba y cruzaba los brazos sobre el pecho, siempre completamente solo, aunque Marie hablara con él mientras se arreglaba el peinado, le sacudiera las migas del jersey o estirara tanto las piernas que casi le tocaba con las rodillas.

«Yo estaba muy enamorada de tu padre. Le encontraba tan maduro y responsable que a veces me sentía como una niña a su lado», le había dicho Marie en una ocasión. Pero, ¿no era cierto también que a un niño se le coge, se le sienta en el regazo y se le besa? Guido solía besar a Marie en la frente antes de ir a encerrarse en su habitación, y Marie se quedaba cabizbaja, y luego se ponía a tocar el piano. ¿Se besarían en secreto?

Bettina cerró los ojos y escuchó las vaporosas notas que ahora se iban apelotonando, formando una pared de oro que se extendía desde detrás de la cama hasta la ventana, para perderse fuera, en la oscuridad de la noche. Se imaginó a Guido yendo de un lado a otro de la habitación situada bajo la suya y, de repente, se apoderó de ella un profundo desasosiego. Echada en la cama, se sentía como una piedrecita del molinete, que se halla entre otras dos piedrecitas y que es movida de un lado a otro durante el juego.

–En mi opinión, la niña visita demasiado a menudo a tía Paula –dijo Guido, y dio a Bettina un golpecito en la espalda para incitarla a caminar más deprisa.

Habían salido a pasear por el bosque nevado. Marie, enfundada en su abrigo de piel de potranco, iba cogida del brazo de Guido y tenía que pegarse mucho a él para poder andar uno junto al otro por aquel estrecho sendero. Bettina, que de vez en cuando se adelantaba para sacudir la nieve acumulada en las ramas de los arbustos, trataba de deducir de qué hablaban sus padres a partir de los fragmentos de conversación que le iban llegando a los oídos. La cena en casa del decano de la universidad a la que habían sido invitados no había conseguido interesarla en lo más mínimo. La única conclusión que extrajo, vistas las continuas objeciones de Marie, fue que a su madre no le apetecía acompañar a Guido en aquel compromiso. Le preguntaba acerca de personas que al parecer no conocía, y de las cuales aparentemente desconfiaba. Cuando la conversación giraba en torno a la ropa que Marie iba a ponerse esa noche, Bettina lanzó una bola de nieve hacia Guido, que en ese momento asentía muy serio. Él le dedicó un gesto con la mano que excluyó a Bettina de aquel diálogo sobre bolsos y zapatos.

Marie le pisaba a Bettina los talones, y Guido puso las manos sobre los hombros de su hija y le susurró:

–Adelántate un poquito y ve a ver si se ha congelado el lago.

Bettina vaciló un momento y comenzó a andar a pequeños pasitos.

–... y ahora sólo faltaba esa desagradable historia de la mujer casada que Paula ha acogido bajo su mismo techo, como si no hubiera ya suficiente desorden en su vida... –le oyó decir Bettina antes de alejarse. Marie respondió a continuación, en un tono de voz muy bajo, y ya no pudo entenderla.

Ludwig se deslizaba de un lado a otro arrodillado en el suelo, y jadeaba levemente. Frotaba la madera con un estropajo de virutas metálicas y tenía la frente bañada en sudor. Bettina vio que había pulido ya un cuadrado del tamaño de un periódico abierto. Aquel trozo tenía un color muy vistoso, como si hubieran abierto una ventana en la ancha, oscura y desconsolada superficie del suelo del parquet.

–¿Para qué haces eso? –inquirió Bettina, al tiempo que se sentaba junto a Ludwig en el suelo–. Déjame probar a mí.

Apretaba tanto que la madeja metálica le hacía cortes en los dedos y, sin embargo, no consiguió arrancarle al suelo ni un solo rizo de madera.

–Hay que reconocer que queda estupendo cuando sale de nuevo el parquet a la superficie –comentó Ludwig, y se puso a frotar otra vez. Mientras lo hacía, se mordía el labio superior.

–¿Y Bianca no te ayuda?

–Ella no sabe de estas cosas –respondió Ludwig incorporándose–. En Roma tenía a su disposición dos criadas y yo qué sé cuántas cosas más... un chófer, un ama de llaves... Ahora está con tío Georg, que le enseña a hacer *gulasch*. Mi pobre angelito. El tío, al menos, es más paciente que Paula...

–Paula tiene mucha paciencia –cortó Bettina–. Ten en cuenta que ni siquiera puede hablar con ella.

–Tú no puedes comprenderlo, Betti. A Bianca le está costando mucho adaptarse. Lógicamente, no está acostumbrada a la manera de hacer y a la vida de aquí. Incluso la nieve le pone nerviosa –adujo Ludwig, mientras frotaba con fuerza–. Cuando la vi por primera vez... era..., vamos a ver... sí, agosto, y hacía un calor..., un calor... pero tú ya has estado en Italia.

–¿Y cómo iba vestida cuando la viste por primera vez? –preguntó Bettina sentándose bien.

–Llevaba puesto un sombrero blanco enorme, así de grande –Ludwig separó las manos, en las que sostenía todavía un puñado de filamentos metálicos, y las mantuvo en el aire a ambos lados de la cabeza–. Se inclinó sobre mí con ese sombrero, y con la cara tan pálida como el mismo sombrero a causa del susto. Yo estaba tirado sobre la calzada, pues un idiota acababa de atropellarme. Fue por la espalda. Yo iba tan tranquilo en mi bicicleta, pegado a la acera; ni siquiera corría, y de pronto aparece ese imbécil por detrás y...

–¿Y sangraste?

–... después de eso, la bicicleta tuve que...

–¿Y cómo quedaste tú tras el atropello?

Ludwig interrumpió su trabajo.

–Pues tirado boca arriba, sobre la espalda, como una tortuga. No podía levantarme.

–¿Y ella?

–Ella pasaba por allí. Entonces me llevaron a su casa, pues el accidente ocurrió precisamente delante de la puerta de su jardín.

–Ya, quería decir si estabas en medio de un charco de sangre... –insistió Bettina tozuda, pues quería imaginárselo todo sin que faltara detalle.

–No, solamente sangré un poquito en la frente, pero sólo un poco, aunque de todos modos no me sentía nada bien. Ya no me acuerdo de cómo llegué a la casa, pero sé que me acomodaron en un sofá blanco. Ella llevaba todavía el sombrero puesto, y una muchacha con un vestido negro le sostenía una palangana mientras ella me colocaba un paño helado sobre la cabeza. La palangana estaba llena de cubitos de hielo.

–¿En ese momento estabas ya enamorado de ella?

Ludwig se incorporó para reflexionar.

–Creo que sí –respondió–. Sí, creo que sí.

–¿Y ella también?

–Sí, ella también.

De pronto, Ludwig puso una cara que parecía que fuera a reñir a Bettina, pero no dijo ni una palabra, sino que se deshizo del estropajo y encendió un cigarrillo.

Bettina reflexionó un momento y, finalmente, dijo:

–¿En qué nota uno que se ha enamorado? Quiero decir... ¿cómo sabe cuándo empieza a estarlo?

–Es una buena pregunta –respuso Ludwig, y tomó una gran bocanada de humo que luego iba soltando despacio por la nariz–. Simplemente se sabe. Me pasé toda la tarde echado en aquel sofá. Al cabo de un rato, ella se quitó el sombrero y me trajo un café. Sentí deseos de pasarme la vida entera allí tumbado observándola, cómo entraba por la puerta, y luego volvía a salir, cómo se arreglaba la falda, sentada a mi lado, y cómo contraía la boca cuando descubría un nuevo corte en mi mano y se disponía a limpiarlo con yodo.

–¿Y entonces os besasteis?

–No, no, en absoluto. Si apenas hablamos. Nos limitamos a mirarnos.

–¿Y ella qué dijo? ¿Le has preguntado alguna vez lo que pensó de ti aquel día?

Bettina sentía una gran inclinación por su primo, una sensación que le recorría todo el cuerpo hasta alcanzar los dedos de las manos, como una corriente de agua cálida. Nunca había hablado de aquel modo con una persona mayor, aunque pensaba, en realidad, que su primo olvidaba que era aún una niña. Todos los mayores la seguían tratando como a un niño, y eso que ya tenía trece años. Lo que le ocurría a Ludwig era que se moría de ganas de contar la historia a quienquiera que estuviese dispuesto a escucharla y también conociera a Bianca. Bianca, que trinchaba cebollas sentada en la cocina junto al tío.

Ludwig se ruborizó y movió la cabeza, antes de bajarla, de manera que Bettina ya no le veía la cara.

–Un día me dijo que se había... bueno, dijo que... cuando me vio ahí tirado delante de su puerta, cuando salió... en fin, que cuando me vio en el suelo de esa manera, se había asustado mucho, se había asustado tantísimo porque ya había vivido ese momento... es decir, fue como una película que ya había visto, y me explicó que ya sabía, cuando me vio ahí tirado desde detrás de la puerta del jardín, ya sabía cómo era mi cara, pero con toda exactitud, ¿entiendes?... bueno, eso fue lo que dijo.

–¿Y tú la creíste?

–Sí –contestó Ludwig, y se puso a frotar de nuevo el suelo, aunque esta vez lo hacía justo en el sitio donde la madera ya estaba dorada y reluciente–. La creo. Me creo todo lo que dice ella.

Marie y Bettina hicieron una visita a tía Paula poco antes de Navidad, a fin de preparar pasteles para esas fechas, pero Paula, que todavía estaba en la cama, adujo que se sentía demasiado fatigada para eso. A pesar de ello, Marie decidió preparar de todos modos la masa de levadura para hacer un roscón; entretanto, Bettina le hacía compañía. Al cabo de un rato, Paula se levantó y se reunió con ambas en la cocina. Hubo un lapso en que nadie dijo una palabra. Paula comía pasas de un cucurucho y suspiraba. Bettina hacía esfuerzos por mantenerse callada. Sentía una enorme curiosidad por escuchar lo que tía Paula iba a contar. Ya conocía aquella manera suya de tomar aire, parecía que fuera a decir algo, y luego encogía el mentón y apretaba los labios. A Bettina no le habría hecho ninguna gracia que la echaran de la cocina en aquel momento.

–Se pasa todo el día por aquí sentada –dijo por fin tía Paula, observando cómo Marie amasaba la pasta–. Ludwig ha acudido hoy de nuevo a dos entrevistas de trabajo, y no le han contratado... El pobre está completamente desmoralizado. Y es que, después de todos esos estudios, no va a ponerse ahora a trabajar de traductor en cualquier sitio de mala muerte. Sólo de pensarlo se pone enfermo. ¿Has encendido el horno?

–Sí –respondió Marie–. Vamos, Paula... ya encontrará algo. Me da la impresión de que lo ves todo demasiado negro.

–No es eso –se quejó Paula. Se levantó y se dirigió a la ventana de la cocina–. Ella se pasa el día sin hacer nada. Y encima no le dice una palabra cuando él regresa a casa. Incluso yo me doy cuenta de lo mal que lo está pasando el chico. Muchos días se queda la mañana entera en la cama, y ni siquiera es capaz de llevar la bandeja del desayuno a la cocina.

–Pero está aprendiendo a cocinar. Hace poco cocinó un plato exquisito; a mí me gustó mucho esa carne con la salsa de pescado...

–Sí, pero no te imaginas cómo me deja la cocina...

–Ya sabes que no eres tú quien se encarga de recogerla, Paula.

Marie dividió la masa en tres bolas del mismo tamaño y luego las aplastó. Bettina quiso meter el dedo en una de las bolas, pero Marie le dio un cachete en la mano. Ella, enfadada, la escondió bajo la mesa sobre su regazo.

–Pero para el tío Georg es demasiado trabajo, mi pobre tontín. Él lo hace todo sin rechistar, pero yo sé lo que piensa de ello.

–¿Qué piensa? –preguntó Bettina.

Marie convirtió las bolas de masa en tres salchichas, espolvoreó la mesa con harina y optó por guardar silencio.

–De hecho, a mí me da pena la pobre. Ya entiendo que no sea capaz de arreglárselas con todo lo de aquí. Además, me parece que debe de pasar frío, todo el día dando tumbos igual que un monito enfermo –terció Paula, y se puso a tiritar imitando a Bianca.

–Hay que animarla a que hable –concluyó Marie.

–¿Pero cómo? –Paula palpó la masa–: Un poco dura, ¿no? Ludwig asegura que está estudiando alemán... –dijo, y soltó una carcajada que sonó como un pequeño eructo–. Yo nunca la he visto estudiando.

–Yo vi una vez el libro debajo de su almohada –intervino Bettina.

–Dime, Betti. ¿has estado husmeando en su habitación? –preguntó Marie frunciendo el ceño.

–¿Qué vamos a hacer? ¿Cómo va a acabar todo esto? –Pero la voz de tía Paula no sonaba desesperada, sino más bien como si recitara algo.

Marie confeccionaba ahora una trenza ancha con las tres salchichas de color marfil. A Bettina le gustaba mirar cómo lo hacía.

–Tengo que plancharle una camisa. Mañana va a necesitar una camisa limpia –reflexionó Paula en voz alta.

La cocina quedó en silencio. No se oía más que un rumor de música de la radio, que procedía de algún lugar en las profundidades de la vivienda.

Marie colocó la trenza sobre la bandeja negra de hacer pasteles.

–Está completamente cambiado desde que llegó, mi pobre chiquillo –dijo Paula tras una prolongada pausa, y olisqueó a su alrededor.

–Tu pobre chiquillo es un chico muy inteligente, y me sorprendería enormemente que no encontrara trabajo enseguida. Deja ya de una vez de lamentarte por él como si fuera un cordero camino del matadero. Él ama a esa mujer y la ha arrancado de su matrimonio y su entorno. Ahora le toca...

–Aay, ¡el amor! –cortó tía Paula melancólica.

Llegó la primavera. Bettina se hallaba de pie junto a la ventana y respiraba el aroma de los narcisos sobre el alféizar. Paula había ido con Marie y el tío Georg a comprar huevos. Guido se había quedado solo en casa redactando un trabajo y no quería que le molestaran. Nunca las acompañaba a casa de tía Paula, pero eso a nadie parecía sorprenderle.

–¿No te cae bien tía Paula? –le había preguntado Bettina en una ocasión.

Él sostenía el lápiz en el aire y se lo hacía rodar entre los dedos mientras la miraba. Finalmente respondió:

–Paula es una mujer extraordinaria. Ella fue quien se hizo cargo de tu madre. Además, tu madre no quiso que nos mudáramos a otra ciudad a causa de ella, a pesar de que para mí habría sido mejor.

–¿Por qué mejor?

–Por mi trabajo.

–¿Y por eso no te cae bien?

–¿Quién dice que no me cae bien? Lo que pasa es

que no tenemos gran cosa que contarnos. Por lo demás, yo la aprecio mucho.

Su padre nunca respondía exactamente a lo que se le preguntaba. Solamente lo hacía cuando se le formulaban las preguntas adecuadas. Esto es, cuando le preguntabas cómo de una pequeña máquina fotográfica de color negro podían salir fotos, por qué el angelote gordo junto al altar llevaba puesto aquel gorro de cardenal, y cómo era posible que los árboles no se congelaran en invierno. Pero cuando se le preguntaba por las personas, nunca respondía lo que Bettina deseaba oír. Es decir, sí contestaba, pero sus explicaciones nunca resultaban del todo satisfactorias.

–A ti te gustaría vivir en casa de tía Paula, ¿no es cierto ratita mía? –insinuó su padre, y le pasó la mano por la cara como hacía siempre que la llamaba ratita.

Bettina ya no recordaba de qué cuento había sacado ese nombre, pero comprendió que su padre no deseaba seguir hablando del tema.

–No es verdad –contestó la niña débilmente, pero sabía que su padre tenía razón. Al menos algunas veces le habría gustado quedarse en casa de Paula. Marie siempre decidía regresar a casa justo cuando la cosa empezaba a ponerse interesante.

Como aquella noche en que Ludwig no llegó cuando se le esperaba, y Bianca se encerró en su habitación. Marie le hablaba a través de la puerta como si pudiera comprenderla perfectamente. Recostada sobre la puerta, como si ésta fuese Bianca, se dirigió a ella con voz cariñosa y penetrante, la misma voz que usaba con Bettina cuando la pequeña estaba enferma o triste. Pero Bianca no abrió. Entonces Paula se puso a mirar por el ojo de la cerradura, y, al cabo de un rato, su madre hizo lo mismo, pero fue sólo un momento. Luego miró otra vez a Paula y suspiró; Bettina no supo si fue debido a la pena que sentía o porque se hallaba en una postura muy incómoda. Por fin, Marie la sacó de allí, y entonces también Bettina tuvo ocasión de mirar. La mujer de cabello negro caminaba de un lado a otro de la habitación retorciéndose las manos, pero retorciéndoselas de verdad, como Kriemhilda en la película. Bettina todavía no lo había visto hacer a nadie.

Cuando, más tarde, Ludwig regresó a casa y se puso a aporrear la puerta cerrada, olía a bar. En el salón, tío Georg descorchó una botella de vino y le sirvió a Paula un vasito, como si se tratase de una medicina. Fue entonces cuando Marie quiso marcharse, y a Bettina no le quedó más remedio que acompañarla.

En otra ocasión también habría dado cualquier cosa por quedarse. En casa de Paula se esperaba a un hombre que había de llegar de Italia. Tío Georg estuvo hablando de un señor, y lo curioso del caso fue que se puso una corbata para recibir a la visita. Tía Paula movía despacio el dedo junto a la sien y torcía los ojos como queriendo decir que se habían vuelto todos locos, aunque ella, por su parte, se había puesto un vestido azul confeccionado en una tela que crujía, bastante ceñido, y con la cremallera todavía por cerrar. Estaba tumbada en el sofá y apoyaba los pies, enfundados en unas medias de seda color claro, encima de una montaña de cojines. Estaba tan hermosa como una extranjera en un harén, o eso pensó Bettina, pero faltaba el sultán. Ludwig estaba demasiado nervioso y era demasiado joven para serlo; incluso se mordía las uñas. Y el tío Georg era viejo y gordo en exceso para hacerse cargo del papel de guardián del harén. En ese momento, Bianca hizo su aparición, y permaneció de pie en el umbral de la puerta como quien espera que le tomen unas fotos. Esbozó una sonrisa entre asustada y orgullosa, y detuvo un instante la mirada en cada uno de los presentes, a fin de leer en sus rostros la impresión que les había causado con el traje blanco y el chal color carmín. Marie se apresuró a abrazarla, y la besó. Siempre la abordaba en alemán, pero era evidente que a Bianca eso le sentaba bien.

Y, una vez más, Marie y Bettina tuvieron que marcharse, justo cuando sobre la alfombrita de la entrada apareció un hombre pequeño, portando un maletín y con un sombrero claro, y lanzó desde sus negros ojos una severa mirada por encima de ambas hacia el interior del piso, como si esperara un ataque procedente de la oscuridad del pasillo.

Bettina arrancaba las hojas marchitas del ciclamen de tía Paula. Abajo, en el patio, los niños jugaban y gritaban. Bettina movía los labios recitando con ellos, en voz baja, la cancioncilla para contar.

> Pito, pito, colorito
> dónde vas tú tan bonito
> a la acera verdadera
> pim, pom, ¡fuera!

Cerró la ventana, cogió la regadera y se internó en el silencioso apartamento. Echó un reguerillo de agua sobre los bulbos de los jacintos, que asomaban fuera de la tierra. Todavía no había pelado y cortado las manzanas para el pastel que prepararían al mediodía, y eso que se había comprometido a hacerlo. Además, el costurero de su tía le esperaba en el dormitorio, con los ovillos de hilo revueltos y los alfileres sueltos, acechando en el fondo de la caja, pendientes de que tía Paula metiera la mano buscando botones para pincharle los dedos, en lugar de reposar en la abultada barriga de la muñequita china como les correspondía. Bettina había prometido ordenarlo todo. Le gustaba hacerlo, pues así tenía ocasión de inspeccionar los cajones y, además, quería ver a Bianca y a Ludwig cuando por fin se levantaran.

La casa estaba en silencio y tampoco se oía ningún ruido en la habitación del fondo del pasillo, hacia la que se deslizó con enorme sigilo para volver momentos después sobre sus pasos con idéntica actitud. En el exterior se oían los trinos de los pájaros. ¿Cómo podían estar en la cama hasta tan tarde? Ni siquiera se les oía conversar. A través del ojo de la cerradura, Bettina no había visto más que una espalda blanquecina, la espalda de Bianca, sobre la que pendían multitud de tirabuzones semejantes a pequeñas serpientes negras, enrolladas en torno a una roca de color claro.

Bettina no entraba más que en contadas ocasiones en el dormitorio de Paula. A su tía no le gustaba que violaran «su cueva», como ella la llamaba. Esa circunstancia constituía un motivo adicional de curiosidad para Bettina, que sólo una vez había conseguido entrar a husmear y revolver un poco en el reino de Paula, pues ésta casi nunca salía de casa. Sin embargo, Bettina sabía con exactitud dónde guardaba las cosas que a ella le interesaban. Abrió la puerta y, sumergiéndose en la penumbra, pues las cortinas estaban corridas, se deslizó hacia la cama poniendo mucho cuidado en no pisar o romper algo.

Se arrodilló delante de la cómoda chapada en madera de cerezo, abrió el cajón superior y, palpando con las yemas de los dedos la superficie de unas fotografías, encendió la lamparita que había encima del mueble. Se dio un buen susto. Desde el fondo del cajón semioscuro, tía Paula, en una foto de gran tamaño, la miraba de un modo tan fijo y penetrante que Bettina estuvo a punto de cerrar el cajón de un golpe. Al fotógrafo sí le habría mirado de esa forma. El gesto de la mano entre ambos senos, cubiertos sólo a medias por el vestido, parecía tan forzado, tan falto de naturalidad, que aquella mano recordaba más bien a una de esas flores que los hombres llevan en el ojal. Apartó la foto a un lado y debajo apareció Ludwig de niño. Llevaba unos pantalones que le estaban muy grandes y cogía a Marie de la mano, entre vergonzoso y sonriente. Casi no tenía pelo. Luego había otra instantánea de Marie. Su madre sonreía, montada sobre un caballo y con los cabellos mecidos por el viento. Bettina no acertaba a imaginársela montando a caballo, con aquel semblante que rebosaba alegría. Así era su madre antes de nacer Bettina. ¿Qué le habría hecho cambiar tanto, para que Bettina casi no la reconociera?

Marie había vivido allí, en esa misma casa, con Paula. La habitación ofrecía tal aspecto que habría jurado que Marie no había puesto los pies en ella en toda su vida. En casa de sus padres todo estaba siempre limpio y ordenado. En los armarios, la ropa cuidadosamente doblada y apilada; en las estanterías, los libros dispuestos en un orden determinado que no convenía alterar. En cambio, en el dormitorio de Paula las montañas de ropa se acumulaban junto a la cómoda, los zapatos estaban tirados en medio del polvo y había hojas de periódico bajo la cama. Bettina vio una pila de ropa sucia amontonada sobre un taburete junto a la ventana. La alcoba olía a tía Paula.

Marie no permitía a Bettina echarse sobre la cama cubierta con una delicada colcha blanca, cuando la niña iba a verla a su habitación. «El desorden nos invade», se quejaba Marie con aire torturado cada vez que a Bettina se le ocurría dejar la chaqueta tirada en su cuarto. Marie luchaba a diario contra el desorden. Lo hacía entre suspiro y suspiro, pero, eso sí, de forma incansable. ¿Cómo había podido vivir allí?

Bettina contempló a la joven montada a caballo. Se fijó especialmente en las relucientes botas de montar y dejó escapar un bufido. Conocía esas botas; una vez le habían permitido ponérselas, por carnaval. Pero resultaba muy fatigoso caminar con ellas, aunque la larga caña del calzado, que le cubría las rodillas, había hecho que se sintiera como una auténtica aventurera.

Las rosas estaban secas y ya no desprendían aroma alguno. Casi se desintegraron cuando Bettina separó el rizo de pelo negro que iba cogido al papel de seda arrugado. El ramo llevaba una tarjetita en la que podía leerse en diminuta letra negra: «En recuerdo de la noche de las noches». ¿La noche de las noches? Seguro que no se refería a Navidad, pues en Navidad no es costumbre regalar rosas.

–Cuando yo tenía tu edad, tenía miedo de llegar a ser como tía Paula –reconoció Marie en una ocasión, cuando se disponía a coser un botón en una blusa que pertenecía a Paula.

–¿Y cómo es tía Paula? ¿Cómo no querías volverte? ¿Tan gorda?

–Tía Paula no está gorda, es robusta... No, no era eso. No quería tener que vivir como ella, llevar una vida tan desordenada, un desbarajuste similar al que suele reinar en las habitaciones de su casa, en sus armarios y en sus historias con... con sus amigos.

–¿Qué historias?

–Eso no puedes entenderlo todavía, Betti, Paula ha llevado siempre una vida muy inestable. Muchas veces fui yo quien la preservó de cometer alguna tontería.

–Lo dices porque Ludwig no tiene padre, ¿no?

–Pero qué dices, Betti, no, no es por Ludwig... Paula se siente hoy en día muy afortunada de tener a su Ludwig, no, no. Me refiero a que muchas veces había estado tan desesperada... Ir de un hombre a otro de esa manera, para una mujer eso es...

Marie cortó el hilo con los dientes y no quiso seguir hablando del tema, si bien a Bettina le habría encantado continuar charlando sobre los hombres. Los veía ante sí, salir trotando de las casetas en los baños públicos, uno tras otro como los guisantes saltan de su vaina verde. Todos tan ligeros de ropa y tan apuestos. Tía Paula iba pasando de uno a otro y se dejaba besar y abrazar por todos.

Bettina oyó que se cerraba la puerta del baño, guardó todo en el cajón y salió al pasillo. Ludwig estaba en paños menores, apoyado en la puerta de la cocina. Tenía los pelos de punta y, desorientado y con los ojos enrojecidos por el sueño, vagaba con la mirada por la soleada cocina.

–¿Betti? Betti, haz café. Bianca sufre un terrible dolor de cabeza y no quiero dejarla sola. ¿Sabes hacerlo? ¡Un café, por favor! ¡Enseguida!

Bettina dudó entre satisfacer su propio orgullo demostrando que sabía hacer café o dar rienda suelta a su enojo, un malestar que no podía describir. Ella deseaba estar presente, pero no le apetecía tener que trabajar para ganárselo. Hacer café era una cosa larga y complicada, una lata, vamos. ¿Desde cuándo no se podía dejar sola a una persona con dolor de cabeza? Su madre, sin ir más lejos, prefería estar sola cuando le entraba la migraña. Siempre hacía salir a todo el mundo de la habitación y se echaba en la cama con un paño mojado en la frente. Su madre tenía a menudo dolor de cabeza.

Bettina abrió la puerta con el codo y llevó la bandeja con las tazas y la cafetera a la cama. Había dispuesto también pan y confitura, y estaba firmemente decidida a no dejarse echar de la habitación.

Bianca llevaba unas enaguas amarillas y se apoyaba en la cabecera de la cama sobre un montón de cojines. Completamente inmóvil, miraba al frente y, por la cara que ponía, daba la sensación de no creer que estuviese realmente despierta, que no tuviera los ojos cerrados.

–Ponlo ahí, Betti, gracias –le indicó Ludwig, todavía en paños menores, mientras iba de un lado a otro recogiendo la ropa tirada delante de la cama y sobre la mesa. Betti se sentó con cautela en una silla sobre la cual descansaban unas braguitas diminutas. Algunas veces las había visto colgadas en la cuerda instalada sobre la bañera. Eran tan pequeñas que, a buen seguro, le hubieran ido bien a Bettina, y apostaba lo que fuera a que también tío Georg pensaba lo mismo. Un día, al abrir la puerta del cuarto de baño, Bettina había visto con toda claridad cómo las olisqueaba. Le había hecho mucha gracia, pues estaba de puntillas como un perro gordo, apoyado contra el borde de la bañera con los ojos semicerrados.

–¿Huelen bien? –le chilló Bettina, y él se asustó mucho.

Desde entonces siempre se quejaba de que la niña irrumpiera en el baño de forma tan desvergonzada, sin siquiera llamar a la puerta, ya que muy bien podía ser que alguien estuviera en aquel momento metido en la bañera. Se imaginó a tío Georg en la bañera, y supo al instante que eso no deseaba verlo, aunque su enorme barriga dentro del pantalón, que le alcanzaba hasta las axilas, sí le habría interesado.

Ludwig le tendió a Bianca la taza, pero ella no la cogió, y tampoco se decidió a beber al notar en sus labios el aroma del café, que se le fue deslizando por la barbilla y le goteó encima de las enaguas.

–¿Qué le pasa? –preguntó la niña con voz queda, sumándose al murmullo incomprensible que Ludwig susurraba dentro de la melena de Bianca, a la que había abrazado.

Comprendió de inmediato que no debía haber preguntado. Ludwig se giró hacia ella como sorprendido de verla todavía allí y, al momento, le ordenó:

–Por favor, ahora márchate, Betti. Gracias por el café.

Sin embargo, un segundo después se había olvidado de ella por completo. Incorporó a la silenciosa Bianca de rodillas sobre la cama y la besó por todo el rostro como enloquecido, al tiempo que no dejaba de hablar. Betti permaneció sentada procurando hacerse invisible e imperceptible, algo que ya sabía hacer, pues lo había aprendido espiando a los estorninos en el jardín, agazapada entre la hierba.

De pronto, Bianca abrió la boca. Respiraba deprisa y hacía mucho ruido, pero no miraba a Ludwig sino hacia alguna parte por encima de sus hombros. La mujer no parecía capaz de sostenerse por sus propios medios; en cuanto Ludwig soltó un brazo para alcanzar la taza de café, Bianca se le resbaló y cayó de nuevo sobre los cojines, con todo el cabello sobre la cara. Bettina no sabía si echarse a reír; desde luego, si aquello era un juego, no lo encontraba nada divertido. Ludwig estaba tan nervioso que daba la sensación de que iba a empezar a gritar o a llorar de un momento a otro. Había incorporado a la mujer una vez más y le había apartado el pelo de la cara.

–¡Bianca! –chillaba–, ¡Bianca!, ¡Bianca! –Pero Bettina comprendió que ella no le oía–. ¡Abre la ventana! –gritó Ludwig de repente.

Bettina obedeció enseguida y luego se sentó en el suelo junto a ellos. Ludwig retiró la manta y tiró de las piernas de Bianca hasta el borde de la cama, de modo que los pies le quedaron colgando y casi tocaban al suelo. Entonces, Ludwig se levantó cargando a la mujer consigo. Ésta se tambaleó y quedó apoyada sobre él con los brazos caídos, tan inerte que parecía que fuera a caerse otra vez sobre el lecho. Ludwig la rodeó fuerte con los brazos y la arrastró hasta la mesa. Los pies de Bianca se deslizaban a rastras por el suelo, desplazando la alfombrilla algunos metros. Ludwig comenzó de nuevo a hablarle. Sus palabras se adivinaban graciosas y reconfortantes, pero su voz sonaba a jadeo, como si precisara mucho aire para pronunciar aquellos bonitos sonidos foráneos. El joven apoyó como pudo el cuerpo exánime de Bianca en la mesa y Bettina comprobó que, efectivamente, no se sostenía. En un instante, las rodillas se le doblaron y, de un golpe, volcó la vasija con campanillas que había encima de la mesa. Pero Ludwig, que entre palabra y palabra iba soltando ahogadas risitas, volvió enseguida a rodearle el tronco con los brazos para incorporarla. Bettina se fijó en cómo sudaba.

La niña permanecía sentada, muy quieta, y observaba a Ludwig arrastrando a Bianca de un lado a otro de la habitación; la tendía en la cama y luego la levantaba una vez más, la besaba y le tiraba del pelo. La escena era realmente extraña y también un poco triste; a ratos parecía un baile estrambótico, cuando Ludwig se colocaba los brazos de ella alrededor del cuello y, con la mujer a rastras, describía círculos por la alcoba; a ratos un juego, cuando le movía las piernas y los brazos y, miembro a miembro, los iba estrujando entre jadeos contra sí, como si manejara una muñeca de grandes proporciones. Sin embargo, en otros momentos Ludwig parecía una fiera que hubiera cazado una presa demasiado voluminosa y quisiera llevársela a su guarida sin conseguir dar con ella.

De pronto, la mujer empezó a gemir y, por fin, habló. Pronunció dos palabras y, con los ojos cerrados, las repitió varias veces, y su voz se hacía cada vez más apremiante y ganaba en intensidad.

–¿Qué hago yo ahora con ella? –Ludwig la tendió una vez más en la cama y comenzó a calzarle una media. Pero ella no le ayudaba en nada. Había enmudecido de nuevo y miraba al techo abstraída por completo.

–¿Está enferma? –se interesó Bettina sin osar levantarse, aunque le pasó a Ludwig los zapatos de Bianca.

Éste asintió con la cabeza. La mujer ya llevaba ambas medias puestas, pero le quedaban horribles, ya que le colgaban llenas de arrugas por las pantorrillas. Ludwig le pasó el vestido amarillo por la cabeza, le introdujo los brazos por las mangas y luego tiró con tal fuerza de la tela fina que Bettina oyó cómo se rompía por alguna parte. La niña eligió aquel momento para levantarse y, de pie junto a Ludwig, que respiraba con dificultad y no cesaba de pasarse las manos por el pelo, contempló aquella rara figura sobre la cama, con la cabeza dentro de aquel vestido amarillo, por el que asomaban las arrugadas enaguas y las piernas, con las medias arremangadas. En el extremo superior aparecían sus brazos con las manos muertas. La tela se movía en el lugar donde Bianca tenía la boca; primero se abultaba un poco, para hundirse de nuevo al cabo de pocos segundos. De pronto surgieron dos manchas oscuras donde presumiblemente tenía los ojos.

–Está llorando –constató Ludwig casi aliviado. Se inclinó sobre ella y la llamó–: ¡Bianca!

Finalmente, los dos juntos consiguieron pasarle el vestido por la cabeza y ponérselo en su sitio. Bettina le arregló la falda y le quitó las medias que tanto la molestaban.

Ludwig se sentó en la cama y tomó en sus brazos a la mujer del vestido amarillo. Ella apoyó la cabeza en su pecho y dio rienda suelta al llanto mientras él la mecía suavemente y le besaba la cabeza y la frente.

–¿Qué tiene? –inquirió Bettina con voz quebrada, pues también ella habría llorado de buena gana. El desconsuelo de ver aquel vestido roto y el pequeño montoncito desolado que formaban las medias arrugadas en el suelo era más de lo que se sentía capaz de soportar.

–El niño –contestó Ludwig, y acarició la espalda de Bianca–. No quieren devolverle al niño.

Aquella noche, Bettina no podía dormir. Echada en la cama trataba de imaginar aquella pradera. Marie se la había descrito, sentada al borde de la cama, cuando fue a darle las buenas noches.

–No te vayas, hoy me noto tan rara... –Bettina cogió con fuerza la mano de su madre cuando ésta se la pasó fugazmente por la frente.

–No tienes fiebre.

–No –reconoció Bettina–. Es otra cosa. Es como si mis piernas fueran cada vez más largas, los brazos lo mismo y también el cuello; como si alguien me estuviera hinchando, despacito pero sin parar, cada vez que respiro. Tengo miedo de llegar a ser tan grande que ya no quepa en la cama. –Realmente, se sorprendía ella misma de lo que estaba diciendo.

–No debes imaginar esas cosas, ratita, eso no tiene ningún sentido, no pienses en esas tonterías. Sabes perfectamente que no hay nada de cierto en ello. Mira. –Marie le levantó el brazo en el aire y movió con su gran mano la manita de un lado a otro–. Las niñas pequeñas suelen tener a menudo fantasías muy extrañas. A mí también solía sucederme.

–¡Pero yo no quiero hacerme mayor! –aulló Bettina–. Quiero parar de crecer, quedarme para siempre como soy ahora y estar siempre a tu lado.

Fue entonces cuando Marie le habló de la pradera. Una pradera vasta y llana, cubierta de hierba alta que el viento mecía suavemente de un lado a otro.

–Cierra los ojos y trata de imaginártela. –Marie puso las manos sobre los ojos de Bettina–. Imagínatela, mírala bien y dime: ¿Hay en ella cardamina y margaritas?

–Sí.

–¿Ves camelinas y campanillas?

–Sí.

–¿Hay también flores rojas?

–No.
–¿Qué más ves?
–Cielo –respondió Bettina–. Cielo con nubes.
–Eso está muy bien –la animó Marie.
Pero cuando su madre salió de la habitación, se llevó la pradera consigo. Bettina cerraba los ojos y trataba de evocarla, pero no lo conseguía. Se hallaba de nuevo en una habitación donde había dos personas jadeando y gritando, dos personas que se mordían y estrangulaban, se arrancaban la piel la una a la otra y se tiraban del pelo como aves de rapiña. Bettina veía caer las gotas de sangre al suelo, los labios partidos, las caras completamente congestionadas.
No se escuchaban gritos, pero la lucha continuaba sin cesar y se oían jadeos y estertores. Ella misma, Bettina, apenas podía respirar. De pronto, sus manos se volvieron puños.
–¡Parad! –suplicó–. ¡Parad! ¡Dios mío, haz que lo dejen ya de una vez!
El viento nocturno golpeaba las persianas y cuando volvió la cara para mirar hacia la ventana tuvo la sensación de que la oscuridad se había abatido sobre la alcoba, invadiéndola por completo como una enorme y asfixiante almohada.

Era domingo por la mañana y Bettina abrió con sigilo la puerta de la habitación. Guido estaba en la cama con su redecilla en la cabeza, apoyado en una gran montaña de cojines. Leía el periódico.
–He escrito un poema –le notificó Bettina, al tiempo que se deslizaba bajo la manta junto a él. Abajo, en la cocina, oyó a Marie hacer ruido con los cacharros. Guido hizo sitio a su hija, pero sostenía con firmeza el

periódico entre las manos y se limitó a volver la vista hacia ella. Se estaba calentito a su lado bajo la manta. Las mejillas oscurecidas por una barba incipiente le daban un aire misterioso y extraño; parecía un hombre extraído de un relato. Bettina se imaginó con él en una lejana isla tropical descansando sobre una hamaca.

Como si se apuntara a jugar con ella, Guido dobló el periódico con gesto rápido y lo dejó deslizar con cuidado hasta el suelo. Pasó un brazo alrededor del cuello de Bettina y refunfuñó algo en voz baja, mientras acomodaba a la niña bajo su axila. Así estuvieron un ratito sin hablar, escuchando cómo Marie iba de un lado a otro en el piso de abajo.

–¿Has escrito un poema? –inquirió Guido por fin–. Escuchémoslo pues.

Bettina tomó el cuaderno de encima de la mesita de noche y se puso a hojearlo orgullosa buscando la página. Entonces leyó en voz alta:

Se marchó la cigarra
ya entrado el frío
a casa de la hormiga cruzando el río.
La hormiga dijo «Buenos días»,
pues a la cigarra ella quería.
Y así vivieron todo el invierno
y muchos, muchos niños tuvieron.

–Me gusta mucho –concedió Guido después de una pausa–. ¿Y tú crees que una cigarra podría casarse con una hormiga?

–Naturalmente –respondió Bettina–. Si se quieren...

–Bien –Guido se rascó el pecho y bostezó–. Muy bien.

–Ya veo que no te lo crees, pero es posible, yo lo sé.

–No dejes de enseñárselo a mamá. Ella es la experta en poesía –repuso Guido–. Ven, vamos, tengo que afeitarme. Ve a ver si ya está listo el café.

Cuando Ludwig regresaba a casa del trabajo, a última hora de la tarde, había que darle la cena enseguida, pues de lo contrario se ponía de muy mal humor. Venía de la fábrica de hilados de estambre, donde se ocupaba de la correspondencia extranjera, tan tenso y retorcido como el hilo de los carretes que Bettina había visto en las máquinas la vez que fueron con Marie a visitarle al trabajo.

En aquella sala gigantesca el aire era de color lila azulado, a causa de la gran cantidad de hilachas de algodón que volaban por todas partes, y las mujeres que trabajaban en las máquinas –que provocaban un ruido infernal– ni siquiera habían tenido tiempo para mirarlas. Ludwig estaba instalado en un minúsculo despacho de cristal más allá de aquel tumulto, literalmente pegado a una chica que escribía a máquina y que para ello no necesitaba mirarse los dedos, sino que observaba cómo Marie abrazaba a Ludwig y le dejaba sobre la mesa una bolsita con pastas de hojaldre. Hacía mucho calor para ser principios de verano y, en el camino de vuelta a casa, Bettina iba comiendo cerezas y se contemplaba en los cristales de todos los escaparates. Se daba cuenta de que su madre se compadecía de Ludwig, pero no deseaba oír nada sobre el tema. Se inquietaba sobremanera cuando su madre comenzaba a quejarse y elegía para empezar la infancia de Ludwig. Ella tenía la sensación de que su madre no conocía a Ludwig tal como era en la actualidad, de que ella, Bettina, sabía ahora mucho más sobre él que Marie.

La tarde en que Ludwig trajo la noticia de que había encontrado una colocación, Mia acababa de echarle las cartas a Bianca. Un diccionario gordo les sirvió de ayuda y constantemente volaban las palabras de un extremo a otro, alternadas con las risas, en las ocasiones en que Bianca abría mucho los ojos y se encogía de hombros, en un curioso gesto de desesperación, cuando no comprendía lo que Mia le decía. Tía Paula, que a ratos intentaba implicarse en la interpretación, sacaba a Mia de quicio, y Bettina, que deseosa de escuchar alguna predicción referente al futuro de Ludwig y Bianca se aventuró a preguntar por el niño, del que había sabido que se trataba de un chavalín de corta edad llamado Gino, fue obligada a callar mediante insistentes gestos y miradas de ambas mujeres. La niña se retiró malhumorada a la butaca junto a la ventana y ni siquiera hizo caso del brazo que cariñosamente le tendía Bianca.

Ludwig irrumpió en el salón haciendo malabarismos con una bolsa de papel que contenía una botella de champán. En la otra mano llevaba un pañuelo de seda azul para Bianca. Se detuvo frente a la mesa y se fue intercambiando botella y pañuelo de una mano a otra, al tiempo que flexionaba rítmicamente las rodillas y se jaleaba con continuos «hep-hep». A excepción de tía Mia, todos corrieron a abrazarle, a fin de evitar que dejara caer la botella. Mia llamó la atención sobre las cartas con el dedo tembloroso y afirmó que ella había predicho lo sucedido, pero Bettina sabía que no era cierto.

Bianca se cubrió la cabeza con el pañuelo azul y fabricó, a continuación, un sombrero de papel de periódico para Bettina. Entretanto, Ludwig descorchó la botella, derramando buena parte de su contenido.

Paula brindó con Mia, y Bianca seleccionó música en la radio y se puso a bailar con Bettina bajo la gran lámpara de araña, que temblaba y campanilleaba levemente.

El ruido había despertado a tío Georg, que salió de la habitación de Paula con el rostro sonrosado y el pelo tieso. Llevaba unos largos calzones blancos y disfrutaba de lo lindo sabiéndose el centro de todas las miradas y comentarios: «¡Dormilón!» «Vaya, ¿levantado a estas horas?» «Éste acude tan pronto como oye el tintineo de las copas».

Tío Georg bostezó complacido con la boca tan abierta que Bettina le vio el diente de oro, y bromeó: «Todos los miembros tiesos menos uno ¿verdad, cariño?», rodeando con sus brazos el vientre de Paula, que también pretendía abrazarle. Tía Paula se rió tan a gusto que incluso se le saltaban las lágrimas.

Más tarde, cuando Bianca fue a su habitación a elegir un vestido entre los del gran baúl que había recibido dos días atrás y que, para desconsuelo de Bettina, no había abierto todavía, la niña tuvo que volver a la escuela. Trató por todos los medios de camelarse a su tía para que le escribiera una disculpa, pero, en esta ocasión, Paula no transigió y Bettina se marchó, ligeramente atontada a causa del champán y protestando entre dientes.

Bettina se deslizó hasta la puerta del despacho de Guido y miró al interior a través del cristal. Contemplar a su padre surtía en ella un efecto benéfico; no sabía por qué, pero la tranquilizaba observarle. El hombre iba continuamente de la estantería a la mesa con nuevos libros. Se paseaba por la habitación con una hoja en la mano hablando en voz baja y, de tanto en tanto, levantaba la mano como si quisiera darse impulso, dejaba la hoja y contemplaba, durante largo tiempo y sin expresión en la cara, la pequeña figura romana del dios Mercurio sobre su pedestal de madera; con aire ausente la movía unos centímetros y volvía a centrar su atención en la hoja de papel.

A veces Bettina tenía la sensación de no poder pensar en nada más que en Bianca y Ludwig; para abundar en esos pensamientos necesitaba la ayuda de alguien, de una persona capaz de desenmarañar las historias enmarañadas, como si lo hiciera con una madeja de lana revuelta y llena de nudos.

–Eso no te incumbe, Bettina –le había dicho Marie, y le apartó con tanta fuerza el pelo de la frente que pareció que quisiera borrarle todas las ideas.

–Lo que ocurre es que ambos están locos, tanto el uno como el otro –sentenció tía Paula–. Una cosa así no se puede explicar. Es a la vez un drama y una comedia, Betti. Para entenderlo tendrás que esperar un par de añitos. Mira, con decirte que yo misma apenas lo entiendo... –Paula, divertida, le dirigió a Georg una mirada oblicua.

–*Follie à deux* –intervino éste.

Tío Georg le estaba sacando brillo a una moneda de plata y toda la sala olía al producto limpiametales. Bettina estaba convencida de que los mayores sabían muy bien lo que estaba pasando; se intercambiaban miradas y mensajes en clave, y solamente a ella no querían confiárselo. Se habían conchabado contra ella y se hacían los ciegos, los ignorantes y los desorientados. Bettina tenía que proceder con gran astucia para enterarse de algo.

De repente, le entraron unas ganas enormes de hablar con Guido. Deseaba estar cerca de él, quería sonsacarle, pero era muy importante que su padre no supiera lo que a ella le interesaba en realidad.

Abrió la puerta de cristal, se deslizó por la estrecha abertura y cerró cuidadosamente tras de sí.

–Quiero estar contigo –dijo, cogiendo a su padre, que se hallaba ahora junto al escritorio ordenando y grapando papeles–. ¿Qué estás haciendo?

–No toques nada... primero debo clasificar todo lo que ya he escrito. Mira, ya tengo un buen pliego, pero todavía me queda mucho por decir. Pásame ese libro, el marrón; procura que no se te caigan las notas que he puesto dentro.

En la pared, sobre su escritorio, había clavado unas fotos grandes con agujas de colores. Una mujer joven, con un peinado muy sofisticado tocado de perlas, mostraba sus pechos desnudos. Su silueta resaltaba clara y diáfana frente a un cielo oscuro que amenazaba tormenta, y llevaba enrollada al cuello una pequeña serpiente negra. Un paisaje poblado de extraños animales. Una virgen con dos niños. Bettina conocía el nombre del pintor, ya que, en los últimos tiempos, Guido lo había pronunciado en repetidas ocasiones cuando hablaba con Marie de su trabajo. El nombre sonaba maravilloso: Piero, Piero di Cosimo.

Guido tomó asiento y se puso a hojear el libro.

–Puedes quedarte aquí a condición de que te estés muy quieta. Vamos, ve a sentarte en aquella silla y mira algún libro. Enseguida termino. Tengo que hacer la lista para la biblioteca.

Bettina cogió del suelo un pesado libro, lo depositó sobre su regazo y observó las páginas que había abierto al azar. Era una foto enorme que ocupaba las dos hojas, y en ella predominaban los colores rosa y verde.

No le gustaba ese cuadro, un hervidero de cuerpos que ocupaba casi más espacio que el propio paisaje que los albergaba. Se había entablado una riña de enormes proporciones; hombres desnudos luchaban con otros que eran mitad hombre, mitad animal. Eran los centauros, pero no tenían nada que ver con el centauro pacífico y benigno que Bettina conocía de otro cuadro, y que dejaba que una mujer le acariciara el pelo mientras él la contemplaba con aire melancólico. En el centro del cuadro, al fondo, frente a una roca, se debatía en el suelo un gran ovillo humano sobre un paño blanco y arrugado, una especie de mantel, entre la vajilla y las viandas por allí esparcidas. Todos estaban ocupadísimos pegándose unos a otros, revolcándose por el suelo, mordiéndose y gritando. Bettina sintió deseos de cerrar el libro, pero no podía apartar los ojos de la pelea. Algo terrible ocurría allí, en medio de aquel bucólico paisaje, con sus árboles de copa redonda y ante aquel mar tan azul que echaba destellos a ambos lados del cuadro, entre los árboles.

–¿Qué es lo que sucede en este cuadro? –quiso saber Bettina.

–¿Qué cuadro? –contestó Guido sin levantar la vista–. Termino enseguida. Por favor, no me desordenes nada; voy a necesitar ese libro dentro de un momento.

Lo peor de todo le pareció un grupito que combatía en primer plano, representado con todo lujo de detalles. Un centauro con la pata delantera levantada tiraba de las piernas de una mujer desnuda y, por la expresión de la cara de ella, se veía que le estaba haciendo daño. La infortunada se agarraba desesperadamente al cuello de un hombre que, con el rostro congestionado por el esfuerzo, intentaba liberarla del centauro. La cara del animal no se veía, ya que otro hombre, sin más vestimenta que un cinturón de conchas, le tenía la cabeza cogida y, con ambos brazos, tiraba de ella hacia atrás. El hombre, que acababa de encaramarse a lomos del centauro, tenía todavía una pierna en el aire por el salto, y había logrado poner un pie sobre la grupa, como Bettina había visto hacer tantas veces en el circo. Poco faltaba para que pisaran con pies y pezuñas la gruesa corona de flores adornada con bonitas cintas rojiblancas que había delante de ellos en el suelo, tan cercana y detallada que Bettina creyó poder cogerla. ¿Quién habría perdido esa corona?

–Ven, corre, ven y explícame esto –insistió Bettina.

Su voz sonó tan excitada que su padre la miró y esbozó una sonrisa. Entonces fue a sentarse con ella, y la niña se apresuró a levantarse para cederle el sitio. Ella se acomodó sobre las rodillas de su padre, algo que todavía hacía con frecuencia, aunque ya había crecido tanto que, sentada sobre él, le pasaba un buen trozo por lo alto.

Ahora, acurrucada en su regazo y envuelta en su cálido aroma a tabaco, el cuadro perdió de inmediato buena parte de su agresividad y Bettina pudo reírse para sus adentros y preguntar:

–Dime papá, ¿qué están haciendo todos éstos? ¿Qué ha pasado y por qué se pelean de ese modo?

–Esa gente de ahí, ¿ves?, ésos, los que han organizado el picnic, han sido atacados por los centauros. Les han asaltado durante la celebración del banquete de bodas de su rey. ¿Has visto la preciosa vajilla dorada que han traído para la ocasión?

–¿Un banquete de bodas en el campo?

–Sí, ésos son los lapitas, un pueblo mitológico de la región de Tesalia. Piero leyó a Ovidio a conciencia; se trata de una historia extraída de *Las metamorfosis*, un libro de Ovidio.

–¿Y qué quieren de ellos los centauros? –inquirió Bettina impaciente.

–Ya lo ves, sus mujeres. Quieren llevarse a sus mujeres.

–¿Pero por qué? ¿Es que no tienen ya, sus propias mujeres?

–Sí las tienen, pero prefieren a las de los lapitas.

–¿Y por qué todas van desnudas?

–No todas, mira, esa mujer de ahí, la que le estira el pelo al centauro, lleva un vestido azul. Bueno... lo lleva ya bastante roto. El artista se imaginó a los antiguos griegos desnudos, ¿sabes? Además, le interesaba mostrar los cuerpos con su musculatura en tensión durante el combate. En el período del Renacimiento se reivindicó el ideal de belleza de los antiguos griegos, ya sabes, el que se refleja en las figuras desnudas que aparecen en los relieves de sus templos.

–¿Y cuál de ellas es la reina?

–Podría ser esa que aparece en segundo plano, ésa del chal dorado. Pero no lo sé.

Bettina se apretó contra su padre.

–¿Los centauros son seres malignos? –preguntó finalmente.

–No, pero representan a unos seres que son mitad humanos y mitad animales, y el animal vive sus pasiones de forma salvaje e irreflexiva; no es malvado, sino que le impulsan sus instintos y deseos. El ser humano, en cambio, está dotado de voluntad y puede, en consecuencia, decidir lo que es bueno y lo que es malo para él. Un centauro es hombre y animal a la vez, y cuando el animal es quien domina...

–Pero los animales no son... Vamos, que a mí me gustaría ser un animal.

Guido la separó un poco, la observó divertido y le dio un beso en la mejilla.

–Ten en cuenta que un animal tiene más fuerza que un hombre; estos centauros están cegados por la ira y son enormemente fuertes. Mira ése de ahí atrás cómo levanta ese pesado altar de hierro. Todos nosotros llevamos dentro ese animal salvaje, y por eso necesitamos nuestra cultura, nuestra religión y nuestra educación para poder doblegarlo.

–¿Y tú crees que aman a esas mujeres? ¿Es por eso que quieren llevárselas? –preguntó Bettina con picardía, aunque no se atrevió a mirar a su padre.

Guido reflexionó unos momentos y se rascó la frente.

–No, no creo que amen realmente a esas mujeres. Quieren disponer de ellas, poseerlas, quizá también para demostrarles a los lapitas lo poderosos que son. Ambos son pueblos vecinos, ¿comprendes? Están enemistados a perpetuidad. La historia se remonta a los tiempos en que fue engendrado el primer centauro. Hera, la madre de los dioses... pero eso nos llevaría demasiado lejos.

–¿Y quién gana finalmente? Quiero decir... ¿acaban consiguiendo a las mujeres?

–No, fíjate, ahí al fondo, Heracles entra en combate. Viene a ayudar a los lapitas, es decir, a los seres provistos de alma, a vencer a las fuerzas caóticas, que Piero ha representado aquí como centauros. Heracles obliga al rey de los centauros a arrodillarse. Aquí, ¿lo ves?

Bettina contemplaba la escena y no podía dejar de mirarla. También deseaba retener a su padre allí, tan cerca de ella, y continuar escuchándole. Siempre tenía respuesta para todo lo que le preguntaban; era maravilloso y conocía un montón de historias para explicar. La niña colocó las manos sobre las de su padre, que sostenían el libro abierto.

–Aquí delante hay un centauro herido –observó–. ¿Se morirá?

Bettina señalaba a una pareja situada en el margen inferior de la foto.

Una mujer centauro con puntiagudas orejas de animal, que llevaba una preciosa trenza con flores ensartadas, sostenía la cabeza de un joven centauro y la estrechaba contra su pecho, mientras hacía esfuerzos por detener con su chal la sangre que brotaba de la herida en el hombro de su compañero. Ella tenía el cuerpo de caballo manchado sutilmente, como el de un isabelino, mientras que el cuerpo de él, negro y reluciente, yacía con las unguladas patas estiradas, completamente inerte sobre la hierba y las flores.

–La lanza de Heracles ha hecho blanco en él –explicó Guido, acariciándole el cabello a su hija.

–¿Ves? Tienen sus propias mujeres –replicó Bettina triste, y echó a su padre una mirada–. Imagínate que muere por tratar de raptar a otras mujeres, y ella, sin embargo, le toma en sus brazos con todo cariño y preocupación y piensa, quizá, que puede salvarle. A lo mejor le está susurrando algo al oído...

Guido se enderezó y Bettina notó enseguida que pronto se levantaría, que ya deseaba volver a su escritorio.

–¿Y qué le dice, Betti, qué le dice al oído?

–¡Mira que eres bobo...! –contestó Bettina en voz baja, y rodeó con los brazos el cuello de su padre–. Eso es lo que te has ganado, bobo, más que bobo.

–¿Puede uno morir de amor? –preguntó Bettina a Marie.

Estaba metida en la bañera y observaba cómo Marie, de pie frente al espejo, se arreglaba las cejas. De pronto, Marie contrajo el gesto y Bettina no supo si había sido a causa de su pregunta o porque se acababa de arrancar un pelito.

–Yo creo que es más bien al revés; se puede morir por falta de amor. Los niños a los que nadie quiere y que no tienen con quien hablar no consiguen desarrollarse con normalidad y se mueren interiormente –aseguró Marie, al tiempo que se tensaba con los dedos la piel alrededor de los ojos.

–Quiero decir, un hombre y una mujer –concretó la niña ruborizándose. Siempre le entraba la timidez cuando hablaba de un hombre y una mujer, sobre todo si era Marie su interlocutora.

–No, Betti, eso no pasa más que en los libros y en las leyendas. No debes tener miedo.

–No tengo miedo. Pienso en Ludwig y Bianca. ¿Crees que son muy infelices?

–Vamos, Betti, ¿qué puede importarte eso a ti? Se pelean porque son muy distintos y, posiblemente, también se lastimen mutuamente, ya que todo eso es realmente complicado, pero las personas mayores dan muchas veces la sensación de ser infelices. Una niña como tú no es capaz de juzgarlo todavía. ¡Lávate el pelo de una vez!

Bettina tomó en consideración la posibilidad de contarle a Marie lo de aquella mañana en la habitación de Ludwig; cómo había arrastrado a Bianca por la alcoba y cómo había llorado ésta. Pero finalmente decidió no decir nada, por miedo a que su madre le prohibiera ir a casa de tía Paula.

–En la cama, cuando vayan a la cama, todo se arreglará –dijo con gran cautela. Eso se lo había oído a tía Paula.

Marie se giró en redondo, blandiendo las pinzas en la mano levantada.

–¿Qué has dicho? ¡Lávate el pelo inmediatamente! Aquí tienes el champú. ¡Vamos! ¿Qué sabes tú de la cama?

–Ellos duermen en *una sola* cama. Tú tienes tu propia cama, y Guido también –Bettina se echó un chorro de jabón en el pelo y sumergió luego la cabeza en el agua. No pudo escuchar lo que dijo Marie–. ¿Qué? –gritó al salir del agua–. ¿Qué has dicho?

–No, nada –Marie se contempló en el espejo con los ojos muy abiertos y movía la cabeza a un lado y a otro–. Continúa, Betti, yo también quiero bañarme.

–¿Vas a salir?

–Sí. Guido tiene una cena –repuso Marie con desgana y se sentó sobre el borde de la bañera–. Escúchame bien, Betti. Cuando dos personas se quieren, eso no tiene por qué hacerlas infelices. El amor es algo hermoso, algo sagrado...

–Claro, cuando por fin se casan y tienen niños, ya no necesitan pelearse, ¿verdad? Entonces viene cuando todo es muy bonito y son felices, ¿no?

–Sí –respondió Marie.

Bianca estaba cocinando. Llevaba unos guantes blancos de piel que le llegaban hasta los codos. Procedían del baúl. Paula le había contado a Bettina que el tan traído y llevado baúl estaba repleto de vestidos de baile. Al parecer, Bianca los había estado pisoteando de rabia porque no le servían para nada.

En la cocina no se respiraba un ambiente tan apacible como de costumbre. El porqué no lo sabía Bettina. Tía Paula, sentada a la mesa cubierta con el mantel de hule, observaba el ir y venir de Bianca delante de los fogones; la veía dejar cuchillos junto a la mesa y luego recogerlos, batir nata y renegar constantemente en voz baja.

–¿Qué está cocinando? –preguntó Bettina al tío Georg, que aposentado en el salón ante su colección de monedas, hojeaba satisfecho un libro y tomaba alguna nota de vez en cuando.

–¡Dios bendito! ¿Quieres saber qué está preparando? –Tío Georg hizo tintinear las monedas en la mano y mostró sus incisivos amarillentos–. Vamos a ver... Primero una ensalada, es decir, como entrante. Luego quiere hacernos pasta con salsa, creo... no, solamente con nata, y después, carne; escalope de ternera o algo así. Con ese menú es difícil que algo salga mal... ¿y como guarnición? ¡Sencillamente nada! O sea, no ha previsto nada para acompañar la carne. Yo la habría ayudado con el puré de patatas, pero no ha querido.

Bettina formó una pequeña torre con las monedas mientras escuchaba el jaleo procedente de la cocina. Bianca hacía un ruido considerable con las tapaderas de las cazuelas, y también se distinguía su voz. Soltaba tales chillidos que parecía un papagayo en el zoo, y Bettina no pudo evitar reírse. Tío Georg también sonrió y escuchaba con la cabeza ladeada.

Al cabo de un rato oyeron cómo algo se rompía, un golpe sordo y a continuación el tintineo de los cristales rotos. En el silencio que siguió tío Georg olfateó a su alrededor con la nariz en alto y, pronto, también Bettina lo percibió: olor a quemado.

–Algo huele a chamusquina –constató tío Georg con cara de desesperación–. Seguro que ha sido otra vez algún trapo de cocina. No hay manera de que se acostumbre a los agarradores.

Bettina quiso levantarse, pero el tío la detuvo.

–Quédate aquí conmigo. Tía Paula ya se pone bastante nerviosa con ella. Todo el rato ahí sentada, vigilando como un centinela. Ni que ella fuera una cocinera excelente...

De nuevo aumentó el barullo en la cocina. Era la voz de Bianca. Gritaba como quien se defiende de una acusación grave, y trata de hacerse oír en medio del griterío de la multitud. Entonces se escuchó un golpe seco y a continuación un siseo.

Tía Paula apareció en la sala con aspecto tranquilo, y dijo:

–Georg, despeja la mesa; Ludwig va a llegar en cualquier momento. La ensalada ya está preparada, que se la vaya comiendo.

–Ensalada –replicó tío Georg–. Ensalada como a las cabras.

Tía Paula depositó un montón de platos sobre la mesa y, antes de comenzar a distribuirlos, se sentó.

–No sé qué debe ocurrirle hoy, para variar –se limitó a comentar.

Marie acercó la vista a la partitura apoyada en el cubrepiano levantado. Como si ya supiera con toda exactitud lo que debía tocar, se apoyó en el respaldo de la silla y cerró los ojos. Sus dedos buscaban las teclas, que se le escabullían una y otra vez, pero no importaba. Lo volvía a intentar con decisión, y las notas volaban unas por encima de otras, se estrellaban contra las blancas paredes y rebotaban, para resonar vibrantes, acto seguido, en los oídos de Bettina. No podía dejar de sorprenderse de lo alto que tocaba Marie y de la fuerza que demostraba tener en manos y pies, pues también los pies se movían, oprimían los ridículos piececitos metálicos del pesado instrumento.

Bettina observó los tensos músculos de las pantorrillas de su madre bajo las finas medias.

Paula, que se hallaba junto al piano con los dedos apoyados sobre el instrumento, se aclaró la voz durante el preludio; luego tomó aire, puso una boca muy pequeñita y empezó a cantar mientras Marie, que había abierto de nuevo los ojos, se inclinaba sobre la partitura.

–No me abandones, no me abandones, no me abandooones. Dios mío, no me abandones –cantó Paula implorante, colocándose las manos sobre el pecho agitado.

Bettina se contempló en el espejo de la cómoda estilo Biedermeier. Se había recogido el grueso pelo castaño con sendas horquillas sobre las orejas, y dos finos mechones le caían sobre las mejillas. Efectuó unos movimientos de cabeza para ver volar los mechones y se miró la nariz, ancha y pequeña, semejante a la de un cachorrito de león. Eso le había dicho su padre cuando ella le preguntó si algún día, cuando fuera mayor, tendría una nariz de águila, como la suya.

–Oooh, ten piedaad –cantaba tía Paula, mientras Marie martilleaba las teclas.

Bettina quería parecerse a él en todo, incluso en la nariz; adoraba sus bonitos ojos oscuros, que podían ser tan fieros y punzantes; sus labios de color avellana; su pelo negro, que siempre se rizaba y él humedecía todas las mañanas, para encarcelarlo luego bajo la redecilla.

Sus propios ojos ambarinos la miraban desafiantes desde la superficie del espejo.

–Las florecillas ya duermen todas bajo la luz de la luna –continuaba cantando tía Paula.

De pronto, Ludwig apareció en el umbral de la puerta, con una enorme rebanada de pan de kilo untada con mermelada entre las manos.

–¿Cómo queréis que duerma, la pobre? Decídmelo. ¿Cómo va a dormir con este jaleo? –protestó con la boca llena y, viendo que las mujeres no le hacían el menor caso, miró a Bettina.

–Dueerme, dueerme, dueermete mi niño –cantó tía Paula y la voz de Marie la acompañaba con dulces tonos.

Ludwig dio un mordisco al pan, dirigió a Bettina un gesto resignado y dio media vuelta para marcharse. Con esos calzones largos, deformados en la zona de las rodillas y con el fondillo colgando, tenía un aspecto extrañamente abatido.

Bettina quería jugar a badminton con Ludwig en el jardín, pero éste se había arrellanado cómodamente en la tumbona y no quiso levantarse cuando Bettina se lo pidió.

El jardín olía a hierba recién cortada y, al fondo, entre los frutales, Bettina veía asomar de vez en cuando la oscura silueta de su padre manejando la máquina de cortar césped, para desaparecer en el verdor segundos después.

A Bettina le encantaban las largas tardes veraniegas. Poco a poco, el jardín se iba cubriendo de sombras azuladas, y los pájaros volaban tan bajo sobre la terraza que uno creía que se le iban a posar en el hombro, si conseguía mantenerse lo suficientemente quieto.

Marie se sentó junto a Ludwig en el escalón, delante de la puerta de cristal, y se dispuso a cortar judías. Se había soltado el pelo, algo que solamente hacía cuando las horquillas del moño le molestaban. Así la prefería Bettina, cuando llevaba suelta su rubia melena.

–Pero, en realidad, ¿qué es lo que la pone enferma? –le preguntó Marie a Ludwig, que contemplaba el jardín con aire melancólico.

–¿Por qué me preguntas una cosa así? Suena como si fuera yo el que la pone enferma.

–Bueno, quiero decir... si está realmente enferma o es que no consigue arreglárselas con... bueno, con todo.

Marie dibujó con el cuchillo de cocina una curva en el aire. Una vez más, hablaban de Bianca; Bianca que, postrada en la cama, se daba la vuelta hacia la pared cada vez que alguien entraba en su habitación. Le dolía el tórax, toda la cavidad torácica, según explicó tía Paula. Sin embargo, el médico no le encontró nada. Al parecer, según Marie, no podía respirar; algo le había atacado los bronquios y, a veces, por las noches, notaba claramente cómo se le oprimía el pecho y le faltaba aire para respirar. Entonces se despertaba entre gritos. Apenas había noche en que Ludwig pudiera descansar como es debido, ya que ella se le pegaba al cuerpo y no dejaba de sudar.

–Está pensando en el niño, siempre pensando en el

niño. No puedes imaginarte cómo me fatiga con sus preguntas. Y, naturalmente, no son respuestas lo que busca, sino que se interroga a sí misma: si deben de ponerle la gorrita para protegerle del sol, si por las noches le quitan el chupete de la boca, si el pequeño se acuerda de ella, si...

–Es que eso del niño no se lo puede uno imaginar, el dolor que puede llegar a causar –apuntó Marie, y echó a Bettina una mirada cargada de tristeza–. De noche, algunas veces me la imagino en la cama pensando en su hijo y entonces la comprendo; entiendo muy bien que la pobre se sienta enferma.

–Quizá sería mejor que tuviera otro hijo enseguida... el que yo podría darle. –Ludwig lo decía en broma, pero aun así miró a Marie esperanzado.

–Ay, Ludwig...

Durante un ratito, Marie estuvo cortando judías sin decir nada. Sólo interrumpió la tarea para enrollarse el cabello despacito y recogérselo en la nuca.

–¿Sabes? Se me hace tan pesada con su eterna pena. A menudo, cuando llego a casa ni siquiera me apetece ir a verla a la habitación, pues me da la sensación de que no voy a tener fuerzas para soportarla.

–No digas eso, me pones frenética –Marie cortaba ahora las judías en trozos demasiado grandes–. Ahora más que nunca te necesita a su lado; debes tener en cuenta que tú eres la única persona con quien puede hablar. Por cierto, ¿es verdad que está estudiando alemán?

–Sí, ya sabe decir un par de cosas y lo entiende un poquito. Pero mi madre... bueno, eso es horroroso; cuando estoy yo presente deja de hablar con ella y, en cuanto Bianca trata de decir algo, Paula me mira y me pregunta: «¿Qué dice Bianca?», como si se estuviera dirigiendo al médico de un débil mental –Ludwig alzó la vista para observar las golondrinas–. Ya sabe decir «caramba» –comentó apoyando la cabeza hacia atrás y cerrando los ojos–. Y también «yo vuelvo a casa».

–Tu padre quiere hablar contigo –le comunicó Marie, y Bettina se asustó de su tono de voz–. Mañana debe salir hacia Viena para dar una conferencia y, antes de marcharse, quiere decirte algo.

–¿Y tú sabes lo que quiere decirme? –preguntó Bettina, que, sentada en la cocina, secaba con un trapo los tenedores de plata.

Marie se inclinó sobre el fregadero y la niña percibió enseguida sus pocas ganas de hablar.

–¿He hecho algo malo? –inquirió nerviosa.

–No, Betti, ve a verle. Está en el despacho recogiendo sus papeles.

Guido se sentó en el sillón y atrajo a Bettina entre sus rodillas.

–Escucha, Bettina. Tú eres ya una niña mayor y, tienes que creerme, yo quiero solamente lo mejor para ti. –Bettina asintió–. Vas demasiado a menudo a casa de tía Paula. ¿Puedes decirme por qué? –Bettina, avergonzada, guardó silencio–. ¿No te encuentras a gusto en casa?

–Sí, sí.

–¿Echas quizá algo en falta? ¿Diversión, comunicación, compañía...?

–No, no me falta nada.

Bettina notó que se le formaba un nudo en la garganta. ¿Cómo iba a confesarle a Guido que ella pertenecía a esa casa, que, sin saber por qué, algo la atraía hacia el hogar de su tía? No era como la nostálgica inquietud que se apoderaba de ella cuando, por Pascua, la feria llegaba a la ciudad. Cierto que, durante mucho tiempo, Bettina pensó que no existía nada que la atrajera y le llamara más la atención que dar vueltas, entre el enjambre de personas y comerciantes, alrededor de los carruseles. Tampoco se parecía en absoluto a lo que sentía cuando ardía en deseos de que la llevaran a la piscina, en un día caluroso. Se trataba de una sensación completamente distinta.

Sentada a la mesa en casa de la tía se sentía segura y, al mismo tiempo, espectadora y actriz en una peculiar obra de teatro, más bonita incluso que *Los nibelungos* y que *El lago de los cisnes*.

–Tu tía Paula es una mujer muy infeliz –prosiguió Guido con voz pesada–. Nunca en la vida ha conseguido consolidarse del todo. Ha educado a su hijo de forma equivocada; ahora se ven claramente las consecuencias. –Bettina trató de escurrirse de entre sus rodillas, pero su padre la tenía cogida por los brazos y continuó hablando–. Yo salvé a tu madre antes de que se echara a perder en esa casa y ella lo sabe, pero sigue profesando a Paula una fidelidad casi infantil, y ése es un bonito gesto de su parte. Tú ya eres una niña mayor y un día vas a ser una mujer. –En ese punto, Guido hizo una pausa para observar si Bettina se sentía halagada con esa expectativa. Al verle la cara, y la vista clavada en el suelo, continuó–: No quiero que vayas a casa de Paula con tanta frecuencia. Yo no tengo tiempo para controlarte, pero creo que vas a menudo a su casa sin que yo me entere. Me gustaría que, aquí y ahora, me hicieras la promesa de no visitarla tan a menudo.

–¿Pero por qué no te gusta tía Paula? –balbució Bettina intentando despistar.

–¡Alto! Yo nunca he dicho eso. Es una buena persona, pero es holgazana, descuidada y un poco... bueno, algo venida a menos, interiormente estropeada. ¿Entiendes lo que quiero decir con eso?

–No del todo.

Bettina se endureció contra él. Le estaba haciendo daño y, aunque hacía esfuerzos por creerle y por comprenderle, todo era inútil. ¿Qué querría decir? Estropeadas lo estaban las personas que vagaban borrachas por las calles, los niños que robaban dinero de la caja de la clase y las mujeres que se exhibían desnudas a cambio de dinero. ¿Pero tía Paula?

–Tienes que creerme, Betti. Yo sé cómo es la vida. Tú aún eres pequeña.

La vida. Siempre estaba hablando de la vida que él conocía tan bien. Bettina se la imaginaba como un país lejano y terrible, al cual le gustaría no tener que llegar jamás.

–Entonces, Bettina, ¿me lo prometes?

–Lo prometo –respondió y, por el tirón que sintió en el pecho, supo que, precisamente en aquel momento, daba comienzo para ella lo que su padre había llamado «estropearse interiormente».

El pequeño vasito de cartón encerado lleno de helado que su padre le puso encima de la mesilla de noche no consiguió consolar a Bettina. El envase estaba decorado con bonitos parasoles de colores. Hacía calor. También Bettina tenía calor, pero no era nada agradable. La bufanda que llevaba al cuello le producía comezón y, cuando se dormía, las pesadillas la torturaban. Su habitación era escenario de una lucha encarnizada entre unos extraños seres. Casi no acertaba a distinguirlos; eran gigantes con cuerpos de pez, pelos de serpiente y ojos humeantes. Aferrada a la cama, Bettina sabía lo importante que era para ella el desenlace de aquel combate; era cuestión de vida o muerte. Si vencía el malo... pero ella no sabía quién era el bueno y quién el malo. Ya no sabía lo que era bueno o malo o, al menos, se le olvidaba por completo cuando los jadeos de los combatientes la ensordecían, y la cama se balanceaba como una barca.

La mano que sintió sobre la frente estaba fría y seca.

–Cómete el helado, ratita –le pidió su padre, acercándole el vasito.

–¿Es verdad que Bianca se ha marchado? –preguntó la niña.

–¿Quién te ha contado eso?

–Lo he oído. Oí a tía Paula hablar de ello en el jardín.

–Cuando te hayas curado hablaremos. Ahora come tu helado y no te preocupes por esas historias. Sólo consiguen excitarte y luego, por la noche, te vuelve a subir la fiebre.

Pero Bettina no tenía intención de dejarse amilanar de aquella manera. Las lágrimas acudían con mucha facilidad cuando uno estaba enfermo, casi formaban parte del dolor de garganta.

–¡Quiero saberlo! Y tiene que ser ahora. –El cuello le dolió al instante en cuanto hubo terminado de articular esas palabras, y no le sorprendió el aluvión de lágrimas que rodaron por sus mejillas al pronunciarlas.

–Todo va bien, nena. Todo ha salido a pedir de boca. –Guido sacó un pañuelo y se lo ofreció para que se sonara, pero ella le apartó la mano.

–Explícame exactamente lo que ha pasado.

La niña notaba que tenía la cara inundada de lágrimas, y disfrutaba viendo a su padre fruncir el ceño, compadecido y desconcertado a la vez, y mirarla con ojos de besugo. Cuando ponía esa cara, su «cara de amor», como la llamaba Bettina en secreto, era cuando más le gustaba. Pero, generalmente, sólo se la dedicaba a Marie.

–Está bien, pero te lo cuento por encima. Échate bien y tómate el helado. Come despacio. ¿Dónde me había quedado ..?

–Pero si todavía no has empezado...

–Bueno... Supongo que sabes que Bianca es una mujer casada.

–Sí –repuso Bettina impaciente.

–Y que tiene un hijo pequeño.

–Sí.

–Su marido, el marido de Bianca, vino a buscarla.

–¿Pero cómo? ¿Así tan tranquilo?

–¡Para llevarla a casa! –contestó su padre enérgicamente.

–¿Y ella accedió a marcharse con él?

–Sí, fue una decisión muy sabia de su parte. Ten en cuenta que tiene al niño; además, ese hombre es su marido. Uno no puede abandonarlo todo de la noche a la mañana. Imagínate que mamá se marchara un día con un desconocido y nos dejara a ambos en la estacada.

Ahora, Bettina lloraba por el disgusto. Guido creyó que era por culpa de la hipótesis que acababa de aventurar y se apresuró a asegurarle que su madre no se apartaría de su lado bajo ninguna circunstancia. Al ver que la niña seguía llorando añadió en tono autoritario que él jamás dejaría que Marie se marchase, que nunca permitiría que a su pequeñina...

–¿Y Ludwig la dejó marchar? –interrumpió Bettina con voz nasal.

–Bueno, yo creo que, en cierto modo, Ludwig se ha quitado un peso de encima viendo que todo terminaba así. El pobre ya no sabía qué hacer con ella. Además, tampoco es que ganara tanto dinero. Vamos, no llores más, ratita mía. Todo irá bien. –Le acarició el cabello y se levantó.

A buen seguro, su padre había reparado en su horrible aspecto, con la cara tan congestionada por el llanto como la de un sapo. Así se sentía Bettina, y la garganta le quemaba como el fuego.

–Piensa en cómo debe jugar ahora Bianca con el pequeño Gino –prosiguió Guido, sentándose de nuevo en la cama–. Quizá hayan llevado al niño a la playa; por fin están los tres juntos otra vez y son felices –añadió en un nuevo intento de calmarla, al tiempo que estudiaba el semblante de su hija. Viendo que la situación no mejoraba optó por rendirse, volvió a levantarse y se dirigió hacia la puerta–. Ahora le digo a mamá que suba –dijo antes de salir.

Guido oía desde la escalera los hipidos y sollozos de Bettina. ¿No exageraba un poco? Pensó en los reproches que iba a hacerle Marie y se encogió de hombros. Había puesto nerviosa a la niña enferma, eso era cierto, pero ¿cómo evitarlo?

Bettina empujó el helado, que ya empezaba a derretirse, hasta el borde de la mesilla de noche, casi tirándolo al suelo. No sabía muy bien por qué lloraba, pero sentía un dolor desconocido que le oprimía el pecho y la impulsaba a patalear como un bebé. Lloraba por Bianca, a quien no vería más; por el niño, que se había quedado sin madre durante tanto tiempo; por Ludwig, que había consentido que le arrebatasen a Bianca, y también de alivio, porque el padre de Bianca había venido a buscarla y a partir de entonces todo iría mejor. Pero enseguida cayó en la cuenta de que no se trataba de su padre, sino de su marido, y se acordó de cómo había mirado Bianca a Ludwig, con una dulzura desbordante, la tarde en que Bettina la conoció, y cómo las manos de su primo desaparecían en aquella recia melena negra. Sintió tal vacío y desconsuelo que creyó que ya nunca iba a curarse.

Ludwig se pasaba el día en casa, y leía multitud de periódicos distintos que compraba en la estación. Conforme los iba repasando, separaba las páginas como si deshojara grandes flores blancas y negras. En su habitación, la cama parecía un nido hecho a base de papel de periódico arrugado. Ya no trabajaba. Paula le explicó a Marie que el muchacho estaba buscando un trabajo mejor, pero ésta parecía no creer lo que le contaba. Tía Paula decía que el chico se estaba tomando un descanso, ahora que volvía a disponer de tiempo, que pronto reanudaría sus estudios, quizá en Múnich; ella no se atrevía a preguntarle al respecto, pero Marie posiblemente sí obtendría respuestas si se decidía a hablar con él.

Marie salió de la habitación de Ludwig moviendo la cabeza. El nuevo inquilino tenía costumbre de frecuentar la cocina y de tender sus calcetines negros en el cuarto de baño. Nunca hablaba con Bettina. Se limitaba a devolver la mirada con arrogancia, cuando ella le observaba tratando torpemente de batir unos huevos al lado de los fogones. Era un hombre joven todavía y tenía una boca extraordinariamente pequeña, tanto que parecía que le costara un gran esfuerzo mantenerla cerrada y fuera a abrírsele sola al menor descuido, como si se tratase de un cepo. Bettina había estudiado con atención las trampas para roedores que trajo el hombre que venía a desratizar, mientras éste las tensaba para enterrarlas luego con mucha precaución bajo los manzanos.

El joven inquilino pertenecía a una secta que tía Paula denominaba los «cabezas de conejo». Todas las semanas, los adeptos a esta secta se reunían para escuchar el sermón que su líder pronunciaba metido en un ataúd. Según Paula hablaba de cosas bonitas, del amor y de la salvación, pero cuando más tarde quiso subir entre una nube de «cabezas de conejo» al autobús, tuvo que soportar los codazos de las mismas personas que, momentos antes, habían estado sentadas tan modositas en la sala, de manera que ya no sabía qué pensar.

El inquilino, que se llamaba Moritz, pagaba el alquiler con toda puntualidad. Lo único que le molestaba a tía Paula era que siempre estuviera lavando ropa y colgándola en el baño.

Una vez, Bettina le había sorprendido en la escalera con su novia. También ella era miembro de los «cabezas de conejo». En cierto modo, incluso podía decirse que se parecía a un conejo; eso pensó Bettina cuando le vio brillar en la boca esos impresionantes incisivos. Moritz y su novia se hallaban apostados junto a la escalerilla de la bodega, muy juntitos, y, para sorpresa de Bettina, ambos sostenían en una mano las gafas, bien alejadas del cuerpo, como si éstas no debieran ser testigos de cómo se besaban.

Ludwig se paseaba por la casa como si fuera el único habitante. Llevaba la barbilla desaseada porque ni siquiera se dignaba afeitarse. Tía Paula salió en su defensa diciendo que pretendía dejarse barba, y el tío Georg sonrió con ternura detrás de la gran servilleta blanca que se había colocado alrededor del cuello para partir el pato.

–Lo que ocurre es que se está abandonando, Paula, es eso. Se deja ir por completo y pronto estará viviendo a expensas nuestras –observó tío Georg.

–¡Pueblerino! –chilló Paula–. ¡Empleadillo de banco! ¡Materialista!

Iba soltando gallos mientras lo decía. Bettina nunca la había visto así; los rizos le temblaban sobre la frente, y la boca se le ponía muy pequeña. En ese momento entró Ludwig y echó una vaga mirada hacia la mesa. Tía Paula recuperó su sonrisa al instante, y Bettina se apartó para dejarle sitio a su primo. Cuando Ludwig hubo tomado asiento en el sofá, la niña se apoyó contra él a fin de hacerle saber que estaba de su parte. Curiosamente, Ludwig olía a quemado. Se iba metiendo en la boca montoncitos de ensalada de patatas y trozos de carne, ajeno por completo a las miradas que le dedicaban todos en la mesa. Bettina, rebosante de curiosidad; Paula con un profundo afecto y tío Georg con algo de malicia, como si pensara: «Vaya, parece que al menos el apetito no se ha visto afectado». Bettina comprendía muy bien a tío Georg y, por ello, se esmeró especialmente en comer despacio y de forma educada, aunque la comida no acababa de gustarle.

Una mañana de septiembre, Bettina fue a que tío Georg le forrara los libros y las libretas. Ponía un cuidado especial y demostraba tener mucha más paciencia para eso que Marie. Bettina había visto ya a los primeros profesores por la ciudad, y las castañas que iban rodando delante de sus pies en el camino a través del parque la sumergían en aquel ambiente otoñal. Las vacaciones, que en sus inicios le habían parecido interminables, que se extendían ante ella como una avenida soleada, lejos, lejos hasta llegar al mar, habían tocado ya a su fin. Le parecían años el tiempo transcurrido desde la última vez que estuvo en casa de tía Paula. La casa ofrecía un aspecto extraño, como si hubiera encogido entre las casas que la flanqueaban.

Abrió despacio la cancela de hierro del jardín, pasó junto a los bidones de la basura y se internó en el patio. Observó con desconfianza la sacudidora, el grifo que goteaba, las regaderas que estaban debajo y los geranios, junto a la puerta de la casera. Todo estaba como siempre. El cristalito inferior derecho de la puerta de vidriera seguía roto, y formaba una estrella de brazos tan finos como el hilo de una telaraña. Bettina se levantó la falda para contemplar sus piernas morenas y tener así la seguridad de que había estado todos esos días en la playa. Lástima que Marie la había obligado a bañarse el día anterior; en el viaje de regreso sus hombros tenían todavía sabor a sal cuando pasaba la lengua por encima.

Tía Paula le abrió la puerta y la abrazó largo rato, mientras iba profiriendo grititos de emoción.

–¡Madre mía, pero qué morena estás! Y lo que has crecido... –exclamó.

Y Bettina se apoyó, orgullosa y aliviada, sobre el cuerpo cálido de su tía, y no se percató hasta entonces de que había temido que Paula hubiera desaparecido, no encontrarla a su regreso y pensar que ya no podría volver a deslizarse en su cama una tarde lluviosa de domingo. Ni tampoco sentarse con ella a la mesa, furtiva, experimentando gratos remordimientos por haber ido a la tienda de la esquina a comprar mortadela y pan blanco en lugar de acudir a la escuela.

Paula le pasó un brazo por la espalda como hacía siempre y la condujo a través del pasillo. A cada paso le daba un golpecito de cadera y la besaba en la nariz.

–Ya está aquí mi Bettinita –dijo, al tiempo que la empujaba dentro del salón.

Bianca estaba sentada en la butaca junto a la ventana y, al ver a Bettina, le tendió los brazos abiertos y la llamó «bella». La niña se quedó mirándola fijamente, con la boca abierta de par en par. Estaba más bonita de lo que la recordaba, y además se reía; sólo la había visto reír en contadas ocasiones. Tantos besos y abrazos perturbaron a Bettina, que se sentó en una silla y respiró hondo. Bianca había vuelto.

Más tarde, en la cocina, estuvo observando con Bianca cómo Ludwig preparaba la comida. Demostraba gran habilidad. Alzaba la ensalada por encima del borde de la fuente para mezclarla bien o dejaba caer la cerilla encendida sobre el fogón para que, al contactar, apareciera la estrella azul como por arte de magia.

–He ido a buscarla –le confesó a Bettina–. He tenido que ir.

Incluso el pelo le había cambiado de aspecto. Bettina se fijó por primera vez en los dos vértices que le habían salido a ambos lados de la frente y que le levantaban el cabello castaño con insolencia y rebeldía como si, al calor del verano, le hubieran crecido dos pequeñas orejas como las de los búhos.

De pronto, Ludwig se abalanzó sobre Bianca, hundió las manos en su melena y se la revolvió. Un trocito de perejil quedó pegado en la mejilla de Bianca, y ésta propinó a Ludwig un sonoro bofetón. Entonces el joven la agarró por la nuca y la arrastró por toda la cocina. La besaba echándola hacia atrás y soltando gruñidos como un cerdito.

–¡Ayuda! –gritó Bianca, torciendo los ojos en dirección a Bettina–. ¡Ayuda!

Bettina pegó una patada a Ludwig en el trasero y, viendo que ni se inmutaba, se precipitó hacia el grifo y, ni corta ni perezosa, llenó de agua una taza y se la tiró a su primo por la cabeza. A Bianca también le alcanzó parte del agua y, ya con la cabeza prácticamente sobre la mesa, le mordió a Ludwig la lengua. Bettina pudo verlo con toda claridad, ya que no paraba de dar vueltas alrededor de ambos, inclinándose sobre ellos como el árbitro de un combate de lucha libre. Ludwig incorporó a Bianca de un tirón, moviendo de un lado a otro, entre quejidos, la lengua extendida. Bettina y Bianca empujaron a Ludwig contra la pared bajo el soporte de las llaves y comenzaron a hacerle cosquillas. Bettina no había oído nunca a un hombre chillar de ese modo.

Ella misma se sentía tan excitada y peleona que no podía contener los gritos. Ludwig se dejó caer al suelo deslizándose por la pared y, tras coger aire, suplicó «¡piedad!, ¡piedad!». Bettina intentó desabrocharle la camisa para poder hacerle cosquillas con mayor comodidad y Bianca, que jadeaba de risa, la ayudó; luego le quitó a Ludwig los zapatos para dejarle al descubierto las plantas de los pies. Bettina fue a buscar el pulverizador que tío Georg solía dejar en el alféizar de la ventana y que usaba para humedecer las azaleas, y roció el pecho de Ludwig, todo cubierto de ricitos rojizos. Él la pellizcó en los brazos y trató de quitarse a Bianca de encima con un golpe de rodilla. El joven se había puesto muy rojo y mascullaba improperios y amenazas, mientras se debatía ferozmente sobre el suelo de linóleo blanco y negro como una enorme marioneta de cuyos hilos tiraban muchas manos a la vez. Bettina quiso morderle, pues notaba un hormigueo en los colmillos y se los sentía tan grandes como los de un babuino. De repente le entró la risa a causa de esa ocurrencia, y eso la debilitó tanto que Ludwig consiguió por fin tirar a Bianca al suelo y levantarse de un salto.

Salió huyendo de la cocina y, en el pasillo, chocó contra el inquilino de la boca diminuta, que se dirigía al baño con una palangana llena de agua enjabonada entre las manos. Tía Paula asomó la cabeza unos segundos, y cerró de nuevo la puerta con un golpe. Bianca y Bettina persiguieron a Ludwig hasta su habitación. Con gesto frenético, la niña iba echando agua a su alrededor con el pulverizador, en tanto que Bianca tiró a Ludwig sobre la cama, cuando éste se disponía a defenderse lanzándoles cojines, y lo mantuvo inmovilizado echada encima de él. Entonces Bettina aprovechó para tirarse sobre la espalda de Bianca; cuando la rodeó con los brazos para alcanzar las costillas de Ludwig a fin de continuar haciéndole cosquillas, notó el calor de los pechos de ella bajo el vestido, aprisionados ahora contra el torso desnudo de su primo. Intentó desplazar a Bianca de su posición y, al ver que no lo conseguía, se incorporó como si estuviera montada sobre un caballo y se puso a botar encima de ella como si quisiera poner al galope al animal.

–¡Ríndete, Lulú, ríndete, vamos! ¡Suplícanos que te soltemos! –gritó orgullosa.

En ese momento ya no pudo aguantar por más tiempo el ímpetu de sus grandes y afilados colmillos bajo los labios y los hincó en la nuca de Bianca, que asomaba blanca como la leche entre los negros cabellos y desprendía una agradable fragancia. Lo hizo con gran suavidad, pero a pesar de ello Bianca lanzó un gemido. Aquella reacción sorprendió a Bettina; no pretendía morderle tan fuerte. Bianca se quedó en silencio y Ludwig no se movía ni un ápice. Cuando Bettina se apeó de su montura pudo ver cómo ambos se besaban con los ojos cerrados.

–¡Basta! ¡Parad de una vez! –gritó, tan furiosa que casi se atraganta.

Cogió del suelo el pulverizador y lo dirigió hacia las dos caras con las bocas entrelazadas, cautelosas e inquietas como si sostuvieran entre los dientes un pedazo de carne que se disputaban y no quisieran soltarlo, muertos de hambre como estaban. El polvillo de agua flotaba bajo la luz de la lámpara como un vapor y coronaba las dos cabezas. Bettina no dejó de disparar hasta que el pelo de Bianca quedó cubierto de gruesos goterones que se precipitaban sobre los párpados de Ludwig y luego le resbalaban como lágrimas mejillas abajo. Por fin, la niña dejó el pulverizador en el suelo y le dio un puntapié.

Ya en el salón, se hizo un hueco a la fuerza junto a su tía en la butaca bajo la ventana. Paula le acarició y peinó el pelo mojado.

–Eres un diablillo –dijo–, una fierecilla.

–Ésos ya no juegan –se quejó Bettina, todavía resoplando. Tía Paula puso una cara muy rara, como si no acabara de creerse lo que le decía y encima lo encontrara gracioso–. ¿Y ahora no van a comer con nosotros?

–Ve a preguntárselo. No, espera. Quédate aquí, ya voy yo.

–¿Por qué tú?

Tía Paula se limitó a besarla en la frente y la apartó con cuidado hacia un lado.

–¿Dónde está el tío Georg? –preguntó Bettina a su tía cuando regresó canturreando.

–Ha ido a la reunión con sus colegas numismáticos. Tráeme los zapatos de mi habitación, anda.

Tía Paula se hallaba de pie frente al espejo colocándose un sombrero en el que Mia había cosido una cinta blanca y negra, al tiempo que encogía la barriga, a pesar de que ni siquiera se le apreciaba en el espejo. Afilaba los labios y se alisaba el pelo bajo el ala del sombrero mientras Bettina la observaba, enojada y perezosa.

–¿Dónde vas? –inquirió finalmente, cuando ya no podía seguir soportando las caras que ponía Paula frente al espejo.

–Nos vamos las dos; ponte la chaqueta. Vamos a ver a tío Georg al Hasenbräu. Tomaremos un asado de cerdo; si no, también puedes pedir Bratwurst o tortilla vienesa, lo que quieras.

Le alcanzó a su sobrina el peine y la contempló mientras lo utilizaba. Luego atravesaron el pasillo oscuro y silencioso y abandonaron el piso.

–Hoy puedes dormir conmigo, ¿quieres? –sugirió Paula ya en la escalera.

–Sí –respondió Bettina, pero sabía que debía volver a casa tan pronto oscureciera.

Cuando en el mes de noviembre cayeron las primeras nieves, Bianca se esfumó de nuevo.

Bettina la vio subir a un taxi en medio de una silenciosa tormenta de nieve. También las ruedas del coche se deslizaron sin el menor ruido sobre el manto blanco que cubría la calle, y la llamada de la niña no obtuvo respuesta. Cuando, lentamente, el coche pasó por delante de ella, Bettina vio a Bianca sentada en el asiento posterior. Su perfil aparecía pegado al cristal, al otro extremo del coche. Sostenía entre las piernas una maleta y tenía el mentón apoyado encima de ella. Bianca no la miró y el conductor tampoco apartó la vista de la calzada, como si estuviera siguiendo el incansable ir y venir de los limpiaparabrisas. Los gruesos copos que caían lo teñían todo de irrealidad; era como si los ojos veraniegos de la niña no se hubieran habituado todavía a mirar a través de la fina cortina helada del invierno.

Aún en la escalera, Bettina se preguntó si no habría sido todo fruto de su imaginación. Las primeras nieves solían ejercer un efecto extraño sobre ella.

–Por Navidad la volveremos a tener aquí –vaticinó el tío Georg atizando el fuego. Pero Bettina no volvió a ver a Bianca nunca más.

La niña descolgó con cuidado las tres grandes fotos de la pared sobre el escritorio de Guido. El cuadro original debía de ser muy grande, una tela enorme que no cabía en una sola fotografía. Por eso se componía de tres partes ensambladas con cinta adhesiva. Bettina las llevó con cuidado escaleras arriba hasta su habitación. Se imaginó el cuadro colgado en la pared; probablemente habría decorado el comedor en casa de una rica familia florentina, eso era lo que le había contado su padre, pero ni siquiera él lo sabía con toda certeza. Nadie conocía detalles sobre el pintor de aquel cuadro, ni acerca de su vida.

Bettina fijó las fotos en la pared a los pies de su cama. No importaba que no fueran en color; recordaba perfectamente los colores, el rosa, el amarillo, el rojo pálido de los cuerpos, el verde oscuro de los árboles y, en el centro, el centelleo de los objetos esparcidos por allí, los platos y las jarritas. Al fondo, detrás de ellos, el tranquilizador azul del mar, medio escondido entre las escarpadas rocas y colinas. Aquel fondo bien podía haber servido para un cuadro que reprodujera a la Virgen, uno de esos lienzos que destilan calma, los que más le gustaban y solía contemplar Bettina. Aunque, mirándolo bien, no era cierto, se había equivocado; incluso sobre la colina más lejana se distinguían seres diminutos que se peleaban. La oscura silueta de un centauro que había arrastrado una roca hasta el borde de un acantilado aparecía en marcado contraste con el claro y despejado cielo estival, ya que en ese cuadro también era verano, como en los cuadros de angelitos bailando entre las lilas mientras una lluvia de rosas muy abiertas acaricia a la serena mujer con el niño en brazos.

De pequeña, Bettina había jugado algunas veces con su padre a un juego que ambos se habían inventado y con el que la niña lo pasaba en grande. Se llamaba el juego del «¿Qué te gustaría ser hoy?». Ella se sentaba en el suelo entre las rodillas de Guido o se metía en la cama junto a él aquellas largas mañanas de domingo, mientras Marie trajinaba en la cocina y, en consecuencia, su papá le pertenecía por completo.

Bettina le traía un libro, se lo mostraba y seleccionaba una foto. Entonces, cada uno escogía un personaje, cualquiera de los que aparecían en la imagen, el que más le gustaba. Guido solía ser más valiente que Bettina, pues ella se quedaba casi siempre con el personaje que juzgaba el más importante y destacado. Su padre, en cambio, había llegado a veces a elegir un pequeño papagayo de colorines o un gnomo de mirada sombría. Bettina quería ser siempre la mujer más bonita y, en ocasiones, no le importaba hacer el papel de un muchacho, pues tampoco le habría disgustado ser chico.

Entonces venía lo mejor de todo. Cada uno explicaba al otro cómo se sentía en la piel del personaje elegido, lo que había hecho antes de llegar al cuadro, cómo continuaba la historia y qué opinaba de los demás personajes, las casas que aparecían al fondo, las estancias donde se hallaban o los árboles, las praderas o el cielo.

Guido se inventaba unas historias larguísimas que a menudo hacían reír a Bettina. Un caballero de aspecto salvaje tenía en casa una esposa y una hija que acababan de servirle el desayuno, pero los huevos fritos estaban quemados y por ese motivo el pobre estaba ahora de un humor de perros. El rey, agachado con un rollizo bebé en brazos a los pies de María, la miraba sumiso mientras pensaba en lo incómoda que resultaba aquella postura y en que ya iba siendo demasiado viejo para aventurarse a hacer esos largos viajes en camello a través del desierto.

Bettina intentaba hacerlo tan bien como su padre, pero debía estar muy atenta para no repetir las historias ya inventadas por él, aunque fueran protagonizadas por personajes que ella había elegido. Algunas veces caía de todos modos en el error, pero Guido parecía no notar nada.

Ahora, tendida en la cama, volvió a jugar a ese juego. No era fácil, ya que en realidad no le apetecía encarnar a ninguno de los personajes que formaban parte de aquella horrible y angustiosa madeja de seres furiosos y temibles. No quería representar a ninguna de aquellas indefensas mujeres raptadas que pataleaban sin cesar, y menos le gustaba la idea de hacer el papel de alguno de los hombres, que ofrecían una imagen tan deplorable, aferrados a esa actitud violenta y mezquina. Ni siquiera Heracles la seducía. Consideraba injusta su intervención. Siendo un dios no tenía ningún mérito que fuera más fuerte y hábil que los humanos y los semidioses, pues los centauros eran semidioses, eso se lo había explicado su padre. ¿Por qué se empecinaban en secuestrar a esas mujercillas de la especie humana que se arrastraban de forma tan ridícula? ¿Qué querían de ellas? Bettina no lograba entenderlo. Estaba confusa, ya que se daba cuenta de que los centauros le caían bien. Le divertía imaginarse cómo se sentiría uno con un cuerpo de caballo al galopar por el prado, saltar sobre las tumbas, encabritarse y dar golpes con la cola. Al parecer podía llegar a ser peligroso, pues cabía la posibilidad de que el instinto animal cobrara de repente una fuerza inesperada, y entonces el centauro se olvidaba de que también era medio humano y estaba provisto de brazos, torso y cabeza de hombre; eso lo había entendido a la perfección cuando su padre se lo explicó. ¿Qué ocurría entonces cuando el animal se hacía dueño y señor de la situación? Cerró los ojos y trató de imaginárselo. No, decididamente no deseaba ser uno de esos centauros-hombre, eran demasiado salvajes y excesivamente tontos en sus ansias de obtener a aquellas mujeres. Bettina no acertaba a comprenderlos.

La joven mujer centauro llevaba flores ensartadas en el pelo. Su pálido amigo apoyaba la axila sobre la pata delantera que su compañera le tendía flexionada sobre el suelo. Con qué habilidad y cariño lo trataba. No lo miraba a la cara, ya que mantenía la vista fija en la sangre que brotaba de la herida de su amigo, que ya le resbalaba por el brazo inerte y goteaba sobre la hierba. El cabello pelirrojo del centauro herido rozaba el brazo de la mujer, y el velo que ésta llevaba rodeaba el pecho de su compañero, como si la fina tela pretendiera también abrazarle y unirlo más a ella.

Bettina pudo sentir muy bien el peso del centauro sobre su compañera y también la profunda angustia que la embargaba al contemplar aquel pálido rostro de ojos cerrados. Entonces supo qué personaje deseaba encarnar, qué papel iba a asumir en esta ocasión. Al punto vio cómo los dos se alejaban al galope en dirección al mar. El agua salpicaba bajo sus cascos mientras, uno junto al otro, trotaban sobre la arena cortando las leves olas de la orilla. Abandonaron el sórdido escenario del combate y se alejaron solos por la playa, sintiendo el viento y el aroma del salitre sobre sus cuerpos. La herida sanaría. Ella le aplicaría más tarde cataplasmas de plantas curativas, en cuanto se detuvieran bajo los árboles a descansar, lejos ya de todos los demás, liberados por fin del espectáculo dantesco en que se había convertido aquel horripilante banquete de bodas.

–Ya veo que estás cansada, Marie. –La voz de Guido sonó completamente falta de entonación, como si leyera en voz alta cualquier noticia intrascendente del periódico.

–En efecto, estoy molida, y en baja forma a causa del tiempo que hemos tenido hoy.

Bettina estaba tumbada en el sofá, envuelta en una manta, y fingía dormir. Había escuchado a medias la conversación que mantenían Guido y Marie. Su madre había dejado sobre la mesa la libreta donde anotaba los gastos, y Guido se iba acercando con el lápiz los papelitos esparcidos junto a ella.

–¿Tanta leche?

–Sí, tomamos toda esa leche.

–¡Yo no, vosotras dos! ¿Es sano eso? La leche produce mucosas. No hay nada que resulte sano cuando se toma en exceso. Y la carne, Marie, la carne es demasiado cara, y encima te la dan llena de nervios, como la del cocido del domingo.

–Ya me quejaré. Pero como a ti te gusta tanto el rosbif... y eso sale caro.

–Quizá deberíamos cambiar de carnicería.

–Puede ser.

Bettina pensó en una bañera llena de leche, en Jauja, donde de las ramas de los árboles colgaban pedazos de rosbif asado. Sonrió bajo la manta.

–Siempre estás cansada o no te encuentras bien. ¿Qué es lo que te pasa?

–Eso no es verdad.

–Sí lo es, ¿o es otra cosa? No podemos seguir así.

–Deja eso ahora. La niña duerme en el sofá.

–Te pregunto, ¿qué pasa con nosotros dos?

–Por favor, Guido, esta noche no. Estoy agotada, mañana.

–Te estoy preguntando cómo te imaginas... cómo me ves... tú tienes una obligación conmigo, un deber como mujer. ¿Ya piensas en ello cuando... cuando me rechazas una y otra vez?

Bettina por poco se queda sin respiración. ¿Qué quería de ella? ¿Hablaban todavía de leche y de carne o se estaban peleando? Era la primera vez que les oía hablar así.

–... un mendigo, un pordiosero...

¿Guido un mendigo? Su voz sonaba terrible, como una de esas voces de la radio. Bettina no pudo aguantarlo más. Tosió, se desperezó fingiendo estar adormecida y se incorporó.

–Vete a la cama, mi pequeña reina –le sugirió Guido en tono amable, y la abrazó durante un buen rato. Marie seguía sentada a la mesa recogiendo papelitos para guardarlos dentro de la librería, y evitó mirar a su hija.

En casa de Mia olía igual que en una tienda de animales.

–Esos endiablados gatos –gruñó Paula y, con la nariz arrugada, echó un vistazo circular a la pequeña cocina.

Los gatos espiaban a las dos intrusas con ojos desconfiados y apáticos. Había dos sentados sobre la mesa entre los platos; uno atigrado de color naranja y ojos azules se hallaba aposentado sobre un montón de ropa encima de una silla; otros dos estaban apostados, muy derechos, en el alféizar de la ventana y miraban con ojos afilados y altivos hacia Bettina. A los pies de la cama de Mia reposaban otros dos ejemplares entre hojas de periódico y pañuelos.

Mia yacía tan inmóvil bajo el descolorido baldaquín que Bettina creyó que dormía, hasta que descubrió sus grandes ojos mirándola muy abiertos y con los contornos visiblemente enrojecidos.

La niña depositó el cesto sobre la alfombrita junto a la cama. En el maniquí de costura, que descansaba con su pecho abombado contra el espejo, había clavadas diversas muestras de telas de colores. En la oscuridad de la habitación Bettina no podía sino imaginar el paisaje de montañas de ropa y colinas de tejidos que, a buen seguro, reinaba en la pieza. Mia tenía que abandonar aquel desolado paisaje como la mariposa su capullo. Nunca había detectado la más insignificante hilacha colgando de su abrigo; jamás llevaba el vestido arrugado y las flores de sus sombreros tenían siempre tan buen aspecto, que parecían recién cortadas del jardín.

La colcha guateada de Mia aparecía sembrada de migajas y pedacitos de tostada, y cuando tía Paula suspirando se acercó a sacudirlas, bajo la luz de la lamparilla se levantó una espesa nube de pelos de gato.

–Mia, cariño, te hemos traído algo de comer. ¿Cuánto tiempo llevas en cama? Hoy me he enterado por Clara de que estabas enferma.

–Quiere bañarme –lloriqueo Mia–. Yo no quiero bañarme.

–Claro que no. ¿Cómo se le ocurre?

–Quiero morir en paz.

–Vamos, Mia, cada vez dices lo mismo. Primero come algo. Bettina, pásame el cesto.

–No quiero comer.

–Sí, claro que sí.

–Dame algo para beber.

–Mia tenía las mejillas tan rojas como su larga nariz; el pelo suelto le cambiaba la cara y, al oír su voz, a Bettina se le había puesto la carne de gallina. Sacó del cesto la cazuelita, que todavía estaba caliente.

–*Fricasé* de pollo –anunció Paula, levantando la tapa con gran elegancia como si fuera una camarera, y empujando con la mano el aire en dirección a Mia para que le llegara el olor del guiso.

–Llévate eso –contestó Mia volviendo la cara hacia el otro lado.

–Tráele un vaso de agua de la cocina, Betti.

Bettina le tendió el vaso a Mia, pero ésta se limitó a mirarla con tristeza. Paula la incorporó.

–Agua no.

–¿Se trata de la tripa? ¿Los intestinos otra vez? –quiso saber Paula.

–Sí. No sabes los días que hace que no voy al baño. Y esos dolores... –replicó, echándose de nuevo sobre el cojín de satén manchado.

–¿Y el médico? ¿Qué dice el médico?

–Nada de médicos. El doctor Morgenstern quiere llevarme al hospital, pero yo por ahí no paso.

Paula le echó una mirada de preocupación. Debía de referirse al joven doctor Clemen. Entonces Mia lanzó un gemido y, como respondiendo a una señal secreta, dos gatos saltaron sobre su almohada y se colocaron a izquierda y derecha de la enferma.

–¡Abajo! –chilló Paula dando un golpe en la cama. Bettina se sentó en el suelo.

–Mia, vas a venirte a casa con nosotras. Ludwig vendrá a recogerte. Esta misma noche, en un taxi.

–¡No! ¡Mis gatos!

–Ya les daremos de comer nosotras; además, también está Clara.

–Quiere bañarme. Yo no quiero bañarme.

–Tienes fiebre, Mia, bonita, debes...

–Mira, tócame la barriga, igual que un tambor.

Mia echó a un lado la manta acolchada y Paula puso la mano encima de aquella panza redonda cubierta por el camisón, una prenda con escote y bordados como un vestido de noche. Bettina también quería palparla, pero Paula se lo impidió cogiéndola de la mano.

–Betti, ve a comprar carne para los gatos.

–¿Dónde? –preguntó débilmente la niña.

–No, no. En la cocina... –saltó Mia, que se interrumpió para estornudar.

Bettina no tenía ganas de marcharse y permaneció de pie delante de la cama.

–¡Saca de ahí a ese sátiro! –chilló Mia de repente con voz nasal.

–Pero si es Bettina. Vamos Mia, por favor –atajó Paula, soltando una risita de incomodidad.

–Con esos ojos como acerolas... ¡que se vaya!... y los destellos que lanzan. –Mia agitaba las manos sin cesar.– ¿Qué busca ése aquí? –Continuó hablando, se había tapado la boca con la manta y sólo se veían sus ojos, inundados de lágrimas y fijos sobre Paula.

–Ve a dar de comer a los gatos –ordenó ésta a su sobrina con inusual severidad.

A Bettina le gustaban los gatos y le encantaba acariciarlos mientras comían. Una colorida y peluda estrella de cuerpos de gato alrededor del apestoso paquete de carne que Bettina encontró envuelto en papel de periódico.

«Los intestinos», pensó Bettina, y enseguida se acordó de aquel dibujo de la larguísima salchicha, curiosamente replegada sobre sí misma, que aparecía en el gran panel de cartón que les habían mostrado en clase de biología.

–Vámonos –le urgió tía Paula.

Tenía aspecto cansado y parecía mareada a causa del ambiente que se respiraba en la pequeña vivienda, tan espeso y caliente como el de un fétido invernadero.

–¿Por qué ha dicho que yo era un sátiro?

Bettina acarició al gato larguirucho y flaco que tenía manchas marrones como la concha. Empezó por la cabeza, paseó su mano a lo largo del lomo y finalmente recorrió la cola tiesa hasta alcanzar la punta.

–Que venga Ludwig a buscarla, esta misma noche. –Paula dio una última mirada a la cocina.

–¿Qué hacen esas pieles de naranja colgadas de la lámpara?

–Es para que huela mejor –contestó Paula ausente, mientras se daba unos leves toques en la nariz con un pañuelito diminuto que sacó de uno de sus guantes de red.

–¿Y es por eso que Clara quiere bañarla?

–Quiero tener a Mia conmigo en casa. Esto no puede seguir así.

Bettina cogió el cesto, que pesaba tanto como antes.

–¿Les damos a los gatos el *fricasé*?

–De eso nada. Luego vendrá Clara y ella... Betti, ¿tienes el cesto?... Mia no se encuentra nada bien. Cierra la puerta. Así... –Tía Paula respiró hondo.

–¿Y eso del intestino es grave?

–Sí... bueno, no. Sólo si no se hace nada para remediarlo como Mia.

–Y si no puedes ir al baño, ¿dónde va todo lo que comes?

Paula se quedó parada en la escalera mirando a Bettina.

–El médico puede poner remedio a eso, te receta algo y con ello se consigue que salga todo. Ahora, por favor, déjame pensar, me vuelves loca con tus preguntas.

Marie ponía una cara, que parecía que Bettina le estuviera contando algo acerca de los niños pobres de la India.

Paula lloraba sentada a la mesa de la cocina. Tío Georg le dio un masaje en la espalda y dijo:

–Esa vieja gallina es mucho más fuerte de lo que tú crees, cariño.

Pero Paula continuó llorando.

–En el hospital la tratarán bien –intervino Marie–. Iremos a visitarla. Mañana temprano me paso por aquí.

Paula apoyó la cabeza sobre la mesa. Los hombros le temblaban.

–Vamos, Betti, tenemos que marcharnos –dijo entonces Marie.

–Yo quiero quedarme con tía Paula –Bettina abrazó a su tía y trató de darle un beso en la mejilla.

–Vamos, tesoro –susurró Marie haciendo señas a tío Georg.

–¿Tú crees que se morirá? –preguntó Bettina en el pasillo y Marie se apresuró a sellarle la boca con el dedo. Ambas bajaron en silencio la escalera y salieron al aire fresco de la calle.

–Le introducirán una cosa por detrás y mirarán lo que tiene dentro. ¿Eso hace daño? –inquirió Bettina estremeciéndose.

–Nos has estado espiando –la regañó Marie enfadada.

Bettina caminaba al lado de su madre con las manos metidas en los bolsillos del abrigo. La acera estaba mojada por la lluvia, y el agua salpicaba cada vez que pisaba algún charco.

–Todo saldrá bien –la tranquilizó Marie.

En el entierro de Mia, Bettina llevaba un vestido negro. Era nuevo, y todavía llevaba impregnado el olor de la tienda. A su madre le entró un terrible mareo en la iglesia por culpa del incienso, y se puso muy pálida. Guido le sostuvo bajo la nariz un pañuelo empapado con un líquido que una mujer desconocida había vertido de un frasquito.

El aroma dulzón a violetas llegó hasta Bettina y todos los olores se mezclaron con las imágenes que vagaban por su mente. Imágenes de momias y huesos amarillentos, brillantes masas de intestinos retorcidos hasta el infinito, gatos, y un esqueleto que cortaba cabezas. También la foto que había contemplado en secreto en aquel libro escondido detrás de todos los demás. Un montón enorme, una gran montaña de zapatos de todas las medidas; zapatos de niño, zapatos de tacón alto, pesadas botas. Una gigantesca pila de zapatos viejos y, al lado, la imagen de hombres como esqueletos apilados como la leña para el fuego.

Tía Mia no tenía aspecto de estar durmiendo, como había dicho la señora que se sentaba al lado de la niña. Bettina no había podido reconocerla. Debajo de los párpados semicerrados se le veía el globo blanco, y tenía la boca entreabierta en un gesto que parecía de sorpresa.

–¿Y qué va a ser ahora de los gatos? –preguntó Bettina a su padre cuando el sonido del órgano se precipitaba, atronador y untuoso, sobre las cabezas gachas de los asistentes, y le erizó a Bettina el pelo de la nuca.

Su padre puso una cara semejante a la del payaso tonto que acaba de recibir un bofetón, y eso dio ocasión a Bettina para ceder a la presión que sentía en el pecho y explotar de risa, doblada sobre el misal, haciendo esfuerzos desesperados por coger aire hasta que Guido le propinó un empujón y, enfadadísimo, volvió la vista señalando hacia la puerta.

En el exterior, los gorriones correteaban por la arena, y Bettina se sentó en el escalón de piedra y dejó vagar la mirada por entre las tumbas, todavía sin conseguir sofocar la risa. Dentro seguían cantando, despacio y mal, y pronto sintió que ascendía en su interior una nueva ola de carcajadas que casi la ahogaba.

Paula tuvo que guardar cama. Así lo llamaba tío Georg.

–A ella le da por guardar cama; cada cual llora la muerte a su manera –le dijo a Bettina antes de repasar una vez más la lista de la compra y añadir señales al lado de algunos de los alimentos anotados–. El pescado lo último, si no se estropea.

Aunque tío Georg se lo había prohibido terminantemente antes de marcharse, Bettina abrió con sigilo la puerta del dormitorio y echó un vistazo. En la penumbra sólo pudo ver un brazo de su tía tirado sobre la almohada como si no fuera de nadie. Despacito, cerró de nuevo la puerta.

Cuando Georg logró convencer a Paula para que fueran a pasar unos días al Jura de Suabia, Bettina se sintió presa de un extraño desasosiego. Cada día, al salir de la escuela, abría con el corazón en un puño la puerta de la casa de su tía y, apática, se paseaba un rato por la vivienda. Tía Paula había cerrado con llave su habitación. En el cuarto vacío de Ludwig tampoco entró; se quedó parada delante de la puerta roja. Alrededor de la cerradura ya se empezaba a deteriorar y desprender la pintura.

Nadie sabía dónde se había metido Ludwig.

–Debe de estar consolándose en alguna parte –había apuntado el tío Georg, pasándole a Paula la servilleta.

–Y precisamente en estos momentos tiene que dejar sola a su madre, ¿no? –Paula estaba sentada, descompuesta y con la cara bañada de lágrimas, sobre la cama; incluso de la nariz le fluía el agua.

–Como si representara un consuelo muy grande verle pasarse todo el día holgazaneando por aquí –le comentó tío Georg a Bettina. Ese día, Paula no quiso comer.

En la habitación de tío Georg los lápices estaban alineados sobre el escritorio, la cama sin hacer y la lámpara protegida con una tela blanca.

Al atravesar el pasillo, Bettina chocó con las bicicletas. El profundo silencio reinante se vio interrumpido de repente por tal estruendo que la niña se asustó. Decidió entonces sentarse un rato en el salón y permaneció allí sin pensar en nada. No aguantó mucho en la butaca de Paula, junto a la ventana. Una sensación de abandono le bloqueaba la garganta.

El baño, soleado y envuelto en un asfixiante olor a jabón de piedra rancio y a paredes húmedas, se le antojó tan insoportable como un recuerdo doloroso y cerró la puerta de un golpe.

También la cocina, bañada por el sol, estaba vacía, pero algo le permitió pararse unos segundos en el umbral y respirar profundamente. Esa cocina estaba abandonada, se notaba en los cacharros, cubiertos de polvo, y en los desconchados de la pared, de los cuales se había desprendido aquí y allá un polvillo de color claro que teñía las negras sartenes. También el suelo había cambiado. Las baldosas en blanco y negro se habían ido separando unas de otras, y las grietas que se formaban en los intersticios estaban llenas de piedrecitas y arena gris. Presa de la inquietud, Bettina cerró la puerta y se volvió.

La oscuridad que la rodeaba le parecía ahora amenazadora; tenía miedo a tropezar, de caerse, de equivocarse de camino. Avanzó sin dejar de palpar la pared y curiosos aromas a berros de fuente y a tierra húmeda le inundaron la nariz. Después de unos pasos lentos y azarosos alcanzó el final del pasillo. Encontró el pomo de la puerta y por fin salió a la tenue luz de la escalera, que, solícita, la condujo fuera de allí, hacia abajo, peldaño a peldaño, hasta que se encontró en la calle bajo la leve claridad de la tarde.

AGUAS AZULES PARA UNA BATALLA

Dos años después de que Bianca regresara a Roma, Ludwig desposó a una mujer joven que tenía un hijo de corta edad. Los ojos de ella eran de un color desvaído, casi despoblados de pestañas, y llevaba los cabellos recogidos sobre la cabeza. Bettina nunca la vio con el pelo suelto.

La habitación que había al final del pasillo fue alquilada de nuevo, esta vez a una profesora rusa que, por las noches, daba tumbos por la casa susurrando parrafadas incomprensibles porque no conseguía encontrar la puerta del baño. Tía Paula se decidió a cocinar y compró un montón de libros de cocina. Tío Georg, por su parte, engordó aún más y se pasaba el día escribiendo cartas a los periódicos, quejándose de las ridículas pensiones de jubilación que percibían los empleados de banco.

Bettina había cumplido quince años y ya no iba tan a menudo a visitar a tía Paula. Sin embargo, le seguía llevando los pasteles que Marie preparaba y flores del jardín. Se sentaba en la butaca de la ventana mientras su tía hacía el café y, cuando se reunía con ella en el salón, Paula siempre le tocaba la combinación, que le asomaba bajo la falda como una corona de espuma. Antes de marcharse a casa, su tía solía meterle algún billetito en el bolsillo; acto seguido, se ponía de puntillas y la besaba en la barbilla, pues ahora Bettina ya era más alta que ella. Tío Georg ya había dejado caer algún comentario a propósito de lo esbelto de su talle y sus largas piernas, pero empleaba un tono respetuoso, y no la abrazaba como hacía en otros tiempos.

El padre de Bettina dormía ahora en su despacho, en una estrecha cama nido que por las mañanas se hacía él mismo. Marie se encerraba durante días en su habitación, mientras él se dedicaba a escribir. También tocaba el piano, pero eso no impedía que apareciera siempre en el momento justo para cocinar o hacerle a Bettina sus dictados de francés.

En casa, Bettina se movía como en un paisaje familiar provisto de colinas, árboles y un claro en el cual había una mesa. Sobre ella aparecían, a determinadas horas del día, platos llenos de comida.

En la clase de piano de la señorita Zink, abrazó en secreto el busto de Beethoven sobre la falsa columna y besó sus rígidos labios de escayola, tal como había visto hacer a las mujeres en el cine. La señorita Zink no olía nada bien y sus manos rojas, que recorrían a toda prisa como animalillos amaestrados las teclas del piano, no permitían que Bettina olvidase ni por un segundo el enorme esfuerzo que requería la tarea de hacer música.

–En realidad, ahora ya sé todo lo que necesito saber –le comentó una noche a su madre mientras recogían la mesa–. ¿Para qué tengo que seguir yendo a la escuela?

Marie soltó el montón de platos que sostenía y gritó:

–¿Cómo puedes decir eso? Me pareces increíblemente arrogante; todavía no sabes nada de nada. A menudo me siento desgraciada por el hecho de no saber. Me gustaría saber idiomas y mecanografía, tocar mejor el piano. No puedo ganarme mi propio dinero, y eso es muy duro.

Bettina, incapaz de imaginar que su madre fuera desgraciada, la escuchó estupefacta y estudió con minucia la expresión de su rostro, que iba cambiando de un modo asombroso.

Cuando, al cabo de un par de días, en un concierto, se le ocurrió comentarle lo ridículos que le parecían aquellos tres hombrecitos metidos en una caja grande sacando esos chirridos de sus instrumentos, mientras todos los demás les escuchaban en silencio, sin moverse de sus asientos, su madre casi se pone a llorar por su causa en el camino de regreso a casa.

En el paraje apacible desde el que Bettina veía pasar sus días, únicamente su habitación, con la cama y la mesa, se hallaba recubierta de maleza, entre la cual se movía. De noche, alguna vez la atormentaba una sensación de angustia y opresión cuando los sueños, las imágenes y las ideas se arremolinaban en torno a ella como una espesa selva. Era en el pacífico paisaje de su casa donde descubría de repente a su madre caminar delante de ella, calmosa y atenta a cada paso, volver la vista y mostrarle el semblante que tanto la intranquilizaba. ¿Y dónde estaba el padre? Seguía siendo él quien le apartaba las ramas del camino, doblándolas hacia un lado para enseñarle las hermosas vistas, y también el que cruzaba el límite del bosque familiar y regresaba luego con historias recopiladas en su mundo. Pero él ya no caminaba al lado de la madre. ¿Cuándo se habían separado?

Por las noches, Bettina pasaba horas despierta en la cama y sentía que una espesa corriente de aire se deslizaba por la casa, arrastrando consigo las hojas de los árboles y arrancando la hierba de las habitaciones.

–¿No te sientes sola por las noches, sin Guido? –le preguntó una vez a Marie. Estaban sentadas en el jardín bajo la ropa recién tendida y recogían las pinzas que habían quedado esparcidas sobre la hierba.

Debajo de una ondeante sábana, Marie se volvió para mirarla y se apartó el pelo de la cara, aunque no le colgaba ni un mechón.

–En este momento necesita las noches para sí mismo –respondió–. Suele trabajar de noche, eso ya lo sabes, y, en realidad, a mí me sienta la mar de bien estar sola. Escribo, leo, sueño...

–¿Qué escribes? –la interrogó Bettina.

–Ideas, escribo ideas para mí, para nada.

A Marie le entró de pronto la timidez, y Bettina prefirió no seguir preguntando. Había muchas cosas que no le estaba permitido preguntar, pero eso no le molestaba. Agradecía que tampoco a ella le hicieran demasiadas preguntas.

Ya no se sentaba sobre las rodillas de su padre, sino junto a él en el sillón grande. Seguían mirando libros de arte juntos, pero ya sólo en muy contadas ocasiones volvieron a jugar al juego del «¿Qué quieres ser hoy?». Conversaban acerca de los cuadros y sobre la época en que fueron pintados. Guido se levantó y le leyó repetidas veces uno de los sonetos de Miguel Ángel, mientras ella contemplaba el rostro de la mujer joven bajo la corona de flores y al hombre azul que quería abrazarla y le soplaba a la cara con las mejillas hinchadas; era el viento, un viento de primavera, como lo había llamado Guido... «Que la flor que más se incline bajo su peso, deposite el primer beso sobre tu frente.» Guido se detuvo un momento con el libro en las manos, y Bettina, que había bajado la cabeza, descubrió al mirar a su padre una expresión que la desconcertó tanto como la que había descubierto últimamente en el rostro de su madre. Se estaba mirando, con los ojos semicerrados y la boca entreabierta, en el oscuro espejo del cristal de la ventana.

–Eh, tú... –le amonestó Bettina con una risita forzada.

Guido continuó leyendo, esforzándose en reproducir la entonación correcta al tiempo que acompañaba el verso con la mano.

A Bettina le habría gustado preguntarle si aún le apetecía dormir con Marie, si realmente lo deseaba. Antes nunca había pensado en cosas de ese estilo; sólo había sentido una indescriptible sensación de paz cuando, a través de una puerta semiabierta o detrás de los árboles en el jardín, descubría a sus padres abrazándose.

El combate entre centauros y lapitas seguía colgado a los pies de su cama, junto con otra foto de tres indígenas australianos que, alineados como corderitos en la cenefa de una mesita de dibujo, con los brazos y las piernas muy estirados, acercaban las caras a un riachuelo para beber agua.

Bettina se iba desnudando delante del espejo. Ya anochecía. Del jardín le llegaba, a través de la ventana, el aroma de la hierba recién cortada. Aquel espejo procedía de la habitación de Marie. «Ya no lo necesito», le había dicho. En eso pensaba Bettina cuando se vio de pie con la braguita blanca delante del fino marco de estaño. Se quitó la última prenda que llevaba. Ahora ya se le notaba que era una mujer. Las piernas y las compactas nalgas todavía formaban parte del chiquillo que durante tantos años la había observado desde el otro lado del espejo, pero los senos, esas pequeñas colinas blancas, eran de mujer. Esbozando una mueca,

Bettina se sacó la goma que le recogía el pelo sobre la nuca y movió la cabeza.

«Cuando te vi por primera vez, estabas en una habitación iluminada de azul por la puesta de sol. Estabas tan bella y resplandeciente como una... como una...» Bettina buscó la palabra que el hombre que la contemplaba y hablaba de ese modo habría escogido para ella. «¿Lila? No. ¿Llama?, no, no. ¿Banana?» Se rió y cruzó los brazos sobre el pecho. «¿Por dónde iba a mirarla, si su habitación estaba en el primer piso?»

Abajo en el jardín vio a Guido junto a la tapia. ¿Por qué se había deshecho Marie del espejo? Su padre hablaba con la mujer del jardín vecino, que llevaba una camisa roja que destacaba poderosamente sobre el fondo verde. En el jardín de al lado no había invernadero; la hierba crecía entre unos pocos arbustos salvajes y las gallinas de Marie se paseaban por allí como Pedro por su casa. La mujer se llamaba Hella, una viuda que vivía con su hija en casa de un pariente. La parcela pertenecía al familiar, y Hella había plantado en ella dos groselleros.

«Para usted y su hijita», le dijo a Guido, según explicó éste durante la cena. Marie había asentido con la cabeza, y Bettina, que no podía sufrir a la niña rubia de las trenzas gruesas, se metió en la boca un gran trozo de melocotón.

Cuando Julia, la amiga de Bettina, le contaba cosas de su hermano, no podía tragarla. Se había hecho el firme propósito de sentir repulsión hacia aquel chico, del que la otra no paraba de hablar. Bettina la envidiaba por tener a ese hermano mayor, que estudiaba en un internado y que, según la descripción facilitada por Julia, reunía todas las cualidades masculinas imaginables. Julia era compañera de pupitre de Bettina en la escuela, y los días que iba a montar a la caballeriza, situada en la linde del bosque no lejos de la casa de Bettina, se pasaba por allí con sus botas y sus pantalones de montar y se sentaba un rato con ella, bajo los frutales, a comer el chocolate que traía y charlar sobre los caballos. La muchacha desprendía un olor tan fuerte que, incluso Marie, con afinar el olfato al pasar por la habitación, ya sabía que Julia rondaba por allí.

Bettina había tratado de imaginarse a un hombre que tuviera el mismo aspecto que su amiga y no le resultó difícil; Julia llevaba el pelo corto, tenía el pecho completamente liso y sus pasos, embutida en aquellas botas, eran tan potentes que las tacitas de la vitrina temblaban cuando ella se acercaba. A Bettina le encantaba la cicatriz blanca y angulosa que, como un rayo, le atravesaba la mejilla. Era el recuerdo de un desgraciado accidente de automóvil que había sufrido de niña. Su madre había fallecido en el siniestro. Sin embargo, cuando Julia hablaba de ello se reía con timidez y se encogía de hombros. Bettina tampoco le pedía más detalles, pues la mera idea de que uno pudiera vivir sin madre le resultaba insoportable. Alguna tarde que su amiga había estado allí, Bettina no había podido evitar correr a la cocina a abrazar un buen rato a su madre presa del miedo. «Mi pequeño corderito, mi ratita», la tranquilizaba Marie, cariñosa y sonriente, dejándose besuquear por su hija.

Joe no se parecía a Julia. Tenía su mismo cabello, pero con la raya de otro modo y tan cortito detrás de las orejas que parecía más oscuro y repeinado. Su nariz era imponente, con unos orificios muy abiertos, como si al respirar pudiera coger más aire que las demás personas. Se quedó parado en la puerta mirando a Bettina desde las alturas, pues era mucho más alto que ella y encima adoptaba una pose muy estirada. Bettina intentó parecer tranquila, aunque había tenido que esperar unos minutos frente a la puerta antes de llamar tratando de que su respiración recobrara el ritmo normal, cosa que la irritó profundamente.

–¿Bettina? –preguntó él, y le cogió de las manos la caja con el pastel que Marie había preparado para la fiesta. A las doce tenía que estar de vuelta en casa.

–Y tú debes de ser Joe –respondió Bettina muerta de vergüenza.

–Entra. Julia no hace más que hablar de ti –dijo Joe por encima del hombro. Al atravesar el oscuro pasillo, Bettina se pegó a sus talones.

–¿Qué te ha parecido Joe? –le preguntó después Julia a su amiga en la cocina, mientras echaba soda en el ponche de fresas.

–No sé –Bettina pescó una fresa que flotaba en el líquido burbujeante.

–Pues a él le has gustado –anunció Julia satisfecha. Había hecho bien en no prometerle a su hermano más de la cuenta.

–Joe es un nombre muy raro –observó Bettina–. ¿Es que tus padres le bautizaron con el nombre del indio Joe que sale en *Tom Sawyer*? –Se rió de su descabellada ocurrencia.

–¿Qué dices? –saltó Julia–. Se llama Joseph, pero actualmente Joe le parece más chic.

Joe bailó con Bettina sobre el parquet deslizante, frente a la cómoda sobre la que habían dispuesto las fuentes con los distintos tipos de ensalada, el queso y el pan francés. La alfombra persa se hallaba arrinconada contra la pared, enrollada; parecía una enorme y descolorida salchicha. Julia, acompañada de dos chicos que Bettina no conocía, estaba sentada encima de ella. Había una chica, vistiendo falda de tul celeste y medias blancas, sentada sobre la mesa apartada a un lado, y no dejaba de ofrecer pedazos de manzana a un hombre que llevaba un sombrero de fieltro rojo adornado con plumas.

Joe bailaba con Bettina y el parquet, que le recordaba la brillante superficie del agua, llegó a marearla. La Infanta española, con las manitas sobre su sedosa falda de miriñaque, les observaba desde un cuadro de marco laboriosamente tallado.

Los pies no la obedecían. Era como si no le pertenecieran, ya que se movían sobre la madera abrillantada siguiendo un torpe ritmo propio. Bettina se sentía arder el rostro y trataba a cada momento de bajar la vista para controlar sus pies, pero el refrescante mentón de Joe se le pegaba a la frente y la obligaba a mantener la mirada alta, de manera que, por encima de sus hombros, veía a Julia dar vueltas con el vaso en la mano, a la muchacha de la falda azul, a la pequeña Infanta, el queso sobre la tabla y las ventanas tras las pesadas cortinas rojas. Bettina no sabía bailar.

–Joe te enseñará, a mí también me enseñó –le prometió Julia al pasar, y se puso a dar saltitos con las manos en alto–. ¿Has visto?

–Déjate llevar, déjate llevar –le susurró entonces Joe encima de su cabeza, y sus manos la llevaban de un lado a otro. Debía de tener las manos muy grandes; Bettina notaba dos zonas extrañas muy calentitas sobre su espalda.

De pronto, alguien apagó la luz y en la sala se levantó una ola de cuchicheos y risillas. Bettina quiso detenerse, pero Joe no se lo permitió.

«En Perú, en Perú, en los Andes...», cantaban los de la radio. «Jambaleia grita el señor y luego besa, Jambaleia y a la que besa, a ésa olvida...»

Bettina sintió que la cara se le contraía de vergüenza al oír aquella canción. Quiso soltarse, pero Joe no la dejó.

–¿Te ha besado cuando se ha apagado la luz? –preguntó después Julia a su amiga. Estaba sentada en el váter y Bettina sobre el borde de la bañera.

–Sí –respondió ésta.

Julia tragó saliva y tiró de la cadena.

–¿Y qué tal? –bramó la muchacha.

–Igual que un caracol deslizándose por encima de tu boca. ¡Beeggg! –exclamó Bettina con un estremecimiento.

Julia no pudo seguir peinándose a causa de la risa. Se doblaba por completo y hacía enormes esfuerzos por coger aire.

–¡Ja, ja, ja...! Ay, Bettina... ¡qué risa!, esto es demasiado...

Una tarde, la mujer de la camisa roja vino de visita. Guido había seleccionado algunos de los libros de jardinería que había en la estantería y los había expuesto sobre el alféizar de la ventana del comedor como si se tratara de una librería.

–Quiere plantar un jardincito en su casa –le comentó a Marie.

Había patatas al requesón para cenar. Marie pelaba una patata tras otra. Pelaba patatas para todos. La mujer, que se llamaba Hella, llevaba su camisa roja de hombre. Iba sacando cigarrillos del bolsillo de la camisa y se los iba metiendo con desdén en aquella boca grande y roja. El cabello de Hella, de un tono rubio platino y densamente poblado de pequeños ricitos, brillaba a la luz de la lámpara con un resplandor angelical. Hablaba mucho y no paraba de gesticular en el aire con sus largas manos, sin preocuparse para nada de la ceniza de su cigarrillo. Hablaba un alemán anguloso y extraño, y acababa prácticamente todas las frases con una corta sílaba interrogante. Al parecer era de procedencia berlinesa, según comentó Guido cuando se hubo marchado, pero no disponía de medios económicos propios y dependía desde hacía años de la benevolencia de un pariente cercano, ya que su marido había muerto al final de la guerra; un aviador *stuka*[1], un tipo resuelto, igual que ella, una mujer de gran coraje.

Aquella noche, Marie no quiso participar cuando Guido fue a sentarse con el libro en el sofá y Bettina se acurrucó en la butaca frente a él y se puso a escuchar la lectura de *Penthesilea*. Se equivocaba a menudo y le dirigía a su hija miradas atormentadas hasta que ésta tuvo compasión y fingió un bostezo.

Desde la cama vio a la mujer pasearse por la casa vecina. Llevaba unos pantalones grises de franela, como un hombre, y se sentaba con las piernas muy separadas, apoyando ambos codos sobre las rodillas.

1. Abreviación de *Sturzkampfflugzeug* (avión de combate en picado). *(N. de la T.)*

–Joe te llevará a casa cuando vuelva de jugar a tenis –prometió Julia, mientras copiaba de Bettina los deberes de latín, arrugando la frente cada vez que no entendía la letra de su amiga–. Dice que tienes una caída de ojos muy dulce, sea lo que sea eso –comentó con sorna, dándole un golpecito en la espalda–. ¡Pero si estás encantada otra vez!

Bettina habría preferido regresar a casa andando. Tenía que reflexionar. Marie quería marcharse un par de semanas a la montaña con una amiga, algo que no había hecho nunca hasta entonces, y Guido incluso la animó para que fuera. ¿Sería cierto que su amiga necesitaba compañía por haber estado muy enferma? Bettina tenía celos de aquella mujer. Había venido de visita alguna vez; abrazaba a Marie con grandes alharacas y a ella también si no se ponía en guardia. La mujer era pintora, pero a Bettina no le gustaban nada sus emborronados dibujos al pastel. En eso siempre había estado de acuerdo con Guido.

En ese momento apareció Joe y tiró la raqueta de tenis sobre la cama de Julia.

–No la dejes ahí, por favor –se lamentó Julia mirando a Bettina.

Qué piernas tan morenas tenía, y qué calcetines tan gruesos. Despedía un fuerte olor y miraba a Bettina a los ojos con gesto provocador. Seguro que Julia le había contado lo del caracol.

–¿Has terminado? Yo tengo que marcharme ya –musitó Bettina con cobardía.

Joe se había quedado embobado mirándola.

–Él te llevará a casa. ¿No es cierto, Joe?

–Claro –repuso éste, tirando también las pelotas que sostenía en la mano sobre la cama de su hermana.

–¡En mi cama no! –cacareó Julia, pero Bettina se

dio cuenta de que en realidad no le molestaba que lo hiciera.

Corrieron hasta el coche, pues empezaba a llover. Bettina se empapó del olor del asfalto caliente, mojado por la lluvia. También le llegó el perfume de los árboles, una fragancia verde. En el coche, en cambio, olía a tabaco y a metal, era un aroma gris. Joe la observaba, agitando las llaves en una mano. Fuera, la lluvia seguía cayendo, ahora con mayor intensidad, y chocaba con fuerza contra el techo del automóvil.

–¿No puedes conducir bajo la lluvia? –le preguntó Bettina, y colocó la cartera en el suelo entre sus pies.

Joe continuó callado, viendo caer el agua a través de la ventana. Un hombre que se cubría la cabeza con un periódico doblado se acercaba corriendo por la acera, y pronto desapareció tras la puerta de entrada de una de las casas. El agua resbalaba por el parabrisas, una segunda cortina de cristal que difuminaba los contornos de árboles y casas.

Bettina, que anhelaba disfrutar del aroma de la lluvia y habría deseado bajarse del coche y echarse a correr por la acera, examinó la puerta del coche en busca de la manivela de la ventana. Entonces, Joe se inclinó sobre ella y le llevó la mano hasta allí. Sintió que la pieza de plástico estriado le presionaba en la palma. Notó la cara de él muy cerca; su aliento olía a tabaco, pero era una fragancia muy distinta a la de Guido. El olor de Joe tenía un componente picante y acre, era un aroma desconocido, dulce y punzante. Mientras Bettina reflexionaba en busca de algo que pudiera compararársele, sintió aquel picor en su boca. Se maravilló de que no se le tapara la nariz como le había ocurrido la primera vez. Los labios de la muchacha se deslizaron por aquella barbilla áspera, volvieron atrás hasta la mejilla, igualmente ruda y seca, y luego se toparon con los labios. Bettina abrió bien la boca para sentir esa picazón desconocida sobre la lengua, para saborearla en el paladar y luego en la garganta. Con qué fuerza se apoyaba Joe sobre ella. La tenía aprisionada contra la puerta. Sentía el pecho de Joe tan pegado al suyo que casi le hacía daño, pero ya no era capaz de distinguir su cuerpo del de él. ¿No sería ella quien se apoyaba pesadamente sobre Joe? ¿De quién era aquella lengua, quién hacía ese ruido al respirar, qué ojos estaban cerrados y cuáles veían todavía?

Una fina capa de vaho encapotó los cristales del coche; Bettina ya ni siquiera sabía si las casas, los árboles y la calle seguían allí. La lluvia era lo único que permanecía invariable, aunque pronto descubrió que también aquel rumor y el tamborilear plateado que se repetía incesamentemente sobre su cabeza pertenecían a ese nuevo país, donde no había casas, ni calle, ni otras personas.

Aquel mes de junio el castaño del jardín floreció por primera vez. No era más que un tronco delgado con hojas digitadas. Sólo pudo contar tres candelas rojo pálido que no medían más que las velas de adviento. Ella misma había plantado ese árbol, para Bianca. Enterró cuatro castañas en el jardín y, al cabo de un tiempo, una de ellas había echado raíces. De eso hacía ya tres años. Cuando le mostró a Bianca las castañas, la mujer pensó que eran buenas para comer tal como estaban. Fue el otoño en que Bianca vivió todavía con Ludwig, el mismo otoño en que Mia le echó las cartas a Paula y tío Georg tuvo el absceso en el cuello. Pero luego llegó el invierno y Bianca desapareció; la pobre

Bianca, que siempre tenía frío. Fue poco antes de la muerte de Mia. Paula, que siempre había hablado de los tiempos de antes de la guerra y los de después, discernía ahora entre la época anterior a la muerte de Mia y la posterior. El tío Georg decía que aquello era una exageración.

Bettina contempló el pequeño castaño, tan orgulloso, allí, entre los demás arbustos. Tenía que enseñárselo a su madre. Cerró la ventana y se dirigió a la habitación de Marie. La encontró tendida en la cama, vestida, leyendo con el libro muy cerca de los ojos. Estaba anocheciendo.

–¿Qué lees? –le preguntó Bettina.

Marie bajó el libro a regañadientes y miró a su hija.

–¿Por qué no vas un rato abajo? ¿Qué haces galduleando por aquí arriba?

Bettina bajó la cabeza.

En el salón, como si lo viera, estaba Hella sentada frente a Guido con una copa de coñac, gesticulando con el cigarrillo entre los dedos.

Llegó después de cenar y Marie, que se encontraba muy cansada, había recogido la mesa con la ayuda de Bettina y, a continuación, subió muy despacio la escalera para ir a tumbarse en la cama. Bettina oyó la risa de Hella en el piso de abajo. Cuando Bettina había abandonado el salón, ella acababa de sentarse en la butaca, cruzando las largas piernas enfundadas en el pantalón gris. Se hacía ella misma toda la ropa, y también la de su hija. Eso, al parecer, impresionó a Guido. Bettina, desconcertada, no podía apartar la vista de Marie. Jamás había oído a su padre hablar con tanta naturalidad sobre cosas que no le interesaban lo más mínimo, y Marie permanecía en silencio sentada a la mesa, tan absorta en sí misma como si no hubiera escuchado nada de lo que decían. No se percataba de cómo miraba a Guido la mujer de los grandes ojos de vaca; esos ojos que se mantenían tan abiertos como si acabaran de ser testigos de un suceso horrible. Guido también parpadeaba bajo el peso de aquella mirada, y su voz cambió de entonación cuando comentó:

–Quizá algún día podría hacerle a Bettina un vestido como el que confeccionó a su hija; es realmente bonito, me refiero al tirolés. Porque era un traje tirolés el que llevaba ayer su niña, ¿no es así?

Alargó la mano hacia Bettina para darle un pellizquito en la mejilla, algo que nunca hacía, y ésta tuvo la impresión de que su padre pretendía mostrarla a aquella mujer, que deseaba que le quitara de encima los grandes ojos de vaca y los dirigiera hacia Bettina, como si con ello quisiera decir: «Mi pequeña es también muy guapa, ¿verdad?». Bettina se escabulló de su mano, que permaneció un momento flotando en el aire sobre el cesto del pan. Sin embargo, la mujer no apartó la mirada del rostro de Guido, sólo bajó un poco los párpados, y Bettina creyó que estaba observando la boca de su padre, y se le ocurrió que ella misma no dejaba de pensar en los labios de Joe.

Marie no se enteraba de nada. Tampoco se dio cuenta de que Bettina no tenía apetito, le daban palpitaciones cuando pensaba en él, y no se lavaba la cara para conservar sobre la piel las huellas de sus labios. Por las noches, despierta en la cama, Bettina creía arder como un tizón, que iba absorbiendo y consumiendo todo el oxígeno a su alrededor, y cuyas llamas producían un crepitar tan ensordecedor que temía que su madre lo oyera a través de la pared.

Al fin llegaron las vacaciones de verano, y con ellas la partida de Marie. Por las mañanas, Bettina se quedaba hasta tarde en la cama y no se levantaba antes de que Guido se marchara. Se sentía perezosa y dormilona y deambulaba por el jardín sin ver ni flores ni árboles.

Marie iba metiendo ropa en la maleta y no cesaba de ir de un lado a otro de la habitación, del armario a la cama, de allí a la cómoda y de vuelta. Estaba muy callada y Bettina, que la observaba sentada en el suelo, sintió una extraña inquietud ante el panorama de las maletas, armarios y cajones abiertos.

–No te olvides de las clases de piano, Betti. Y practica cada día, ¿me lo prometes?

Vista desde atrás, con el pelo suelto, su madre parecía una delgada jovencita. ¿Sentiría ella el mismo amor por Guido que ahora Bettina sentía crecer en su interior? Turbulentas aguas y olas alarmantes que le subían hasta el cuello cuando pensaba en Joe. Eso, precisamente, era el amor, que tantas páginas escritas había inspirado, protagonista estelar de todas aquellas canciones de la radio, incluidas las más melosas. De pronto, Bettina las comprendía perfectamente, como si acabara de aprender un lenguaje nuevo. Siempre se había reído de esas palabras; con su madre se habían mofado muchas veces del corazón, la pena y las rosas rojas. ¿Cómo era posible que todo eso hubiera cambiado? Ya no podía reírse de los poemas que antes consideraba estúpidos y cursis. ¿Cómo se explicaba que cada objeto que contemplaba estuviera relacionado de algún modo con ese sentimiento? Ejemplos de ello eran no sólo las flores del jardín y los pájaros matinales, sino también los lápices, la sopera y todas y cada una de las piedras del camino.

–Y sé amable con la señora Ida. Vendrá todas las

mañanas y os preparará la comida. No olvides darle tu ropa sucia, ¿me oyes?

–Quisiera que no te marcharas.

Bettina se puso roja. En realidad sí lo deseaba, ya pensaba con regocijo en las tardes que iba a pasarse sola en casa, pudiendo entregarse por completo a sus ensoñaciones. Joe le escribía cartas y las enviaba a casa de tía Paula. Bettina iba cada día a comprobar si había alguna y toleraba paciente las guasitas de tío Georg. En cuanto pescaba la carta que tía Paula le sostenía en alto, la apretaba contra sí y no la soltaba hasta que veía la ocasión propicia para marcharse sin parecer descortés. Delante de la casa, se apoyaba en la empalizada y abría por fin el sobre. Joe no solía escribir demasiado y tampoco decía cosas bonitas. Escribía de un modo tosco y poco elegante, pero ¿qué importaba? Cada vez que Bettina desdoblaba la carta y la leía, la acera parecía moverse y los castaños bailaban a su alrededor como nubes verdes.

–Quédate, me siento tan extraña.

Bettina se asustó de aquella nueva frase que se le había escapado sin querer, aunque era consciente de que lo que había dicho era verdad. Su madre parecía estar muy lejos, como si la alfombrilla azul que las separaba fuera un ancho río, y Marie se hallara en la otra orilla, inclinada sobre las maletas, inalcanzable y diminuta. Ni siquiera oía cómo Bettina la llamaba; lo descubrió en la expresión de su rostro cuando se volvió. Estaba sonriendo.

–Lo que pasa es que no estáis acostumbrados a que vuestra madre se ausente durante unos días –comentó Marie, al tiempo que doblaba meticulosamente una combinación–. Tu padre... –continuó riendo y frotándose la barbilla en el hombro–, tu padre se comporta como si me marchara un año entero. Y eso que ha sido él quien me ha convencido para que fuera. Vamos, Betti, no me mires así. Ya verás como antes de que os deis cuenta estoy otra vez aquí.

–No me gusta esa mujer, Hella –se quejó Bettina, con voz de niño enfurruñado.

Marie la miró.

–Bah, es un pobre diablo –dijo sin pensárselo dos veces.

Bettina no había oído a su madre en toda la vida pronunciar una frase como aquélla.

–¿Te da lástima porque se le murió el marido y su pariente la deja vivir en su casa por compasión?

–Sí, Betti –respondió Marie con un suspiro–. Baja y súbeme el abrigo. –Bettina se levantó–. Vamos, ven aquí. –Marie la tomó entre sus brazos y la meció unos segundos–. Estos ocho días pasarán volando, y cuando vuelva, vamos a organizarnos un buen programa nosotras dos.

Bettina sonrió sumisa, pero descubrió consternada que la cercanía física de su madre ya no la consolaba como en otro tiempo. Tampoco las rodillas de Guido, sobre las que se había sentado unos días antes para disfrutar de sus bromas cariñosas, le suponían ya un consuelo, por más que se acurrucara y apretara contra él. Su padre también se encontraba al otro lado del río, mirándola sonriente.

–Sigo siendo tu ratita, ¿no? –le preguntó Bettina con voz ronca.

Guido le acarició la espalda y respondió:

–Pues claro que eres mi ratita, mi pequeña y dulce ratita, siempre lo serás, siempre, siempre.

¿Por qué no había podido creerle?

Guido se hallaba inclinado sobre sus papeles cuando Bettina fue a darle las buenas noches. La muchacha se fijó en el libro que su padre tenía abierto a su lado; la imagen mostraba un ángel con casulla de color cereza y la mano en alto. La Virgen, alejada de él, aparecía arrodillada junto a una puerta. La escena ocurría en una mañana de verano bañada por una luz tenue y difusa, y todas las plantas de aquel jardín emitían destellos.

–¿Es difícil? –preguntó Bettina–. ¿Te falta mucho todavía?

Guido afiló los labios y se puso a silbar sin entonar, mientras revolvía ruidosamente las hojas escritas.

–Luego voy a salir un rato a pasear –dijo–, necesito reflexionar. Sí, esta vez me está costando, me resulta muy difícil de formular, no encuentro las palabras adecuadas.

Ahora salía todas las noches a dar un paseo y regresaba tarde. Bettina siempre se dormía antes de que su padre hubiera cerrado la puerta de abajo. Durante el día Guido andaba por la casa como en sueños. Se comía los extraños guisos que la señora Ida dejaba encima del horno, en cuanto ésta se había marchado y Bettina los recalentaba sin abrir la boca. Algunas veces se pasaba toda la cena conversando con su hija; le hablaba de su trabajo, de las dinastías principescas florentinas, de conspiraciones y de la quema de Savonarola, o bien la conducía a su despacho y le leía poemas de difícil comprensión que un poeta italiano había dedicado a una mujer siglos atrás. Otras veces, en cambio, no cruzaba una sola palabra con Bettina en toda la cena, y las historias del colegio que su hija le contaba, que por lo general tanto le hacían reír, no obtenían por respuesta más que un amable gesto con la cabeza. Por si fuera poco, en esas ocasiones

Guido no dejaba de jugar con las migas de pan diseminadas por el mantel, algo que Bettina tenía prohibido.

Estaba escribiendo algo sobre la figura del ángel en el Renacimiento y el Manierismo. Eso era todo lo que Bettina había podido saber. La gran gama de ángeles colgados sobre el escritorio de su padre se le enmarañaban en la mente. Algunas noches, antes de dormirse, creía escuchar un batir de alas procedente del jardín. Entonces aspiraba profundamente el aire que entraba por la ventana. ¿Los ángeles olían a azucena? ¿O quizá a incienso y mirra?

Junto al río, bajo las mimbreras, la hierba aparecía salpicada de manchas ocre y oro como la panza de un gran pájaro, en los lugares donde el sol atravesaba la hojarasca. El río elevaba un murmullo, y el fino zumbido que producía al arrastrar las piedrecitas en el lecho inundaba el aire como si fuera ésa la voz del verano.

Joe apoyaba su cabeza sobre el pecho de Bettina. La tarde parecía interminable, una tarde eterna. El verano no acabaría nunca, la noche no iba a caer, el otoño no existía.

Bettina desplazó un poco hacia abajo la pesada cabeza de Joe. Percibió las sombras de las hojas jugueteando sobre sus párpados cerrados y un rayo de sol posándose sobre su boca, para dejar paso de nuevo, segundos después, a la sombra.

De vez en cuando, la muchacha se sacudía alguna hormiga que le correteaba por el brazo desnudo. El vestido blanco con un estampado de hojitas verdes la hacía invisible bajo los arbustos, la convertía en una moradora del bosque, una habitante de la pradera enamorada de un ser humano.

–¿Dónde vamos a vernos en invierno? –preguntó Joe, espantando una mosca que se había posado sobre su rodilla.

–¿Dónde te gustaría que nos viéramos?

–Quisiera tener una casa, una casa en el jardín; un bungalow alargado y con el tejado completamente plano.

Bettina soltó una carcajada.

–¡Venga ya! ¿Con un par de abetos en el jardín y un banco debajo?

–Bueno, tendría una espaciosa y magnífica sala de estar con sofás bien mullidos. Dos sofás, uno frente al otro, y los sillones a juego. Y una alfombra, tan verde y blanda como un prado.

–Nuestro salón particular está aquí, la sala de la pradera, aquí tenemos nuestro campamento. ¿Para qué necesitamos una alfombra?

A Bettina no le gustaba la casa de la que hablaba Joe. Le daba vergüenza pensar en el tresillo. Había que andarse con tiento con las moradoras de la pradera, ya que podían convertirse en sauces.

–Pero en invierno no hay ningún sitio donde podamos ir a abrazarnos como aquí –arguyó Joe en tono de reproche–. Para un hotel no tenemos dinero, y a casa tampoco podemos ir.

–A las cuatro tengo cita con el dentista –repuso Bettina. La tarde tocaba a su fin. El otoño llegaría a su hora.

Joe se incorporó y la abrazó.

–No tengo ningunas ganas de ir al dentista –se lamentó Bettina.

Joe le introdujo entonces un dedo en la boca y lo paseó entre sus dientes.

–Lógico, además no te hace falta –diagnosticó el muchacho.

El dedo tenía un sabor amargo. Bettina no tardó en notar también la boca del muchacho abriéndose paso. A diferencia del dedo, sabía a verano, a ortiga muerta, a acedera. Bettina le apartó la mano y le rodeó con sus brazos.

Encima de ambos, entre las mimbreras, zumbaban las moscas y, una vez más, el día parecía eterno. El verano se extendía ante ellos, interminable, teñido de verde y oro.

Joe le puso dos hojitas sobre los ojos. Intentaba introducirle las manos dentro del vestido, pero Bettina se las tenía bien cogidas y trataba de encontrar a ciegas su boca para besarle. No podía permitir que aquellas manos la tocaran, aunque no sabía por qué. Le entraba el miedo cuando pensaba en su cuerpo desnudo, que solamente ella había contemplado en el espejo y le pertenecía en exclusiva. Se imaginó aquellas manos, que sostenían con firmeza el volante, la raqueta de tenis, el cigarrillo, reposando sobre sus senos, y deseó verlas allí, pero cada vez que, con los ojos cerrados, se decidía a dejar que sucediera, entraban en escena sus propias manos, como dos guardianes autónomos, y mantenían a raya a las intrusas.

–Una casa así, para nosotros dos, lejos de la ciudad –dijo Joe–. Tendríamos una cama enorme cubierta con una manta de pieles y repleta de cojines, y por las noches... cuando yo regresara a casa...

Bettina le tapó la boca.

Marie se hallaba de pie junto a la mesa de trabajo de Bettina. Ésta fingía escribir algo en su cuaderno, pero en realidad estaba temblando. En el último momento había conseguido esconder la revista de colores que estaba leyendo debajo de unos libros. En la portada aparecía un hombre con una rubia entre los brazos, a la que obligaba a arquear tanto la espalda que la melena le colgaba como un manojo de paja. Era evidente que nadie tenía unos labios así, como dos gordos gusanos rojos, ni las pestañas tan largas, ni el torso tan delgado y los pechos tan afilados, pero Bettina sentía la necesidad de comprar esas revistas. El deseo de leerlas era mucho más poderoso que el delirio que de pequeña tenía por los helados y el chocolate. A pesar de todo, siempre la decepcionaba la descripción que ofrecían de los besos, y se esforzaba en encontrar las palabras para expresar lo que sentía cuando, sentada en el coche con Joe, su rostro se le iba acercando hasta que el aroma de su boca la embriagaba, obligándola a cerrar los ojos. Un curioso dolor la tomaba entonces, y no la abandonaba ni siquiera cuando, más tarde, caminaba sola calle abajo, con el pelo revuelto y la barbilla irritada.

Marie no dijo una sola palabra y Bettina, temerosa, alzó la vista. La madre la había visto esconder la revista bajo los libros y la cara se le había puesto pálida y desencajada. Bettina trató de disimular cogiendo una gran bocanada de aire, pero entonces descubrió que Marie llevaba otra cosa en la mano, algo que se disponía a mostrarle con gesto tembloroso. Era la libretita que Bettina escondía debajo del colchón, donde solía escribir por las noches lo que le había sucedido durante el día.

–¿Quién es Joe? –tronó Marie, dejando caer la libreta encima de la mesa–. ¿Quién es ese Joe? ¿Puedes contestarme? A éste no te lo has inventado; te advierto que lo he leído todo.

Marie se sentó en una silla como si le flaquearan las rodillas bajo el peso de su hallazgo. Miraba a Bettina como si su hija padeciera un mal irreversible, incurable, una enfermedad en fase terminal.

–Es el hermano de Julia.

Bettina apenas podía hablar y se esmeraba en recordar a toda prisa lo que había escrito. Pero Marie no la escuchaba; sólo apoyó la cabeza entre sus manos y, con la cara vuelta hacia la pared, murmuró:

–Mi niña, mi propia hija. Nunca hubiera pensado eso de ti. ¿Qué debo hacer ahora? ¿Qué voy a hacer con una persona así, una persona en quien yo confiaba?

Bettina se había quedado helada. No entendía la desesperación de Marie. Era incapaz de pronunciar palabra; tampoco habría sabido qué decir, ya que no tenía ni idea de lo que le había hecho a su madre.

–¡Esto se va a acabar!

Bettina se sobresaltó. Marie, que se había puesto muy roja, estaba gritando como Bettina nunca se lo había visto hacer.

–¡Se ha terminado!, ¿me oyes?, ¡terminado! –chilló fuera de sí, sin dejar de parpadear.

Bettina quiso coger la libretita, como si fuera ese pequeño cuaderno rojo, sobre la mesa entre ambas, el único culpable del enfado de su madre. Pero Marie le propinó un cachete en la mano, agarró la libreta y la sujetó fuertemente con las dos manos, al tiempo que la blandía en el aire.

–¡Cochinadas! –jadeó Marie–. ¡Eres una... perdida! ¡En el arroyo vas a acabar! –Se levantó y le restregó a Bettina la libretita por la nariz–. Y esto me lo quedo. Más te vale escribir en tus cuadernos del colegio, holgazana desagradecida. Tu padre se mata a trabajar por nosotras y tú te atreves a sacar un cuatro en latín, sólo porque tienes a un tipo de ésos metido en la cabeza.

Se marchó dando un portazo tras de sí.

Bettina se apresuró a deslizarse dentro de la cama y se cubrió completamente con la manta. En su mente se arremolinaban imágenes y fragmentos de conversación, danzando a su alrededor a un ritmo endemoniado y mareante, una procesión enloquecida desfilaba al son de una música estrepitosa, encabezada por unos abanderados que no dejaban de tropezar unos con otros, caerse al suelo y gritar. Las mujeres que aparecían en la revista cruzaban como un rayo su campo de visión con los cabellos y las faldas volando al viento. Su madre llevaba un cuchillo de cocina en la mano y le mostraba los dientes. Bettina no lo quería ver. Se tapó las orejas y abrió mucho la boca.

–Mamá –se oyó decir a sí misma–, mamá.

Pero la procesión pisoteó la hierba, las flores de los parterres y destrozó los arbolitos.

En el jardín florecían los amelos.

Marie estaba de pie en medio del salón mientras el sastre, un hombre pequeño y rechoncho, iba dando vueltas a su alrededor, señalando con alfileres el dobladillo de su nuevo abrigo de invierno. Una de las mangas ya estaba montada, y del hombro descubierto le colgaba un largo pedazo de entretela de crin. Mientras pelaba manzanas sentada en el sofá, Bettina contemplaba a su madre, allí de pie sobre la alfombra como una campana deformada, con los pies desnudos dentro de los zapatos que se había calzado expresamente para la prueba.

–¿Qué le parece cómo le queda así? –preguntó el

sastre, volviéndose para mirar a Bettina. Se había puesto a cuatro patas como un perro grandote y respiraba con pesadez. Curiosamente, parecía turbado.

Bettina observó con atención la tela de color verde oscuro salpicada de gruesas puntadas blancas. Marie se mantenía extrañamente rígida y evitaba mirar a su hija; tampoco miraba al sastre. El cuello del abrigo se elevaba entre un galimatías de pedazos de forro y tiras de papel marrón de envoltorio. El sastre seguía en el suelo. Bettina colocó en la fuente la manzana que acababa de pelar y se levantó despacio.

–Desde allí detrás lo verá mejor –dijo el hombre casi en un susurro. Y entonces Bettina se percató de la causa de su extraña actitud. Su madre estaba llorando. Las lágrimas le resbalaban por las inmóviles mejillas y se hundían en la tela verde, dejando manchas redondas en las cintas de papel. Bettina no había visto nunca llorar a su madre.

–¡Mamá! –gritó, rodeando al sastre, que clavaba agujas en una almohadilla sujeta alrededor de su muñeca.

Bettina sintió el impulso de abrazar a su madre, pero se frenó al percibir su cuerpo rígido y agarrotado bajo los pliegues de la tela. Marie tenía la vista clavada en el rincón donde se encontraba la lámpara de pie.

–Déjame –balbució, con un hilillo de voz que dejó patentes los esfuerzos que hacía por contener el llanto–. Déjame.

El verano anterior, en una ocasión en que ambas se habían adentrado nadando en el mar de Cap Antibes, Marie se giró de repente hacia su hija exhibiendo un rostro tan congestionado que Bettina pensó que debía de haber un tiburón en las inmediaciones.

–El corazón –gritó Marie–. Mi corazón. Ven Bettina, no puedo seguir nadando.

Bettina, que en el club de natación había aprendido cómo se socorre a una persona que se está ahogando y se la lleva hasta la playa, alcanzó a su madre con dos brazadas y le pidió:

–No tengas miedo, yo te salvaré. Tranquilízate y échate sobre mí, yo te llevaré hasta la orilla.

Marie se calmó enseguida. Respiró hondo un par de veces pero no se dejó coger por Bettina, que braceaba a su alrededor, ardiendo en deseos de salvarla.

Ya en el camping, Marie se había echado temblando sobre la arena, junto a las tiendas de campaña de color naranja. Bettina, que no podía imaginar cómo sentiría uno el corazón para que le entrara aquel miedo tan espantoso, y que, personalmente, se sentía absolutamente inmortal dentro del agua, aconsejó a su madre que respirara hondo y se arrodilló a su lado como un joven enfermero.

–Bettina me ha salvado la vida –comentó luego Marie, sentada junto a la mesa plegable, mientras Guido vaciaba una lata de raviolis en un cazo, sobre el hornillo de gasolina.

–No es cierto. Pero si no me has dejado –se quejó Bettina, y se dispuso a quitar el capuchón de plomo de la botella de vino.

–Claro que sí, tú estabas allí –respondió Marie, y Guido le dedicó a Bettina una mirada cariñosa, al tiempo que le enviaba una breve sonrisa de complicidad, como si Marie fuera la problemática niña de ambos que se imaginaba todo tipo de cosas que ellos debían permitirle porque la querían.

El sastre dejó la tijera sobre la mesa, junto a la tiza

cuadrada y el acerico, y ayudó a Marie a sacarse con cuidado la prenda a medio coser.

–No, no se mueva –le dijo–. Déjeme hacer. Cuidado, no quisiera pincharla.

Marie asintió con la cabeza.

–No ha pasado nada –dijo por fin en voz bien alta.

Por las noches, Bettina oía vociferar a Marie en la habitación de abajo. Era el despacho de Guido. Los gritos quedaban a ratos amortiguados, para crecer de nuevo repentinamente y acabar perdiéndose en un murmullo. Se producían unas pausas acongojantes durante las cuales Bettina esperaba la intervención de Guido. Pero ni una sola sílaba de las que él pronunciaba llegaba a los oídos de Bettina. Decidió meterse en la cama y se tapó las orejas, pero no sirvió de nada. En el frágil silencio de los oídos tapados continuaba escuchando la voz de Marie. Se levantó a buscar la camiseta de Joe, escondida detrás de los libros de la mesilla de noche, y se la envolvió alrededor de la cabeza. Si al menos pudiera hablar con Joe. Pero sobre ese tema no podía hablar con nadie; apenas era capaz ella misma de pensar en lo que estaba ocurriendo en la habitación de Guido.

Marie se ponía firme cada vez que Bettina trataba con disimulo de indagar la causa de sus desdichas, y cuando se le ocurrió preguntarle a Guido, acercándose cariñosa a él una noche en que estaban ambos sentados en el sofá, él se apartó de su hija y la miró a los ojos. La cara le había cambiado por completo. Su boca ya no era más que una línea recta y sus ojos lanzaban peligrosos destellos, aunque no llegó a perder la compostura ni un solo instante. Bettina se asustó al ver aquella expresión. Por primera vez advirtió las manchas de color marrón en las mejillas de su padre, y los cabellos grises que brillaban entre los negros, unos hilillos tiesos y de aspecto enfermizo que parecían hechos de otro material. «Ni siquiera es tan distinto de los padres de mis amigas», pensó Bettina, y de pronto la invadió una pena asombrosa. No deseaba juzgarle tan duramente; le habría gustado esconder la cara contra su cuello, pero él la detuvo cogiéndola tan fuerte que casi le hizo daño.

–Tu madre tuvo una infancia muy difícil –dijo Guido por fin–. Debemos ser muy buenos con ella.

–¿Pero qué le pasa ahora? ¿Por qué lloró? ¿Fue por mi culpa?

La última pregunta la formuló Bettina en un susurro casi inaudible y con el cuerpo doblado hacia delante. Estaba dispuesta a confesarle a su padre lo que había hecho. No deseaba seguir cargando sola con el peso de sus fechorías; pues debían de ser fechorías, ya que, de otro modo, Marie no se habría puesto tan triste.

–Mi pequeña Betti, ratita, no, tú no tienes ninguna culpa. ¿Cómo se te ocurre una cosa así? ¿Por qué tú precisamente?

Bettina le miró. De manera que Marie no le había contado nada del diario. La joven pugnaba por encontrar las palabras apropiadas para hablarle a su padre de Joe.

–Tu madre tiene unos celos enfermizos.

–La voz de Guido sonó de nuevo ahogada, como la voz de un médico que le comunica a su paciente que sufre una amigdalitis.

–¿De quién? ¿De quién tiene celos? –inquirió Bettina, mordiéndose el labio.

–De esa pobre mujer, de Hella. Figúrate, es del todo infantil.

Bettina tragó saliva.

–¿Y a ti te gusta?

–¡Menuda burrada! No es más que una pobre chica que ansía que le dediquen un poco de atención, una persona inteligente que después de haber disfrutado de los estímulos culturales que ofrece Berlín, aquí se está consumiendo. –Guido se había ido acalorando–. Yo le he pedido a tu madre en repetidas ocasiones que se preocupe un poquito por ella, que le brinde un poco de amabilidad, en fin, que alguna vez... pero nada... nada. Ella, tozuda como una mula –concluyó, bajando la cabeza–. ¿No te da lástima una persona así?

–Sí –mintió Bettina–. ¿Y tú de qué hablas con ella? –preguntó rápidamente.

Guido se puso en guardia. ¿Se había dado cuenta de que le había mentido, de que no sentía lástima de Hella? No, puesto que ya estaba hablando otra vez.

–Eso me lo pregunta siempre Marie; ¿de qué queréis que hablemos? Pues sobre teatro y arte, sobre su marido, que era piloto de caza y fue abatido en plena juventud. En tales circunstancias, una mujer tan vital se va quedando atrás... sola... –Guido se interrumpió para lanzar un suspiro que Bettina aprovechó para dejarse caer sobre su pecho–. Hemos de ayudar a mamá –continuó–, los dos. No le cuentes nada de nuestra conversación, ¿vale? Es mejor así.

–¿Y cómo voy a ayudarla?

–Vamos, Bettina, cariño, no te rompas ahora la cabeza con eso. Piensa que estas cosas suelen pasar alguna vez en los matrimonios. Lo superaremos. No es necesario que hagas nada. Sencillamente, trata a tu madre con el cariño de siempre... y yo haré lo mismo. Ahora vete a la cama, ratita, tienes ojos de sueño.

–Entonces, ¿ya no volverás a ver a Hella? –quiso saber Bettina, al tiempo que se levantaba desperezándose.

–Claro que la seguiré viendo, ¿por qué no? Ella no tiene la culpa de que tu madre sea tan... tan... que se imagine cosas tan raras.

–Guido se puso en pie y se acercó al escritorio. Tras poner en orden algunos papeles, cerró de un golpe un par de libros todavía abiertos sobre la mesa.

Los ángeles seguían allí, de puntillas, impertérritos, con sus dorados instrumentos musicales entre las manos, las vestiduras henchidas y el resplandor sagrado coronando sus cabezas, tan fino como la oblea.

–Pon algo de música, así me duermo enseguida –le pidió Bettina, ya junto a la puerta.

–De acuerdo –respondió Guido, y le dijo adiós con la mano. Era la primera vez que se despedía de ese modo.

En el salón de tía Paula, la luz se encendía a primera hora de la tarde.

–¿Tiene alguna historia con esa mujer? –Tía Paula estaba sentada frente a Bettina con una taza de café–. Bettina, te acabo de hacer una pregunta.

–No lo sé –repuso la muchacha, metiéndose en la boca un trozo de pastel de manzana.

–Tu madre me preguntó si sabía algo de un lío con un chico, era en relación a ti. –Paula dio a su sobrina un golpecito en el hombro–. Un lío... –repitió riendo–. Supongo que no harás ninguna tontería con tu amiguito, ¿verdad? A mí me parece lógico que una muchacha a tu edad desee tener novio. Yo lo comprendo perfectamente, pero como Marie se entere de que os sirvo de correo, ¡que Dios nos ampare! –terció Paula, cogiendo un poco de nata con el dedo–. No sé qué le ocurre. Ya no se puede ni hablar con ella. Es igual que su madre, como una cabra loca; cuando se pone así de terca no hay manera de sacarle nada, es increíble. –Paula removía el café pensativa–. ¿Y qué es lo que hacéis vosotros dos cuando estáis solos? –preguntó en tono inocente, enviándole un guiño–. Unos cuantos besitos, ¿no?... ¿Y qué más? Pero si tú eres mi listísima Bettina, sabes muy bien lo que hay que evitar. No sé por qué Marie se preocupa tanto. Según ella, eres aún demasiado joven para eso, pero yo creo que nunca se es demasiado joven para estas cosas, ¿verdad, Betti? –observó tía Paula risueña. Bettina fue a arrodillarse en el suelo junto a ella y le dio un abrazo–. Mi hermosa Bettina, mi preciosa niña quiere a su amorcito. ¿Tengo razón? –Bettina asintió, con la cara muy próxima al cálido pecho de su tía–. Eso está bien –dijo, y le alcanzó un terrón de azúcar que había sumergido previamente en el café–. Muy bien. Y ahora, las dos vamos a mantener una conversación de personas adultas. ¿Qué hay de esa historia que Marie no quiere contarme del todo?

Betti bajó la cabeza.

–Mamá está celosa; eso es lo que dice papá.

–Claro, y con razón. ¿Qué más? Vamos, vamos, estoy convencida de que has estado espiando siempre que has podido.

Bettina negó con la cabeza. ¿Cómo podía explicarle a tía Paula que no deseaba oír nada, ver nada ni pensar en nada?

–Yo creo que solamente charla con ella porque la

pobre se encuentra muy sola –respondió la joven tratando de parecer tranquila.

–¡Esa puta sin escrúpulos! –exclamó Paula, y a Bettina le sentó de maravilla esa descarga de rabia–. Es una vulgar cazadora de herencias. –Paula conocía muy bien esa palabra. Había que andarse con cuidado; seguro que de un momento a otro se pondría a criticar a la mujer de tío Leonhard.

–No tiene nada de guapa. Parece un hombre –se apresuró a comentar Bettina.

–La vi en una ocasión –contestó tía Paula, sombría–. Tiene ojos de carnero degollado –añadió sentándose bien–. Eso les gusta a los hombres.

–¿Tú crees? –Bettina no quería creerlo.

–¿Qué piensas de mis ojos? –le preguntó Bettina a Joe, apoyando la cabeza sobre su hombro. Estaban sentados en un banco del parque. Habían ido paseando hasta allí.

–Apuesto lo que quieras a que ni siquiera es verdad que necesita el coche para él –dijo Joe–. Me parece que lo único que pretende es fastidiarme.

–¿Te gustan mis ojos? –Bettina abrió mucho los ojos y miró hacia arriba, a la cara de Joe.

Una mujer paseando un caniche se acercaba por el camino. Joe se apresuró a quitarse de encima a Bettina y estiró las piernas sobre la gravilla.

–¿Y ha sido por mi causa, por lo nuestro? –preguntó Bettina.

–Puede ser.

–Yo nunca lo digo en casa cuando nos vemos. Le digo a mi madre una mentira. Ya me sale tan bien que ni siquiera tengo mala conciencia.

Joe se encendió un cigarrillo.

–Él... bueno, ahora le da por hacer tonterías –cuando Joe decía él, se refería a su padre.

Bettina observaba al muchacho con preocupación.

–¿Qué hace? –le preguntó.

–Ah, es que es tan asqueroso... quiso saber si nosotros... si... bueno, si yo hago contigo... ya sabes. Durante la cena, estuvo haciendo chistes sobre eso. Decía cosas repugnantes y se reía a carcajadas. Debe de pensar que, como padre, tiene el deber de hablar así con su hijo. –Joe se estremeció.

–¿Y cómo hay que hablar con un hijo? –inquirió Bettina.

–Bueno, no sé, así de hombre a hombre. No sé cómo se lo imagina él, pero...

–Guido habla conmigo como con una persona mayor.

Joe le lanzó una mirada.

–Ya, tu padre...

–Te digo que sí.

Bettina quería contarle cosas sobre Guido, pero Joe se le adelantó.

–... y en cuanto levanté un poco la voz se puso enseguida como un energúmeno, gritando que luego tendría que mantenerme él, porque yo era un don nadie y este año iba a suspender de nuevo...

La mujer del caniche desapareció al doblar la curva y Joe miró a Bettina con aire de rebeldía.

–¿Y te quedaste sentado?

–Sí.

–Dios mío, Joe.

–Calla, Bettina. Nos tenemos el uno al otro. Es lo único en lo que puedo pensar... día y noche.

Estuvieron un rato en silencio y Bettina trataba de

disfrutar de la frase que Joe acababa de pronunciar.

–Mira, mis padres están... –empezó a decir.

Pero entonces, Bettina vio que se acercaba una mujer empujando un cochecito de niño. Joe puso cara de preocupación y asintió con la cabeza. Contrajo las facciones y carraspeó. Bettina se inclinó hacia un lado y se quedó mirándole con curiosidad. Joe intentaba decir algo. En ese momento, la mujer con el cochecito se detuvo frente a ellos y se dispuso a pelar diligentemente una banana. Bettina y Joe observaron cómo se la tendía al niño, y éste la estrujaba con tal fuerza entre sus manitas que acababa por aplastarla, dejando caer un trozo sobre la gravilla.

–Cerdito, eres un cerdito impaciente –le reprendió la mujer, dirigiendo a Joe y a Bettina una mirada de complicidad. «Una mirada de las que sólo saben hacer las madres que van acompañadas de sus niños pequeños –pensó Bettina–, porque tienen la sensación de que todo el mundo está pendiente de su hijo.» La mujer emprendió de nuevo su camino y se alejó. Bettina intentó besar a Joe.

–Cerdito impaciente... –le susurró a su amigo en la oreja.

–Deja –cortó Joe–. Quiero decirte algo... bueno, no. Mejor no. Espera.

–Dilo ahora mismo.

Joe se revolvió sobre el banco, se pasó las manos por el pelo y luego levantó la vista hacia las copas de los árboles.

–Dilo, dilo, dilo ya –suplicó Bettina.

–Igual ni siquiera quieres saberlo –se excusó Joe, y parecía tan triste que Bettina se asustó.

–¿Tiene algo que ver con nosotros?

–No.

–¿Es algo tuyo?

–No.

–Entonces es algo que tiene que ver con personas ajenas a nosotros –dedujo Bettina aliviada.

–No –respondió Joe encogiendo el mentón.

–Dilo de una vez, por favor.

–Está bien. Yo suelo... aunque tú me lo prohibiste, bueno, algunas noches paso por tu casa a pie... o en coche, cuando ésos me lo dejan... Paso por delante como un transeúnte cualquiera, ¿comprendes? Solamente lo hago por ver tu casa; quizá todavía haya luz, y quizá...

–¿Y? ¿Y? Vamos, continúa...

–Hace pocos días me dejaron el coche. No aparqué delante de tu casa, sino donde te dejo a veces, ya sabes..

–Sí, ¿y entonces?...

–Entonces vi que se acercaban por la calle un hombre y una mujer, y cuando llegaron a la altura de la farola reconocí a tu padre. Tú me lo señalaste hace poco, aquel día que nos encontramos casualmente en el cine, ¿te acuerdas? Era una película sobre un hombre que...

–Joe, te lo ruego, continúa, Joe.

Bettina deseaba escucharlo, aunque sabía perfectamente lo que iba a venir ahora.

–La mujer, sin embargo, no era tu madre, ya que también la conocí ese mismo día...

–¡Joe, por lo que más quieras, dilo de una vez por todas!

–Bueno, era una mujer alta y delgada, con el pelo claro, un cabello que parecía una boina afelpada. Enseguida me agaché para que no me vieran y esperé hasta oírles marchar, cada uno por su lado o los dos juntos. Pero esperé y esperé y no se oía nada, de manera que levanté la cabeza con cuidado y fue cuando vi que... que se estaban besando. Pero besándose de verdad. Bettina, no sabes el susto que me llevé. Yo no quería verlo, por ti, pero tampoco podía apartar la vista de ellos.

–¿Y cómo se besaban? –quiso saber Bettina, asombrada de sí misma pues no estaba sintiendo absolutamente nada, ni espanto ni rabia.

–Bueno, se besaban de un modo, bueno, a lo salvaje, como si en cualquier momento fueran a desnudarse y a dejarse caer juntos sobre la hierba... Perdona.

–Tonterías –respondió Bettina.

Joe quiso abrazarla.

–No me lo creo –gritó ella–; ni siquiera pudiste ver bien a mi padre.

–Sí le vi.

–Además, ¿qué hacías ahí plantado delante de mi casa?

–Ya veo, ahora pretendes echarme a mí la culpa, porque yo...

–No me da la gana de que por las noches, sin que yo lo sepa...

–¿No quieres, eh? ¿Y por qué no? A lo mejor es que tú también te paseas alguna vez por allí con algún tipo...

Bettina no comprendió a Joe enseguida y se quedó mirándole fijamente.

–¿Qué opinas tú de la fidelidad? Bettina... quizá tú también me hayas...

–Te estás pasando –le interrumpió ella, decidida a levantarse.

Pero Joe se lo impidió.

–Era tu padre. Le vi perfectamente.

–¡No! –gritó la muchacha echándose a temblar. Tuvo que abrir la boca, pues notaba cómo le iba subiendo un rumor angustioso, a medio camino entre grito y sollozo. Le daba mucha vergüenza, pero no podía aguantárselo.

–Tú has insistido en que te lo diga –gritó Joe–. Querías oírlo.

–¡No! –rugió Bettina–. ¡No!

–Bueno, puede que realmente me equivocara –repuso Joe finalmente, desconcertado por completo.

Por la noche, acurrucada en su cama, Bettina pensaba con fastidio en las cortinas azul celeste con las lunas y las estrellas. Ese tipo de cortinas eran propias de una habitación de niños. A través de ellas debía de deslizarse el ratoncito Pérez, y, al otro lado, en el exterior, dormirían las florecillas bajo la luz de la luna. Se desharía de ellas a la mañana siguiente, quería unas cortinas nuevas, diferentes, de color granate y tan recias que una vez corridas no dejaran pasar ni un atisbo de luz. La señora Ida podía confeccionárselas. Mañana mismo.

«Almuerzo en la pista de tenis», pensó Bettina con frialdad. «Dos equipos rivales tratando de jugar limpio.» Los pelotazos le silbaban en los oídos. Sentada a la mesa, al lado de los jugadores, observaba el partido sin desempeñar función alguna. No era el juez. Ni siquiera el recogepelotas. Se arreglaban bien sin ella; incluso habían olvidado que había una espectadora. «Mirar y callar», pensó Bettina.

El padre al saque:

–Este verano sí que cogiste color, Marie. Todavía estás morena.

Marie al resto:

–Y eso que no trabajé demasiado en el jardín. Debería haber plantado un par de zarzas de bayas, una para Bettina y otra para mí.

–Pero si ya tenemos bastantes –«Out» para Guido.

Servicio Marie:

–Esta vez supongo que vas a ayudarme con la cosecha; los arbustos están muy pegados a la empalizada, y eso lo haces mejor tú.

Guido:

–Claro que te ayudaré. En un par de días voy a tener por fin mis ángeles en el saco.

–Con que en el saco, ¿eh? ¿Así lo llamas tú?

–¿Por qué? ¿Cómo debo llamarlo, querida? ¿Cómo prefieres tú que lo llame?

–Me da lo mismo dónde tengas tú tus ángeles.

–Marie, por favor.

–¡Marie, por favor, Marie, por favor! Déjame en paz con tus ángeles. No creo en ellos.

–Eso es cosa tuya. Pero me parece que mientras os alimentéis gracias a ellos deberías respetarlos un poco más.

–Tú me lo has dado todo, sí. Me siento a tu mesa y me como tu pan. Gracias, generoso.

–Marie, eso es una chiquillada.

–¿Sí?

–No sabes lo que dices.

–A lo mejor es que hablas demasiado poco conmigo.

–Lo que pretendes es estropearnos a todos el día con tu mal humor. Haz el favor, Marie.

–De modo que os estropeo el día. Y que tú me estropees a mí todos mis días, uno tras otro, te importa poco, ¿no es cierto?

–No hace falta que grites, Marie.
–Eres un hipócrita y un mentiroso.
–Estás histérica, ahora estás...
–¿Te crees acaso que todos somos ciegos? –Golpe ganador.
–¿Quién, todos? ¿A quién te refieres?
–A tus amigos. Me han telefoneado.
–No.
–Sí.
–¿Quién?
–Una humillación, una humillación terrible. Yo no quería decirte nada, no tenía que habértelo dicho. Pero ya no aguanto más, yo...
–Marie, no llores. ¿Quién...?
–No quiero creerme nada de lo que dicen... quiero creerte a ti...
–No llores, Marie. ¿Quién te ha...?
–No señor. A ti te importa un rábano que yo llore... ni siquiera te enteras cuando...
–Espera, Marie. Quédate aquí.
–No te hará falta presenciarlo, a ti, un hombre tan cargado de sensibilidad. –Portazo.
Juego y set.
A un espectador le está permitido levantarse, abandonar el sitio. Bettina observó la mesa con los platos llenos, la fuente de la ensalada y el arroz frío.
En su habitación, trataba de seguir contemplando a las dos personas sentadas con ella a la mesa como a dos seres extraños, continuar permaneciendo al margen, como si la cosa no fuera con ella; sin embargo, cada vez se le hacía más difícil. Suma y sigue.
–Bettina, ¿te marcharías conmigo?
–¿Adónde?
–A otra ciudad.

–Pero el colegio...
–Allí también habría colegio.
–Pero Guido...
–Guido, Guido se quedará aquí. En esta casa, pero no solo.
–No lo creo.
–¿Vendrás conmigo? Dímelo.
–¿Y de qué viviremos?
–Encontraré un trabajo.
–¿De qué, mamá, de qué?
–Mujer de la limpieza o dependienta.
–Calla, mamá. Todo se arreglará. Guido dice que sólo nos quiere a nosotras, a ti y a mí.
–Miente.
–No, mamá, no.
–¿Vendrás conmigo, si decido marcharme?
–Sí.
–No temas, no pienso dejarte en la estacada.
–No, mamá.
–Vamos, no llores. Todo irá bien.
–Sí, mamá.

–¿Quieres separarte de nosotras, de Marie y de mí?
–No, pobre cariño, ven aquí. ¿Qué te ha contado tu madre?
–Nada, sólo lo pensaba, como ya no os queréis.
–Vamos, Betti, tú no lo entiendes. Sí que nos queremos. Lo que pasa es que no estás acostumbrada a las peleas. Me parece una irresponsabilidad por parte de tu madre que te implique en esto. ¿Qué es lo que te ha dicho?
–Nada. Sólo que piensa que ya no nos quieres.
–Mira, no me hagas reír... Betti, ¿es que no me crees?

–Sí, pero esa mujer, esa mujer pretende seducirte. Eso es lo que dice tía Paula.

–Ah, tía Paula. Ésa ve por todas partes mujeres que quieren arrebatarles los hombres a las demás.

–Ya, pero tú la besas.

–¿Yo? ¿A quién?

–A Hella.

–¡Bobadas!

–La gente lo comenta –musitó Bettina. No debía decir nada de Joe.

–¿Quién te ha contado una cosa así?

–Nadie en concreto. Pensaba que has cambiado tanto desde que...

–Con que ésas tenemos, ¿eh? Te dedicas a espiarme, ¿no es cierto? ¿Te lo ha pedido tu madre, que hagas de espía de tu propio padre? Dímelo... –gritó Guido, sujetándola fuertemente por el brazo.

–¡Aaay! –se quejó Bettina.

–Perdona, pero es que me saca de mis casillas.

–Ella no tiene nada que ver.

–Ven aquí, Betti, bien cerca de mí. Vamos, siéntate sobre mis rodillas. Un hombre, todo hombre, ¿entiendes?, tiene a veces necesidad de una mujer que... ¿cómo decirlo?, que le haga sentir lo importante que es para ella, que le haga creerse el más grande.

–Pero Marie...

–A Marie ya no le interesa su marido; ella... no permite que me acerque; de eso ya hace mucho tiempo, desde que tú viniste al mundo. No me mires así, tú ya eres una chica mayor, una persona inteligente. Sabes cómo funcionan las cosas entre dos personas. Bien, Marie es una madre maravillosa, eso lo sabes tú, pero como mujer, para un hombre como yo, ya me comprendes. A veces, un hombre es como un animal. No me mires así. Con los hijos se porta siempre bien, aunque alguna vez haga algo censurable. ¿Entiendes? Vamos, dame un beso, Bettina.

–No puedo.

–Bueno, pues vamos a hacer un trato. Los dos cuidaremos de Marie y nos querremos mucho el uno al otro. No volveré a ver a Hella. Tampoco me importa tanto. No me importa tanto como tú, ni tanto como Marie. ¿Me has oído?

–Sí, papá.

Cuando Marie estaba triste, toda la casa cambiaba. Las habitaciones yacían abandonadas e inhóspitas, los muebles parecían estar en medio del camino, como dispuestos al azar, esperando que pasaran a recogerlos los del camión de la mudanza. Las cosas ya no querían saber nada unas de otras. Las cucharas de plata, que por lo general se acoplaban perfectamente en su cajón, iban cada una por su lado. Las ollas, cazos y cazuelas ya no se ajustaban unas dentro de las otras en el armario de la cocina. En el baño, la pastilla de jabón degeneraba en una pasta amarillenta, en medio de un charco de agua, y las toallas se caían misteriosamente al suelo cada vez que Bettina se disponía a cogerlas.

Sin embargo, el jardín permanecía ajeno a la barahúnda. Bettina tenía la impresión de no haber visto nunca tal cantidad de bayas colgando de las zarzas, ni la hierba tan alta y espesa como en ese momento. Los manzanos se doblaban de tal modo bajo el peso de la fruta que fue necesario enderezarlos con estacas. Las frambuesas proliferaban pegadas a la empalizada como un muro inexpugnable.

Marie se perdía en el jardín, y a Bettina siempre le

costaba lo suyo encontrarla entre las bayas. Su madre volvía a casa cargada con pilas de acelgas, las manos sucias de tierra, acarreando cestos de zanahorias y judías tiernas. Bettina intuía que ella había buscado refugio en el jardín, y las plantas parecían esforzarse de un modo especial en consolarla y ocultarla. Las margaritas amarillas y los amelos tempranos se agolpaban frente a la ventana del salón. Marie las dejaba florecer. Ya no las cortaba como antes para hacer ramos.

Marie lavaba espinacas en la cocina. Cada día hervía verdura, rallaba zanahorias y luego echaba encima puñados de perejil. Todas las noches traía a la mesa platos rebosantes de bayas. Bettina veía el jardín con sus frutos inagotables casi como una amenaza, pero bastantes problemas tenía ella como para alzarse en contra. Además, algún día llegaría el invierno y se encargaría de sofocar aquella alegría desbordante.

–Me voy a la piscina, mamá –anunció Bettina con la vista baja, pensando en Joe, que la esperaba abajo en la avenida.

–No, Bettina, hoy no vas.

–¿Por qué no? Debo entrenarme para el campeonato. El señor Golz me ha dicho que tengo posibilidades. Estoy mejorando mucho en crol, mamá. –La cara de Marie se transformó por completo. Se le desfiguró. Parecía una mujer malvada hablando con un ser extraño y peligroso del que no esperaba más que actitudes y comportamientos condenables.

–Tú vas a encontrarte con ese tipo.

–No es verdad.

–Mientes, pero lo haces muy mal. A mí no me vengas con cuentos. Sigues teniendo esas sucias historias en la cabeza. Te he venido observando.

–¿Cómo puedes ser tan injusta? –gritó Bettina temblando de rabia–. Estás enfadada con papá y lo descargas contra mí.

Marie se tapó la cara con las manos.

–De modo que lo ves así –estalló, y parecía tan desesperada que Bettina tuvo remordimientos de inmediato. Marie tenía razón. Seguro que Joe ya debía de estar mirando el reloj, recorriendo la acera arriba y abajo sin parar.

–Está visto que cuando os necesito... por una vez que os necesito, he de constatar que no tengo a nadie en este mundo –gimió Marie patética. Se apartó las manos de la cara y le lanzó a Bettina una mirada que echaba chispas–. ¡Me has traicionado!

Bettina se tambaleó al escuchar aquella monstruosidad.

–Cuando tú eras pequeña, Bettina... bueno, tus mejillas rechonchas, cuando dormías, y aquellas manitas gordezuelas... cuántas veces me sentaba junto a tu cuna y me quedaba allí, mirándote. Y cuando estabas enferma, me había pasado noches enteras a tu lado, escuchando tu respiración...

–¿Y qué debo hacer, mamá?

Bettina se sentó en el suelo cerca de su madre. La madre que la había tomado en brazos y paseado por el jardín bajo los frutales; la madre que le trenzaba el pelo con delicadeza; la madre que le leía cuentos, sentada junto a su cama, y no se marchaba hasta que ella se había quedado dormida.

–¿Quieres que te lea algo? –inquirió Bettina esperanzada.

–Sí. –Marie se levantó con una tímida sonrisa en los labios, pero en sus ojos permanecían la tristeza y el desánimo.

Marie se tumbó en la cama, y Bettina se sentó a sus pies dispuesta a leerle poemas.

Abajo, en la avenida, Joe, impaciente, caminaba de un lado a otro sin perder de vista la casa. Bettina deseaba que se hubiera marchado ya. Quería imaginar la avenida vacía y apacible como antes, cuando paseaba con su madre bajo los árboles con un cucurucho de cerezas en la mano, y el largo día estival se desplegaba ante ellas como si no fuera a terminar jamás.

Joe le escribió una carta muy triste. «Te estuve esperando –decía–, ¿qué vamos a hacer?»

«Te quiero –le respondió Bettina–. Te echo mucho de menos; la próxima vez que vengas lo arreglaré para que podamos vernos. Mi madre...»

Bettina salió por la ventana y se encaramó a la parra virgen de hojas rojas, que empezaron a caer cuando se apoyó en los sarmientos. En la base del tronco la hierba estaba húmeda de rocío.

Divisó la parte posterior del coche asomando por la esquina y su corazón palpitó con fuerza, como si bombeara a sus venas sangre negra.

Joe encendió el mechero y su cara se iluminó, fantasmagórica, tras el cristal. Entonces, Bettina se echó a correr calle abajo, olvidando por completo el miedo que la atenazaba.

Una vez en el coche, Joe se puso en marcha, ágil y precavido como un gángster de película que se dispone a poner a buen recaudo el botín de un robo, mientras empiezan a escucharse ya las primeras sirenas de la policía.

Junto a la tapia del zoológico paró el motor y volvió la vista hacia Bettina con las manos todavía sobre el volante. Ella cerró los ojos, y todo su cuerpo se relajó dentro de aquel espacio oscuro y reducido en el que había huido lejos de su casa, aquella casa que albergaba los dormitorios y las camas donde dormían Guido y Marie.

Pronto, Joe estuvo cerca, se deslizó a su lado y ambos se apretujaron en el asiento de Bettina. Él le acarició la cara con las dos manos.

–Mi niña –dijo–. Mi bambina.

Y el comprimido pecho de Bettina fue abriéndose, botón a botón. Los árboles iban esparciendo hojas amarillentas sobre el capó y el parabrisas.

Todas las luces de la casa estaban encendidas. Bettina se quedó paralizada en medio de la calle. Ya amanecía; se oía el trinar de los primeros pájaros. Las ventanas iluminadas miraban hacia ella. De pie, bajo la farola aún encendida, trató de reflexionar. Las luces ardían por su causa, eso estaba claro, pero no le quedaba más remedio que entrar en la casa. ¿Dónde podía ir si no? Trepar de nuevo ni se lo cuestionaba; el emparrado quedaba a demasiada distancia del suelo. Al bajar había podido saltar, pero para subir hacía falta una escalera. De todos modos, tampoco habría servido de nada, ya que toda la casa estaba en vela esperando su regreso. Imaginó su habitación con la luz encendida, y las mantas y la almohada revueltas en la cama. La mesa con las latas portalápices y el *collage* que había montado la noche anterior. Hieronymus Bosch y los hombres negros con sangre y plumas pegadas a la piel. Lo había recortado de un periódico. Toda la casa alumbrada, seguro, y la puerta de su habitación abierta.

Cerró la puerta de entrada y penetró en el recibidor. El espejo sobre la pequeña cómoda pintada, el armario ropero con los chubasqueros, todos la miraban con simpatía.

No se oía un solo movimiento.

Se quedó un rato parada, pensando que lo más práctico sería subir rápidamente las escaleras y encerrarse en su cuarto, atrancar la puerta y correr las cortinas para protegerse de la claridad del día, cada vez más intensa. Cerró la puerta del recibidor.

–¡Bettina! –Era la voz de su padre, y procedía de la sala de estar–. ¡Ven aquí, Bettina!

Ahí estaban los dos. Guido en bata, con el periódico todavía en la mano. ¿Ése era Guido? Tenía la cara arrugada y ofrecía un aspecto enfermizo, con profundas sombras bajo los ojos y alrededor de la boca. Parecía un anciano. Marie, tumbada en el sofá, envuelta en una manta, tenía la mirada de alguien a quien amenazan con un cuchillo.

Guido dobló cuidadosamente el periódico, a pesar de que las hojas temblaban y no se dejaban dominar. Acto seguido se levantó. La bata de seda brillaba como si la acabaran de pintar. Marie, que no se movía del sofá, no dejaba de mordisquearse los nudillos. Bettina pudo ver sus dientes, pequeños y regulares.

–Ven conmigo, Bettina.

El padre pasó por delante de ella y se encaminó hacia el despacho. Marie evitó encontrarse con la mirada de su hija, y Bettina siguió a su padre, pasando junto a su mesa de trabajo y la cama hasta llegar al vestidor.

Guido cerró la puerta detrás de ella. Ahora ya no parecía tranquilo.

–¿Dónde has estado? –bramó–. ¿Dónde has estado toda la noche?

La primera bofetada tiró a Bettina contra la pared y la segunda le dio en todo el cogote. Bettina levantó los brazos para protegerse la cara, pero él se los apartó a un lado.

–¡Golfa! –le gritó, al tiempo que la agarraba y la empujaba contra el armario–. ¡Pequeña y sucia golfa, yo te enseñaré...!

La cogió del pelo y la arrastró hasta la ventana, por donde se filtraba ya la tímida luz de la mañana. Sentía el rostro de su padre muy cercano a ella. Su aliento olía a fango y a aguas estancadas. Sus ojos desaparecían constantemente bajo los párpados mientras la zarandeaba con ahínco.

–¡Dilo... dilo! ¿Dónde estabas?

Bettina había abandonado ya toda resistencia. Él no parecía tener intención de soltar sus cabellos; tiraba de ellos aún con mayor fuerza. De repente echó mano del látigo, que estaba sobre el alféizar, pero sus manos, armadas ya y ansiosas de asestar el próximo golpe, no fueron capaces de sujetarlo. El látigo salió disparado por encima de la cabeza de su hija y se estrelló contra la puerta.

Bettina cayó de bruces sobre una silla, y los calcetines limpios rodaron por el suelo como bolas de nieve desbocadas. Llevaba la falda arremangada hasta la cintura y los golpes le impactaban en los muslos y en el trasero, sobre las bragas de algodón blancas. Abrió la boca y apretó entre los dientes el jersey que le tapaba la cara. Olía a lavanda.

–Nos iremos, nos marcharemos muy lejos –le había dicho Joe–. Solos tú y yo, lejos de aquí. Buscaremos una isla donde no haya más que animales dóciles y palmeras, donde podamos pasarnos todo el día sentados frente al mar. El mar en toda la extensión que nuestra vista sea capaz de abarcar, tan azul que lleguemos a olvidar todos los demás colores. Tú eres mi vida –le confesó Joe–. Tú eres mi amor. Confía en mí, nos iremos y siempre nos querremos.

Alguien soltó un grito, y se debatía por coger aire. Pero no era Bettina.

–¡Toma... para que te enteres! ¡Toma... mentirosa...! ¡Y toma... sucia degenerada...! ¡Toma esto...! Toda la noche... y a tu madre casi la matas del susto... ¡Y esto...! y a tu padre... ¡Toma...!

Entonces oyó una segunda voz, implorante y atemorizada.

–¡La matarás, Guido! ¡Para ya, que la vas a matar!

Aquella noche, Bettina se la pasó nadando entre sueño y vigilia; no consiguió dormirse del todo, aunque los pensamientos se le entrecruzaban como de costumbre cuando, antes de rendirse por completo, descubría con satisfacción que el sueño iba a raptarla de un momento a otro. Sin embargo, esa noche no podía dejarse llevar por más que lo intentaba, y los fragmentos de sueño que se agolpaban en su mente eran advertencias y premoniciones de terribles enigmas, que le serían revelados en cuanto les dedicara su atención. No quería saber nada de todo aquello; le estaba prohibido mirar, ya que podía quedar petrificada como los hombres que osaron observar la cabeza cuyos cabellos eran víboras. Guido le había leído algo acerca de esa historia, y le había mostrado imágenes. Pero en ellas la cabeza aparecía separada del cuerpo, y había perdido todo su poder maléfico. El héroe la sostenía en alto y las serpientes seguían agitándose en sus horrendos nidos.

«Estoy enferma, debo de estar enferma». A Bettina le dolía todo el cuerpo. Echada boca abajo, la frágil manta le pesaba sobre la espalda como un montón de piedras. Alguien le había hecho daño, la había hecho enfermar, un hombre siniestro y malvado a quien no conocía, que no tenía rostro ni voz. ¿Cómo era posible que nadie hubiera acudido en su ayuda? ¿Dónde estaba su padre, Guido, mientras la azotaban? La había abandonado. Bettina se echó a llorar. «Mi pobre y pequeña ratita», le susurró Guido. «Quiero que le mates, ¿oyes?, mátalo.» Su voz sonaba ronca, estaba enferma con toda seguridad. Marie llamaría al médico a la mañana siguiente sin falta.

Cuando Guido no hablaba durante la comida y se limitaba a pedir el salero o a señalar el cestito vacío del pan, el comedor se hacía insoportable; la mesa, los platos y la casa entera se paralizaban. Las paredes parecían de hielo, las ventanas ciegas tras las flores de escarcha y, bajo su mirada, la sopa dejaba de humear instantáneamente. Marie, conciliadora, se esforzaba en enviar a Guido palabras de deshielo; sus manos ejecutaban gestos calurosos y su boca desplegaba tímidas brisas de primavera a lo largo de la mesa; pero seguía siendo invierno, y Bettina permanecía con los labios apretados y las manos tiesas, muy quieta en su silla.

Ni siquiera cuando Guido abandonaba la casa se deshacía la maldición. Madre e hija vivaqueaban como dos exploradores perdidos en el polo, en el corazón de aquel paisaje helado. Marie no hablaba con Bettina. Sus movimientos al planchar se habían vuelto más lentos, como si le faltara la fuerza. Las camisas blancas se apilaban a su lado como ofrendas. Las truchas, enrolladas con elegancia y decoradas con una rodaja de limón, eran dispuestas sobre la mesa de la cena como al pie de un altar.

Bettina se pasaba tardes enteras durmiendo sin que nadie la molestara. Se abandonaba a la confusión que la envolvía. Estaba cansada, y sus pensamientos, que retrocedían de espanto ante el nefasto recuerdo de la noche en el vestidor, trataban al mismo tiempo de extender sobre el suceso una capa de nácar y olvido. Pero aquel canto hiriente no se dejaba redondear, y la envoltura irisada se hacía añicos. Las agudas aristas del recuerdo sobresalían constantemente.

Guido salió de viaje para pronunciar una conferencia. Marie y Bettina se sentaron tiritando al sol otoñal como dos convalecientes.

Tía Paula vino a almorzar. Trajo dos cartas para Bettina, de Joe. Se estuvo paseando, con el abrigo y el sombrero puestos, por todas las habitaciones, observándolo todo con minucia como si fuera en busca de huellas o cambios sospechosos. En la habitación de Guido se detuvo un momento y suspiró. Bettina, que la había seguido, intentó que se quitara el abrigo, pero Paula siguió contemplando ensimismada la ordenada mesa de trabajo, los libros en los estantes y la estrecha cama cubierta con una manta de pieles.

–Aquí se cree uno en casa de san Jerónimo –comentó. Desde la ventana se veía el jardín, paralizado por completo a la espera de tiempos mejores.

En la cocina, Marie, inclinada sobre un cuenco, manipulaba la masa para hacer pasta ancha, que a Paula le gustaba mucho. Ésta, sentada a la mesa, ya sin sombrero ni abrigo, se puso las gafas y le leyó a su sobrina una carta que había mandado Ludwig desde Irlanda.

Por primera vez, Bettina volvió a sentirse a gusto en su cama; sintió la cálida manta y la funda limpia de la almohada, vio brillar en el exterior las hojas rojizas bajo la luz de la tarde y escuchó, aliviada, el trajín en la cocina y las risas de Paula.

No sabía a ciencia cierta lo que Joe le había escrito. Tan pronto hubo leído sus palabras, éstas se desvanecieron y tuvo que leerlas otra vez. Luego se metió las dos cartas sin el sobre debajo del suéter para sentir el contacto de la letra cerca de su piel.

Por la noche le llegaron voces desde la habitación de Guido. Se despertó sobresaltada y tuvo miedo. ¿Quién estaba ahí abajo? ¿Estaría soñando? ¿O quizá alguien se iba a poner a gritar? Se rió de sus temores. Los ladrones no hablaban; seguro que Guido había vuelto a casa, y estaría hablando con Marie. Si conseguía romper el silencio de Guido y granjearse de nuevo el cariño de Marie, todo volvería a ser como antes.

La cara de Joe con los ojos muy abiertos; Joe cuando se reía, echando la cabeza hacia atrás y con la boca abierta de par en par. Joe, que saltaba por encima de la red, una vez ganado el partido de tenis, para estrechar la mano de su contrincante. ¿Cómo se explicaba que, en todo momento, incluso en los más terribles, cuando creía que ya nunca podría volver a pasearse por la casa y el jardín con la naturalidad y comodidad de antes, pensara en él y, al instante, aquella suave y nostálgica sensación de alivio le recorriera todo el cuerpo? Se estiró en la cama y movió los dedos de los pies en la oscuridad.

Una gran añoranza de Guido y Marie la fue envolviendo, dejándola triste y apesadumbrada. Quería verles, deseaba escucharles, estar junto a ellos y sentirse el centro de sus miradas cariñosas.

Se levantó y bajó la escalera sigilosamente. No podían rechazarla si sentía un afecto tan sincero. Notarían en su cara que necesitaba estar cerca de ellos. ¿Acaso no se acordaban de los días en que todo era sencillo, espontáneo y agradable? Cuán quedas sonaban sus voces. Se deslizó sobre la alfombra del salón. A través de la puerta de cristal vio luz en la habitación de Guido. Era la cálida luz de la lamparita sobre la mesilla de su padre.

Bettina se pegó a la pared y sacó con cuidado la cabeza para mirar.

Marie estaba sentada en la cama, sobre la manta de pelaje marrón. Tenía el pelo revuelto y parecía una mujer prehistórica, dentro de una cueva sin más luz que la de una antorcha. Su torso estaba desnudo, y el vestido estampado se hallaba extendido a su alrededor. Permanecía quieta, con los ojos cerrados y los brazos caídos. Guido estaba arrodillado frente a ella, y su camisa blanca brillaba bajo la luz. La tez oscura de su padre reposaba sobre el regazo de Marie, y su voz llegaba hasta Bettina amortiguada y con interrupciones continuas. Entonces, Marie levantó las manos y las colocó sobre los cabellos de Guido. Dejó caer la cabeza hacia atrás, aún con los ojos cerrados, y atrajo la cara de su marido hacia sí, despacio y con extremada delicadeza, hasta que ésta descansó entre sus senos.

Bettina dio una paso atrás. Oyó susurrar a Marie y cómo Guido le respondía.

Se acurrucó en la cama y enseguida se durmió.

Joe estaba abajo, apoyado en la farola, como si la poderosa añoranza de Bettina le hubiera hecho brotar allí. Llovía. Joe alzó la cabeza y la contempló. Se miraron largo rato bajo los regueros de agua que se precipitaban desde la buhardilla como cortinas heladas. Bettina inclinada sobre la ventana abierta y Joe bajo la farola sobre la acera mojada. El rumor de la lluvia se intensificaba por momentos y el agua gorgoteaba en el canalón. Bettina asomó el torso y dejó que el agua le mojara la cabeza. Quizá estaba soñando con Joe, o Joe estaba soñando con ella, en su cama, en su dormitorio; la veía en la ventana y a sí mismo en la calle. Pero la lluvia era auténtica, y Joe le sonreía con la cabeza hundida tras el cuello del abrigo.

Delante de la puerta, Bettina le instó a que se quitara los zapatos. No hablaban, se entendían por gestos. Él comprendió que debían procurar no hacer el menor ruido. Bettina cerró la puerta de entrada con mucho cuidado. Subieron despacio la escalera, pegados el uno al otro; pasaron frente a la habitación de Marie y se encontraron finalmente ante la cama de Bettina.

Joe se secó la cabeza con una camiseta, mientras Bettina, sentada en el suelo, le desabrochaba las botas como había visto hacer a las actrices en el cine, tratando de sentirse igual que ellas. ¡Desabrocharle a un hombre los zapatos! Joe tenía un aspecto tan desastrado con aquella camisa de lana empapada que Bettina no pudo evitar reírse, muy flojito. Cuando hubo terminado, Joe se quitó las botas, y Bettina se metió de un salto en la cama, helada de frío.

Joe se desprendió de los pesados pantalones y del jersey, que olía a perro mojado, y colgó los calcetines sobre la calefacción, aunque no estaba encendida.

–Me he largado de allí –dijo Joe, castañeteando los dientes y frotándose el pecho con las manos.

–¿Y si se dan cuenta?

–No lo notarán.

–¿Ya lo has hecho otras veces?

–Sí.

–¿Y qué hacías cuando te escapabas?

–Bueno... –Joe se incorporó y miró a Bettina.

Qué aspecto tan nuevo y cambiado le daba a su amado el pelo húmedo.

–Corría hasta aquí. Pensaba que quizá te asomarías a la ventana, que sentirías mi presencia. –Miró a Bettina y le acercó los labios a la oreja–. Eso sí, siempre con muchísimo cuidado de que no me viera nadie de tu familia. Me crees, ¿verdad?

–Joe –susurró Bettina.

–¿Apagamos la luz? –murmuró él, ahora rozándole la boca.

–No. Bueno sí, sí, apágala.

Joe tardó un poco en encontrar el interruptor. Al fin, todo quedó a oscuras.

Permaneció sentado un momento y, de pronto, cogió a Bettina y la atrajo contra sí.

–Échate encima de mí, tengo un frío horroroso.

Bettina se sentía incómoda encima de él, estaba convencida de que le pesaba demasiado, y no pudo evitar que se le escapara un suspiro.

–No te haré nada –la tranquilizó Joe–. Bettina, de verdad, no voy a hacerte nada.

Marie estaba sentada sobre la alfombra, en el despacho de Guido, y un montón de trozos de papel revoloteaban a su alrededor como un enjambre de abejas blancas. Recogía del suelo las hojas que la rodeaban y las rompía con esmero en pedazos pequeños que iba lanzando al aire; los agitaba con la mano mientras caían y luego se los sacudía de entre los cabellos. Se hallaba rodeada por todas partes de fragmentos de ángel, manos empuñando guitarras, coronas de flores, alas, rostros con la boca abierta en actitud de cantar, henchidas túnicas cubriendo rodillas separadas. Algunos árboles se elevaban sobre pies descalzos y las cumbres desaparecían bajo ramos de rosas hechos trizas. La nieve de papel caía sin interrupción, y Marie jadeaba a causa del esfuerzo. Arrancaba las páginas de los libros y se ensañaba con los hilos que no querían ceder. No consiguió romper las hojas más gruesas, de modo que se contentó con arrugarlas formando pelotas que lanzaba en todas direcciones.

–¡Está con ella! –gritó Marie–. ¡Está con ella!

Joe le escribió: Me han pescado. No podré venir hasta las vacaciones de Navidad. Te escribiré. Te quiero infinito.

En noviembre empezó a nevar. A Marie ya no le gustaba el abrigo de invierno y se lo regaló a Bettina. Ludwig llegó con su mujer y sus dos niños. El recién nacido era diminuto y permanecía doblado en el fondo de la canasta de algodón blanco, como un gusano arrugado. A Paula le regalaron una dentadura nueva, pero solía quitársela cuando le molestaba para tomar café, y el pastel era lo bastante blando como para que pudiera comerlo sin necesidad de los dientes nuevos. Tío Georg tuvo una pleuritis, y Bettina fue a visitarlo al hospital. A Guido le ofrecieron una cátedra que había estado esperando mucho tiempo, y Marie, para celebrarlo, le regaló una bata nueva. Guido le cedió a Bettina las obras completas de Storm, perfectamente sujetas con un bonito cordel.

Una tarde gris en que Marie había salido, Bettina ayudó a la señora Ida –que ahora venía mucho a casa–, a doblar sábanas. La señora Ida había trabajado como revisora de tren; y Bettina se la imaginaba con la cartera negra colgada en bandolera y el dispensador de monedas tambaleándose sobre sus enormes delanteras; tocada con una gorra de visera, abriéndose paso, decidida, entre los hombres, y haciendo sonar la campana para avisar al conductor de que ya podía reanudar la marcha.

Le gustaba contar cosas sobre los borrachos que solía expulsar de su tren –con educación, pero no sin energía– a altas horas de la noche; sobre hombres que hacían todos los días varias veces el mismo recorrido de ida y vuelta sólo por ella, y que cuando les cogía el billete le retenían la mano; mujeres que se quedaban atascadas encima de sus altos tacones en la rejilla del suelo y no cesaban de golpear a la gente en la cara con las descomunales alas de sus sombreros. Pero de todo eso hacía mucho tiempo. La señora Ida vivía ahora en una casita junto al río con un guarda-esclusa jubilado. Llevaba el pelo gris muy estirado, recogido detrás en un moño trenzado, y cuando se rascaba la cabeza lo hacía con el dedo muy tieso y, algunas veces, con un tenedor o un palillo.

–Sujete bien, señorita Betti –dijo, y le tendió a Bettina dos esquinas de la sábana.

Había que unirlas bien con ambas manos, sujetar fuertemente y luego tirar de ellas con tres golpes secos consecutivos. La señora Ida, que había ejecutado ya con gesto experto la parte de la operación que le correspondía, esperó paciente a que Bettina estuviera a punto, y entonces dio la señal:

–¡Adelante, ahora sujete bien!

La colada se había quedado medio congelada en el tendedero, y ahora se apilaba como una montaña blanca en la cesta de mimbre.

–Desde luego, algo horrible lo que ha sucedido. –La señora Ida le alcanzó a Bettina las puntas opuestas a fin de alisar la sábana, esta vez a lo ancho.

Con esa frase solían iniciarse episodios tremendamente fascinantes. Bettina sólo tenía que procurar contener un poco su curiosidad a la hora de hacer preguntas y, sobre todo, no dejar entrever que era demasiado joven e inexperta en materia de adversidades atroces con las que puede toparse el ser humano.

–¡Ahora! ¡Tres tirones fuertes!

Bettina llevó a la mujer las puntas de la sábana, y ella terminó de doblarla delante de su pecho.

–Dice la señora Adlkofer que era una mujer muy joven todavía.

La señora Ida trabajaba los lunes y los jueves en casa de la señora Adlkofer, y Bettina ya había tenido ocasión de escuchar algunas historias interesantes sobre esa casa.

–Al parecer era una mujer guapa, ya ve. Es evidente que la belleza tampoco hace la felicidad –prosiguió la mujerona.

Bettina sujetó las esquinas del mantel, simulando observar con desinterés cómo sus manos doblaban la tela blanca.

–¿Usted la conocía? Tenía una niña de su edad... Dora, ¡eso es! –exclamó.

En ese momento, Bettina soltó el mantel y la señora Ida fue a dar con sus espaldas contra la pared. El mantel le cayó encima.

–¿Se refiere usted a la señora Schirmer? –preguntó Bettina.

–Sí, se llamaba Schirmer. En el barrio no se habla de otra cosa. –Comprobó si el mantel se había ensuciado y volvió a tenderle las puntas a Bettina–. Pero ahora sujete bien, señorita Betti... Es una cosa tan espantosa, ¿no es cierto? Con ese cable enrollado alrededor de su cuerpo y tirada en la bañera. El susto que debió llevarse la pobre niña. ¡Ahora! Así está bien... ¿Cómo se puede hacer una cosa así teniendo hijos?

Sin soltar el mantel, Bettina miró embobada a la señora Ida, que a su vez la contemplaba con expectación, deseando terminar cuanto antes con la tarea.

–¿No se había enterado usted?

–No –respondió Bettina, entregándole el mantel–. ¿Hella Schirmer? –insistió, a pesar de que había sabido todo el tiempo de quién hablaba la señora Ida.

–Tenga. Pero esta vez aguante bien... Debía de estar siempre triste, la pobre, tan sola con su hija y... ¡Ahora! Muy bien...

–¿Está muerta? –inquirió Bettina.

La señora Ida sostuvo el mantel bajo la barbilla y terminó de doblarlo.

–No, ha podido sobrevivir. De todos modos, en estos casos más vale no hacerse preguntas, pobre mujer. Quién sabe lo que hay detrás. La señora Adlkofer dice...

La mujer lanzó a Bettina una mirada de reojo y, finalmente, decidió no revelar lo que había dicho de Hella la señora Adlkofer.

–Es mejor no hablar mal de esa pobre desgraciada...

¡Ahora! Luego se disparan los rumores, sobre todo a partir de ahora, después de todo lo ocurrido.

–¿Con uno de esos cables negros de la electricidad? –quiso saber Bettina.

Ella había deseado la muerte de Hella. Cuando la veía pasar por delante de su casa en bicicleta con aquella camisa roja de hombre, le habría encantado que se diera un batacazo. Incluso se le ocurrió la posibilidad de mandarle bombones envenenados. Sin embargo, ahora no experimentaba ninguna alegría, sino un frío terrible y una angustiosa sensación de vacío.

–Sostenga otra vez ahí, señorita Bettina. ¿Pero qué le ocurre? Se ha puesto usted pálida como un muerto. Desde luego no somos nadie; hoy figura, mañana sepultura. Mi marido dice que hay que planear muy bien hasta el último detalle cuando uno quiere suicidarse.

Bettina cogió del cesto la siguiente sábana. Sus manos habían perdido toda energía y dejó caer las puntas antes de que la señora Ida estuviera preparada.

–Ay, mi pobre señorita –exclamó la señora Ida–; ya veo que no debería habérselo contado. Vamos, vamos, mujer. Está visto que hay personas incapaces de encontrar otra salida, pero eso no está bien cuando se tienen niños, yo siempre lo he dicho... De hecho, esa mujer tiene la misma edad que su madre, la señora Marie. Pero ahora no se me vaya usted a calentar los cascos con eso. La vida es así, ¿qué le vamos a hacer nosotras, pobres mujeres?

Bettina sujetaba la fría tela y se dedicaba a enrollarla.

–De todos modos, usted se habría enterado bien pronto del asunto –atajó la señora Ida, sin dejar de asentir con la cabeza–. ¡Ahora!... ¡Pero bueno...!

Bettina sintió el cable negro enrollado alrededor de su cuerpo; se hallaba en la bañera, atada como un salami, y se rebelaba, salpicando agua. Le dolía muchísimo todo el cuerpo y deseaba que todo terminara de una vez, pero el cable negro...

–¿Quién la encontró?

–Naturalmente, la mujer de la limpieza –respondió la señora Ida ofendida.

Esa noche, Bettina se metió en la cama de Marie.

–Sí, yo lo sabía –dijo ella–. Betti, también a mí me parece algo horroroso. No quería decírtelo para que no te empeñaras en sacar conclusiones, falsas conclusiones, ¿me comprendes?

En el silencio que se hizo a continuación, Bettina creyó ahogarse en el mar de preguntas que no había podido quitarse de la cabeza en todo el día. Marie tenía que haber pensado lo mismo pero no se atrevía a preguntárselo, por miedo a que se echara a llorar, por miedo a que Marie le respondiera, por miedo a que Marie le mintiera. Su madre le acarició la cara y dijo:

–Lo sucedido no tiene nada, absolutamente nada que ver con nosotras, ¿me oyes? Ella se sentía muy sola y desgraciada. Nadie tiene la culpa de esto, nadie. Una decisión así la toma una persona en algún momento, mucho antes de ponerla en práctica, y luego depende de muchas cosas, a veces son detalles y, otras veces, viejas historias que uno simplemente no ha sido capaz de superar, ¿me entiendes? Ella perdió a su marido, al que quería mucho, y se dio cuenta de que a partir de entonces iba a ser una carga para sus parientes, ya sabes cómo son esas cosas... –Bettina no miraba a su madre–. Yo jamás haría una cosa así, Betti, eso te lo puedo garantizar. Jamás. Yo te tengo a ti.

De Guido no hablaron ninguna de las dos.

Bettina había tomado un atajo para evitar tener que pasar por delante de la casa de Hella. Ahora estaba sentada a la mesa con Guido y Marie, y, arrimando mucho la cara al plato, se iba metiendo sin pausa la comida en la boca para no tener que hablar. ¿A qué estaban jugando esas dos personas que comían con ella, conversando sobre la película que habían visto el día anterior? ¿Cómo habían pasado aquella larga noche y cómo eran capaces de cruzar por delante de la casa vecina?

Marie rozaba a menudo la mano de Guido, que reposaba junto a su plato, como si él se hubiera curado por fin de una grave enfermedad y ellas debieran estar contentas por el mero hecho de que comiera algo. ¿Cómo podía soportarle Marie? ¿No la había engañado y se había largado con otra? ¿Y cómo podía Guido cortar la carne y echarse el queso rallado sobre la pasta con toda la calma del mundo, sabiendo que Hella acababa de salir del hospital? «Débil y rota», había asegurado la señora Ida, asintiendo largo rato con la cabeza. «Un mal tipo el que la haya arrastrado a hacer eso. Puede que incluso estuviera embarazada... bueno, ahora seguro que ya no; uno saca todo lo que lleva dentro y más cuando recibe una descarga eléctrica como ésa.»

Bettina tuvo que salir de la cocina a toda prisa. Se avergonzaba, pero no sabía de quién; se sentía culpable pero, en realidad, ella no tenía nada que ver. Deseaba escapar de las imágenes espantosas que se colaban de improviso entre sus pensamientos. El rostro de Hella contraído en una mueca, con el pelo mojado y castañeteándole los dientes. Guido tiraba con fuerza del cable negro con el que estaba atando a la mujer, y lo apretaba hasta que se lo hundía en la carne, y el cuerpo de ella se debatía convulsivamente en el agua turbia, que rebasaba los bordes de la bañera e inundaba el suelo. Marie se tapaba los oídos agazapada en un rincón mientras ella, Bettina, huía despavorida entre arbustos y maleza, gritando y lastimándose la piel; chocaba contra los árboles y caía al suelo, jadeando y pataleando como un animal rabioso.

Bettina no conseguía que nada de aquello saliera a la superficie. Había enmudecido. Ni siquiera era capaz de hablar de ello en su diario. No había palabras para expresarlo. Era prisionera de aquel terror y el terror estaba preso en ella. No había salvación.

Los días, sin embargo, iban transcurriendo como si nada hubiera sucedido. Se sentaba en clase entre las demás niñas y fingía ser una más. Charlaba con sus amigas, paseaba de bracero con ellas por el patio, entre las pilas de nieve, y se reía como siempre. Nadie se daba cuenta de nada. Nadie sabía que guardaba bien cerrada la puerta de la terrorífica habitación donde se practicaban torturas, asesinatos y mutilaciones, de la cual no debía escapar el más leve ruido.

Aquella tarde Bettina había ido al teatro con toda su clase. Ya de regreso, caminando bajo la nevada, todavía sentía liviana la cabeza por efecto de la música que había escuchado. Durante el largo trayecto en el tren vacío, la música la había acompañado, había inundado sus oídos cambiando todas las cosas que veía, las pocas personas extenuadas en los bancos del vagón, las farolas que iban pasando y las casas con las ventanas iluminadas. Ese día, los árboles del parque parecían encantados y silenciosos. Bettina eligió los caminos despejados de nieve que bordeaban la fuente, y luego cruzó por delante del muro de la fábrica. No le molestaba la nieve que se le iba acumulando sobre la cabeza y los hombros. La música la envolvía como un espeso seto en flor que la protegía de todo. Se envalentonó y decidió no tomar el atajo por el paso a nivel sino regresar a casa por el camino acostumbrado, pasando frente a la casa que tanto miedo le daba, la casa donde vivía Hella.

Cuando hubo dejado atrás el puentecito sobre el canal y aparecieron las primeras casas de su calle se detuvo. Delante de la segunda casa, la de Hella, había movimiento de personas bajo la luz de la farola.

A punto estuvo de dar media vuelta. La idea de ver la cara de Hella y su pelo rubio cubierto de nieve le resultaba insoportable, pero sus pies siguieron adelante. Había un grupito de personas que se apretaban unas a otras sobre la acera. Bettina pudo ver zapatillas y pantalones rayados de pijama que asomaban por debajo de los abrigos. Incluso había una mujer que se había envuelto en una manta, y el camisón casi le llegaba al suelo helado. Nadie se giró para mirarla cuando se acercó hasta ellos y se paró a su lado. Todos miraban al otro lado de la empalizada, hacia el porche. Allí, entre los arbustos pelados, había un hombre que se golpeaba el pecho con los brazos cruzados para entrar en calor. Bettina reconoció al casero, que vivía en el sótano de la torre y de niña siempre le había dado mucho miedo. Tenía el recuerdo de aquel enorme perro que olfateaba y gruñía a los niños que jugaban en la calle, y de su dueño, que aparecía hecho una fiera agitando la pelota que acababa de colarse en su casa y amenazando con pegarles a todos.

La nieve caía callada y sin parar, y reinaba tal silencio entre las personas que rodeaban la farola que cualquiera habría pensado que alguien se disponía a pronunciar un discurso y todos los presentes esperaban a que empezara. Fue entonces cuando Bettina descubrió la figura que yacía junto a la pared de la casa. Era una mujer de cabello claro. Estaba tirada boca abajo, deforme como un gran saco de ropa vieja sobre el que se iba amontonando la nieve.

–Desde luego, ha escogido la noche más apropiada –gritó el casero, enviando una sonrisita de complicidad hacia los del otro lado de la empalizada, que se apiñaban bajo la tormenta, sin dejar de frotarse las manos. Entonces arreció el murmullo y los cuchicheos en torno a Bettina.

–En esta casa había siempre un desorden espantoso –comentó una mujer–. Y la cocina tan sucia, hecha un verdadero asco. ¿Cómo se puede vivir de ese modo? Eso le dije yo a la señora Belzer... ¡Y el mal olor!

Bettina no se movió.

–Muerta y bien muerta –comentó un hombre en albornoz que acababa de acercarse hasta la empalizada y sacaba mucho la cabeza–. El perro la ha encontrado. Estos animales tienen un olfato finísimo.

–¿Y dónde está ahora? –preguntó alguien.

–He tenido que encerrarle, se ha puesto como un loco. Quería llevársela a rastras –afirmó el casero, corroborando orgulloso lo dicho con la cabeza–. Escuchen, escuchen.

Todos afinaron el oído y, efectivamente, también Bettina pudo oír los aullidos procedentes de algún rincón de la casa oscura. Sin duda era la muerte quien producía aquella música, era la muerte el olor de una cocina sucia, un montón de ropa vieja cubierto de nieve, una mata de cabello inerte como un tieso pedazo de piel tirado sobre el hielo.

Los ya roncos aullidos se intensificaron y, de pronto, se oyó un estrepitoso choque contra la puerta, seguido de un sinfín de arañazos. La puerta era de metal, y Bettina se estremeció al escuchar el frío sonido de las uñas golpeando el resistente material. Pero el cerrojo estaba echado para siempre. No servía de nada rebelarse contra ello. Un ratón cogido en la trampa, con sus grandes incisivos amarillentos al descubierto y las vísceras colgando y tiñendo la nieve.

–¿Dónde se habrá metido la ambulancia? –La mujer que se hallaba al lado de Bettina rodeó con el brazo a su marido–. Estoy helada. Venga, vámonos a casa. Aquí ya no va a pasar gran cosa.

–Debe de haberse tirado desde el tejado. Tiene que haberse subido al tejado. ¡Qué horror!

Bettina reanudó su camino bajo la tormenta de nieve. Alzó la cara hacia el cielo y cerró los ojos. Le apetecía echarse sobre la hierba nevada, bajo los abedules, frente a la casa de sus padres.

Por la mañana, la señora Ida iba a encontrarla, con las fosas oculares repletas de nieve.

En el sueño, Joe entraba por la puerta y saludaba a Bettina con la mano. Llevaba una corona de margaritas sobre la cabeza, muy parecida a la que ella le había puesto un día el verano anterior. Él se la quitó enseguida quejándose de que pretendiera hacer de él una niña. Era una mañana de viento, y los pájaros se perseguían y se disputaban las ramas de los arbustos. En el cielo lucía todavía, diluida y borrosa, la luna, y Joe sacó a Bettina los calcetines y los zapatos para sentir sus pies sobre el pecho, debajo del jersey.

–Las chicas japonesas nunca enseñan los pies a un desconocido –había dicho Joe, que lo había leído en alguna parte, y Bettina afiló los ojos y contestó:

–Ahora tendrá que casarse conmigo, señor Li-taipe; de lo contrario me veré obligada a hacerme el harakiri.

–¡Tonterías! Las mujeres no se hacen el harakiri, eso no lo hacen más que los hombres –replicó Joe, dejándose caer sobre la hierba–. Pero a lo mejor me caso contigo igualmente, a pesar de haberte deshonrado –entonces le besó los dedos de los pies–. Acaba usted de mostrarme su secreto más íntimo, señorita Flor de Cerezo; puede decirse que es usted virtualmente mía.

En el sueño, Joe saludaba a Bettina desde la puerta, pero la habitación crecía alrededor de ambos como la maleza. Las paredes se ensanchaban como pálidas nubes de vapor; la cama, blanda y viscosa como asfalto caliente, le atenazaba los miembros; la mesa iba ampliándose hasta la cama, llevándose por delante sillas, libros y lámparas como una potente ola de madera. En la puerta, Joe daba una vuelta sobre sí mismo, muy despacio y con los brazos en alto. Sonreía bajo la corona de margaritas.

Bettina se despertó llorando. Trataba de acostar a Joe a su lado en la cama, de conseguir que sus brazos la rodearan, abría la boca para saborearle. La cama era demasiado grande sin él. Fuera, la nieve seguía cayendo.

El lago se había helado y los patos caminaban cautelosos de un lado a otro de la superficie lisa. Las apacibles ocas descansaban sobre una pata, mientras mantenían la otra oculta en el esponjado plumaje del vientre como si nunca hubiera existido. Bettina vio acercarse a Joe entre los árboles nevados, una manchita roja en medio del paisaje blanco. La prolongada espera le había entrecortado la respiración, y lanzaba con esfuerzo al aire gélido pequeñas nubes de vapor.

¿Era ése Joe, el hombre a quien amaba y estaba esperando? ¿Se había sentido ansiosa durante días y noches sólo por ese puntito rojo, como quien no necesita seguir viviendo por el mero hecho de hallarse a la espera? Bettina se quitó los guantes y al punto volvió a ponérselos. Se quedó mirando a los patos muy fijamente hasta que las lágrimas empezaron a rodar por sus mejillas. Cuando desvió la vista, el punto rojo era ya mucho más grande entre los árboles.

Al cabo de un momento estuvo a su lado.

Joe la abrazó. Había mucha ropa entre los dos, cuellos altos y bufandas separaban ambas caras. Tenía la nariz muy roja.

Bettina se reprimió la risa. Ése no era Joe, aquel chico de orejas y nariz roja no era Joe; le estaba intimidando la seriedad con que la miraba a la cara, como miraban en las películas los hombres a sus mujeres, tan íntimamente que daba la sensación de que la música iba a sonar de un momento a otro y que Joe la atraería violentamente contra su pecho y la besaría con pasión a orillas del lago helado. Todos los patos contendrían el aliento. La risa reprimida de Bettina se convirtió en tos. Joe la soltó.

–¿Qué sucede? –preguntó. Se metió las manos en

los bolsillos del anorak buscando el paquete de tabaco y encendió un cigarrillo.

Cómo alzaba la barbilla y apretaba los labios al fumar. Bettina estalló en carcajadas y pronto le empezaron a caer las lágrimas.

–¿Pero qué te ocurre, Bettina? –dijo él soltando el humo, que alcanzó la cara de la muchacha como una larga lengua gris.

Joe dejó caer el cigarrillo sobre la nieve, cogió a Bettina por los hombros y la besó. Le hacía daño. Bettina apretó los labios; las manos de Joe le hacían unas cosquillas casi insoportables. De nuevo se echó a reír, espantando sin querer a dos gansos que corrían por allí. Ambos se quedaron entonces mirando a aquellos animales, que, indecisos, daban vueltas sobre la superficie helada.

–¿Qué pasa, Betti, qué te sucede hoy? –insistió Joe, zarandeándola con suavidad. La estrechó con fuerza manteniéndole los brazos bajados y con la cara muy cerca de la de ella.

–Bésame –le susurró con voz dulce, cerrando los ojos–. Bésame.

Bettina sintió un dolor que se abría en su pecho como un cálido puño. La cara de Joe, cercana, le resultaba tan insoportablemente bella y familiar... ¿Por qué se sentía incapaz de besarle? Su boca lo deseaba, los labios se relajaban y se aprestaban a saborear ese aroma. En su cabeza, sin embargo, reinaba un silencio amenazador, una claridad expectante y temible.

Ahí estaban, sus fríos y ásperos labios. Bettina llegó a marearse al sentir la calidez del interior de su boca, pero sólo fue durante unos segundos. Luego vio las dos figuras en la nieve, con sus aparatosos anoraks, rojo y azul; contempló el lago helado, los patos, los árboles, las ramas inclinándose bajo el peso de la nieve, el cielo descolorido precipitándose sobre el bosque callado, tan blanco y silencioso como si se tratase de una fotografía. Desde lejos, observaba cómo se besaban dos figuras diminutas, una roja y otra azul, frente al lago helado con sus patos dormitando, rodeadas de árboles, campos, prados blancos y la tranquilidad de una mañana de invierno bajo un pálido sol; todo a través del espejo del gélido aire invernal.

Más tarde, Bettina paseó de la mano de Joe por el camino entre los árboles. La nieve crujía bajo sus pies.

–He estado fuera mucho tiempo –dijo Joe, sosteniendo con agilidad su cigarrillo entre los dedos enfundados en el guante negro. Pero Bettina sabía que seguía estando lejos y que ya nunca regresaría–. Ahora ya estoy aquí otra vez –apostilló el chico quedándose parado–. No es necesario que digas nada. Tenemos mucho tiempo por delante.

Bettina reflexionó acerca de ese tiempo, de ese largo tiempo del que hablaba Joe, trataba de imaginárselo: el coche aparcado en la nieve, Joe bajo la farola, Joe en la cama con ella. Pero no veía más que las dos figuras de color rojo y azul, las huellas por duplicado marcadas en la nieve y, por primera vez, tuvo la impresión de que los árboles ya no querían reconocerla, el bosque le había dado la espalda. Andaba a trompicones por la nieve, sola, y los patos ya no tenían nada que decirle, la habían abandonado al igual que los árboles y los arbustos, y ya no era capaz de descifrar el mensaje de las cornejas que sobrevolaban el campo.

«Ya no le quiero», pensó, y se vio a sí misma rígida y cubierta de nieve, de pie, frente al lago, con carámbanos colgando de los dedos como le sucedió al chiquillo de la historia de Wilhelm Busch[1], que se congeló en el lago y tuvo que ser arrastrado hasta su casa por los que le socorrieron, completamente tieso y cubierto de carámbanos como un enorme erizo. Joe se hallaba de nuevo a su lado, congelado por completo, y tenía los ojos repletos de florecillas azules de escarcha.

Miró a Joe y estudió su rostro audaz, la nariz roja, los labios, que despedían bocanadas de humo que acababa por disiparse, el perfil recortado sobre la claridad de la nieve que cubría los árboles. Ya no le reconocía, y su cálida mano ya no podía retenerla.

Faltaba un día para Navidad.

1. Wilhelm Busch (1852-1908): creador alemán de historietas ilustradas cuyos personajes Max y Moritz le proporcionaron gran popularidad. *(N. de la T.)*

LA ISLA

En la primavera que siguió a la muerte de Marie, Bettina tuvo un sueño.

Un ángel penetró en la pequeña estancia donde se encontraba. Todas las personas que momentos antes habían llenado de susurros la oscuridad enmudecieron a su alrededor; hombres, mujeres y niños que formaban pequeños grupos. Bettina creyó reconocer a alguno de ellos, aunque no acertaba a verles bien.

El ángel resplandecía en el centro de la habitación, sumida en un silencio sepulcral, y todas las miradas se posaron sobre él. La gélida luz que emitía se deslizaba como un tifón de fina nieve entre las oscuras siluetas congregadas en torno a la cama de Bettina. De pronto, las paredes comenzaron a agrietarse y el suelo se reventó. Ya no distinguía unas personas de otras, ya no sabía dónde estaban Marie, tía Paula, Guido y la niña que ella misma había sido una vez.

Bettina permanecía en la cama, completamente cegada y aturdida a causa del violento torbellino que amenazaba con engullirla. Buscaba un asidero seguro del que no pudieran arrancarla, pero, en el sueño, sus manos habían perdido toda la fuerza y su cuerpo ya no pesaba nada.

Al despertar estuvo unos momentos totalmente rígida, con la boca y los ojos abiertos. Muy lentamente empezó a mover los dedos, tragó saliva y estiró las piernas. Aquél era su rostro, estaba caliente, cubierto parcialmente por su cabello; el cuello era el suyo y también las rodillas y los dedos de los pies, que rozaban la tosca pared. Hasta ese momento no se había atrevido a mirar a su alrededor. Volvió la cabeza y recorrió con la mirada la otra mitad de la habitación, examinando las paredes hasta alcanzar la alfombra blanquecina, que la luna desplegaba en el suelo de la alcoba al filtrarse por la puerta abierta.

Aquella noche, antes de acostarse, había arrinconado la cama a la pared posterior de su cuarto. Las noches eran muy frescas en la isla; en cuanto oscurecía comenzaba a soplar el viento del mar, un viento húmedo que azotaba contra la casa y traía nubes que ocultaban la luna.

Bettina echó a un lado las mantas y las piezas de vestir que la arropaban y se levantó. El viento había amainado; no se oía un solo ruido.

Aquellos días, en el hospital, Bettina y su padre colocaban unas sillas a izquierda y derecha de la cabecera de la cama. Marie yacía entre ambos, y hacía esfuerzos por respirar, como si mesurara el tiempo minuto a minuto. Bettina casi no se atrevía a mirar a Guido, que se inclinaba sobre la cama, impotente y extenuado. Bettina veía su cuero cabelludo brillar bajo el pelo cano, sus manos acariciando la manta donde Marie tenía las suyas, siempre heladas. Guido las tapaba una y otra vez, como deseando no tener que verlas. De vez en cuando, se levantaba para arreglar los cojines que Marie tenía bajo los pies, como siempre había hecho cuando Bettina era una niña.

Marie se había convertido ahora en su niña; también en la de Bettina, que tuvo un buen sobresalto al sorprenderse a sí misma metiendo la cuchara en la boca de su madre, al tiempo que le hablaba en los mismos términos en que hubiera hablado a su hijita pequeña: «Vamos, abre bien, así, muy bien». Marie la miraba callada y contenta, como si Bettina se hubiera encargado toda la vida de darle la comida.

Cuando su hija la rozaba, trataba de incorporarla o le pasaba la mano por la nuca, los ojos de Marie se llenaban de lágrimas. Bettina le hacía daño, todo le hacía daño. Guido, que le daba masajes en manos y pies para calentárselos, bajaba la cabeza apesadumbrado cuando ella le murmuraba: «Para ya, suéltame». Pero cuando decidía marcharse, ella le retenía, le cogía las manos con fuerza y no le permitía separarse de la cama. Cuando Guido se encontraba en la habitación, Marie no tenía ojos para nadie más. «Quédate aquí», le ordenaba.

Bettina se alejaba de ambos procurando no hacer ruido y sin molestarse en hacerle un signo a su padre, pues ni siquiera él se percataba de su presencia. Les estorbaba a los dos. Al principio había acudido al hospital acompañada de su marido, Gabriel, y de la pequeña Anna, embutida en su anorak rosa. Pero pronto advirtió que estaban fuera de lugar y que incluso a ella le molestaba verlos en el interior de aquella lúgubre habitación, donde Marie respiraba a duras penas y Guido se pasaba largas horas sentado, sin más ocupación que abrigar las manos de su mujer y cubrirle bien los pies.

Gabriel le sonrió.

–Nunca había visto así a tus padres. ¿Siempre se han querido tanto? –le preguntó.

Se encontraban fuera, en un pasillo pintado de verde por el que circulaban arriba y abajo las enfermeras, portando bandejas repletas de píldoras de colores como si llevaran un surtido de golosinas.

–A veces, Marie me pregunta por qué no viene Paula a verla –a Bettina, esa pregunta le causaba un miedo que rayaba en la superstición. Tía Paula había muerto.

Gabriel la comprendió muy bien.

–Como un niño que pregunta por su madre –dijo–. No en vano, Paula fue su madre en realidad. Fue ella quien la crió.

–Me gustaría que todavía viviera –repuso Bettina, limpiándose la nariz–. Cómo desearía que estuviera aquí.

En la habitación, Marie continuaba respirando pesadamente, y Guido, leal, seguía en su silla, inclinado sobre la cama; ni siquiera levantó la vista cuando Bettina se acercó a Marie y tuvo que hacer un esfuerzo para no retroceder ante aquel olor extraño y desagradable.

Bettina se hallaba sentada en el pequeño escalón, en medio de la franja soleada que abarcaba todo el umbral de la vieja casa. Contemplaba las hormigas que desfilaban junto a sus pies, subían el escalón y luego avanzaban por el suelo de la cocina, pegadas a la pared. Pululaban entre los granos de uva que habían quedado en el plato y, formando una hilera oscura, ascendían por la pared hasta alcanzar las bolsas de azúcar y los paquetes de galletas almacenados en la alacena, sobre el horno. Encima de éste, a través de la ventana, podía verse el mar y las lejanas islas azuladas en el horizonte.

Le resultaba difícil olvidar el sueño del ángel. Era

como si un tejido fino pero resistente se hubiera cernido sobre todas las cosas, hubiera modificado los colores de los árboles y cambiado de lugar los objetos que le eran familiares. Se imaginó de nuevo tumbada en su cama, en un rincón de la alcoba, y los personajes del sueño se elevaban sobre ella bajo la luz helada como tocones de árbol petrificados. Las figuras de los hombres se difuminaban en su memoria, desaparecían entre las mujeres, se fundían con los tabiques, todas en una. Después se desintegraban, abandonándolas. Entonces, como si fuera lo más natural, todas las mujeres empezaban a parecerse a ella cada vez más, y la miraban con los ojos que le habían copiado.

Las hormigas, ajenas, seguían en diminuta procesión su marcha interminable hacia las baldosas de la cocina, recorriendo la irregular superficie de la pared y el marco de la ventana.

Cuatro años antes había estado sentada en esa misma cocina, acompañada de Gabriel. Lucía una gran barriga; un vientre tan duro y redondo como los melones que compraban habitualmente. Gabriel la sobresaltó la noche en que, estando ambos en la cama, le dio unos golpecitos en la barriga, acercó mucho la oreja y le dijo:

–Este melón lo compro. Pronto estará maduro.

Juntos dibujaron sobre la cabecera de la cama un melón muy gordo y sonriente. En aquella pared había otros dibujos, realizados por manos ajenas. Ahora Bettina ya no miraba nunca hacia allí desde la cama, como si aquellos viejos y sucios garabatos le dieran asco.

Aquel invierno falleció tía Paula. Después del viaje, Bettina no consiguió verla más que en una ocasión. «Tráeme una rama de laurel», le había pedido y, sentada en su silla, formó con las manos una corona alrededor de su cabeza. Desde que había perdido al tío Georg, se pasaba el día entero sentada en la butaca junto a la ventana, esperando que su nuera, la esposa de Ludwig, le sirviera allí mismo la comida. A veces iba a verla Marie, y le traía arroz con salsa blanca o crema de verduras. Paula no comía mucho, pero disfrutaba olfateando el aroma de los guisos, y le gustaba tener los platos un buen rato a su lado sobre la mesita, antes de dejar que Ludwig los retirara.

Ludwig, su hijo, que había ocupado con su mujer y los niños tres de las habitaciones del piso de Paula, entraba muy pocas veces en la alcoba de su madre. Solamente cuando venía Marie y se sentaba junto a la anciana, Ludwig se decidía a unirse a ellas. Le irritaba sobremanera que a Paula no le gustara la comida que le preparaba su mujer.

Bettina visitó a Paula y se entretuvo peinándola. Su pelo seguía siendo recio y ondulado, pero ya casi lo tenía blanco del todo, únicamente en la nuca le quedaban un par de rizos rojizos.

–Como un zorro viejo –bromeó Paula, palpando la prominente barriga de Bettina–. Yo me puse igual cuando esperaba a Ludwig, y si vieras cómo me ceñía la ropa para que nadie lo notara –comentó mirándola a los ojos–. Marie era todavía una niña en aquella época, más joven que tú. Precisamente ahí, donde estás tú ahora, solía sentarse ella para dar de comer al pequeño. El pobre era feísimo, con aquellos ojos tan saltones; parecía un viejo malhumorado –dijo sonriendo.

–Ya no tiene la cabeza muy clara –le aseguró Ludwig a Bettina–. Con nosotros está insoportable. Yo casi no la veo, sólo la oigo de noche, pero ella –se refería a su esposa–, ella lo pasa muy mal con mi madre.

–¿Pero qué es lo que oyes por las noches? ¿Acaso ronca? –inquirió Bettina impacientándose. La ponía enferma que Ludwig siguiera viviendo en casa de su madre y hablara de ella de forma tan desconsiderada.

–¡Qué va! Habla y habla sin parar –replicó Ludwig, avergonzado, al tiempo que se pasaba la mano por la barba. Ahora llevaba barba, y unas gafas de concha negra que le daban un aire más intelectual–. Habla con sus antiguos amantes... a veces dice cosas asquerosas. –Ludwig echó a Bettina una mirada expectante, pero no pudo descubrir en su rostro ni vergüenza ni indignación–. También suspira y jadea como quien, bueno, como una mujer que...

–Ya está bien –cortó Bettina.

Ludwig alzó las cejas y se quedó observándola con gesto de reproche.

–Lleváosla con vosotros –dijo elevando el tono de voz.

–A Marie ya le gustaría tenerla con ella, pero ya sabes que Guido no está de acuerdo –contestó Bettina–. Gabriel y yo sólo disponemos de una habitación, y el niño está en camino...

–Ya se nota –saltó Ludwig, echando una mirada envenenada al vientre de Bettina–. ¿Es necesario que te vistas de esa manera? Esa minifalda, en tu estado, y encima ese abrigo largo de charol rojo que se te abre todo el rato. No es que se vea precisamente esbelta tu figura...

Cuando estaba encinta, la mujer de Ludwig se envolvía en holgados sacos de tela a los que cosía cuellos blancos de colegial. Cada día se ponía uno limpio. Bettina se sentía incapaz de tomar en serio la exasperación de Ludwig.

–Tú mejor preocúpate de que tu madre coma un poco más –respondió severa.

–Nunca quiere que yo esté presente mientras come –se excusó Ludwig, colocándose una mano sobre el pecho–. Y todo porque un día la reñí porque se estaba echando toda la comida por encima del vestido.

Bettina lo dejó ahí plantado.

–Aquí te traigo tu ramita de laurel –anunció Bettina, al tiempo que abrazaba con cuidado a tía Paula; un montón de frágiles y quebradizos huesecillos de pájaro debajo de varias capas de lana y tejido.

–Ahora ya no necesitaré una corona de laurel –repuso la anciana olisqueando las recias hojas verdes–. Más bien otro tipo de corona, Betti, me gustaría que me pusierais una corona de zinnias de colores y que tocaran la *Barcarola*, ése es mi último deseo.

–Paula, me harás el favor de esperar a que llegue mi bebé –la reprendió Bettina, que se esforzaba en hacerla reír. Paula le concedió el deseo y sonrió. Sostenía la ramita de laurel muy cerca de sus ojos.

–El *gulasch* de Georg; siempre le ponía tres hojas de laurel y el guiso cogía un gusto demasiado fuerte.

Tía Paula, sin embargo, no pudo esperar la llegada del niño. Esa tarde, Bettina la vio por última vez.

Su madre, Marie, se sintió mal durante el funeral. Gabriel la acompañó fuera y, cogidos del brazo, estuvieron caminando por la alameda que había junto a la iglesia.

Quizá Marie ya estuviera enferma en aquellos días. Y a Guido le devoraba la impaciencia a causa de su cansancio y su incapacidad para soportar mucha gente a su alrededor.

–Ella se va a la cama. Se va a la cama tan pronto como oscurece. Tu madre ya no hace más que leer novela negra.

Bettina no se llevó ningún libro cuando decidió viajar sola a la isla.

Encontró un par de periódicos atrasados sobre la estantería junto a la cama. Trató de leerlos. Una expedición a la estepa se había topado con monos parlantes. Un hombre esperaba a su peor enemigo empuñando una pistola dentro de una habitación de hotel.

En la tienda de los Krämer, en el pueblo, había comprado un tarro grande de arrugadas alcaparras en salmuera; se hallaba sobre la mesa junto a sus papeles y las velas. ¿Podían comerse con queso? Había olvidado preguntarlo. Sobre la mesa vio también un plato con rodajas de tomate espolvoreadas de perejil y de brillantes y gruesas perlas de sal. Pero, una vez más, aquel plato no era suyo. Una familia de espíritus seguía habitando la casa. Unas almas semejantes a las personas que aparecen en las fotos ya desteñidas, perpetuaban entre esas cuatro paredes una vida muy antigua, una vida ligada a la vieja casona; se sentaban a la mesa, comían en los platos y, por las noches, se acostaban con Bettina. Nunca estaba sola.

Pasaron semanas enteras sin que Bettina bajara hasta el mar. Pensaba en el camino, que discurría por un desfiladero rico en vegetación, entre higueras y rocas. Había que superar unos campos de lava negra, luego un bosquecillo de adelfas, y enseguida se divisaba una preciosa vista sobre el mar. De pie, al viento, sobre las escarpadas rocas, se podía contemplar el ir y venir del agua entre las afiladas lenguas de lava que el volcán había desplegado hasta el mar, más de mil años atrás. Aquel paisaje no estaba hecho para el hombre. Eso pensaba Bettina. Lo veía hostil y amenazador, un paraje prehistórico desprovisto del apacible verdor de la vegetación, que no ofrecía siquiera una triste piedra lisa donde sentarse a descansar. Cada mañana tomaba la firme determinación de bajar hasta allí, pero las tardes la sorprendían una y otra vez entre esas paredes, tumbada en la cama o en la cocina, como una mujer hechizada, incapaz de abandonar la casa.

Su padre, Guido, nunca había amado el mar. A él le gustaban los ríos y los lagos rodeados de un paisaje hermoso y sosegado. «La naturaleza es un viejo adversario del hombre –decía–. Uno sólo puede sentirse seguro en los lugares que haya logrado conquistar.»

Marie sonreía cuando Guido se expresaba de ese modo y, al cabo de un tiempo, Bettina la oyó incluso hablar de su marido como de una persona que no armonizaba con el mundo: «Ese exagerado deseo tuyo de orden, incluso en la caja de limpiar los zapatos, es un síntoma de tu miedo al mundo», le espetaba. Pero eso fue después del largo viaje que hizo su madre. Regresó muy cambiada. Bettina nunca había podido dilucidar qué le ocurrió durante ese tiempo.

Aún podía ver a Marie acurrucada en la cama bajo las mantas y con el pelo completamente revuelto.

–No me levanto –dijo–. Hace tanto frío en la casa.

Bettina cumplía ese día dieciocho años, y fuera caía una copiosa nevada.

Ese año, la primavera entró muy despacio. Guido tuvo la calefacción encendida hasta finales del mes de abril. Marie, que nunca había sido friolera, deambulaba como un fantasma de habitación en habitación, tiritando, y envuelta del todo en su echarpe de lana. Solía quedarse mirando por la ventana o sentada en la butaca, literalmente pegada a la calefacción, contemplando el vacío. Algunas veces, ni siquiera se daba cuenta de que alguien entraba en la pieza, y se sobresaltaba cuando le dirigían la palabra.

Tazas y cucharas se le caían de las manos y se quedaba observando, como si la cosa no fuera con ella, cómo Bettina recogía los cristales del suelo o limpiaba la mancha de café que había quedado en la alfombra. Bettina, que al principio había intentado cuidar de Marie, forzarla a meterse en cama y prepararle el té, fue perdiendo la paciencia poco a poco ante su indiferencia y tozudez. Ni siquiera pudo convencerla para que visitara a un médico. Algunos días, cuando Bettina regresaba a casa del colegio, se encontraba con que su madre no había preparado la comida. No le daba ninguna explicación, se limitaba a sentarse con ella y a comerse en silencio los huevos fritos con patatas que su hija improvisaba. No parecía dolerle nada; todo lo más, algunas veces se llevaba de repente las manos a los oídos y esbozaba una mueca. Sin embargo, a las preguntas de Bettina respondía siempre que no era nada. Guido ya no la interrogaba acerca de su estado de salud; soportaba indulgentemente su ausente presencia y, como mucho, dirigía a Bettina una mirada implorante, como para hacerla testigo de su inagotable paciencia.

La señora Ida venía ahora casi a diario y, en ocasiones, ya traía en su bolsa de la compra carne y verdura para ellos.

–Su madre necesita un cambio de aires –decía–. Señorita Betti, créame, eso es una depresión. Así empezó también mi jefa en Hochzoll y acabó arrancándose el cabello, mechón a mechón, y... perdone la expresión, pero incluso se hacía pipí encima, una mujer de cincuenta años, imagínese.

La mujer cocinaba comida de cantina, como Guido la llamaba. Echaba azúcar en la ensalada y harina tostada en manteca sobre las judías verdes. Planchaba las camisas de Guido sin ninguna gracia, y éste sacaba el pecho para mostrar a Bettina las arrugas que quedaban alrededor de los botones, al tiempo que lanzaba miradas cargadas de reproche hacia el otro extremo de la mesa, donde Marie, sin inmutarse, iba echando sal sobre un rábano con una concentración casi infantil. Marie casi nunca terminaba lo que le ponían en el plato.

A Bettina no le disgustaba cómo cocinaba la señora Ida. Se sentaba en la cocina con ella y escuchaba sus historias acerca de su hijo Karl y la operación de vesícula a que le habían sometido. La señora Ida entendía un rato de enfermedades. Según ella, Marie sufría además una anemia, con toda seguridad. Su recomendación fue que tomara hígado crudo. Pero Bettina no se atrevió nunca a proponerle a su madre una cosa tan descabellada.

El médico que examinó a Marie, después de que Guido consiguiera obligarla a visitarle, habló de agotamiento y de esos difíciles cambios que tienen lugar en la vida de una mujer. Le prescribió baños de agua caliente en los pies y unas vitaminas. Pero Marie siempre negaba con la cabeza cuando Bettina le colocaba junto a la cama la palangana esmaltada con el agua caliente. «Eso no sirve más que para irritarme –decía–. Y por favor, cierra esa cortina otra vez; la luz del exterior me está deslumbrando.» Estaba lloviendo a cántaros.

A principios de mayo, Guido habló de nuevo con el médico, y ambos decidieron mandar a Marie a una cura, como si se tratara de un niño pequeño.

Ella escuchó pacientemente lo que se expuso durante la cena, pero cuando terminaron echó a un lado los prospectos de colores que Guido había desplegado ante ella y, muy decidida, dijo:

–No pienso ir.

Bettina y Guido se cruzaron una mirada y, al punto, ambos se esforzaron por turnos en presentar como algo muy apetecible el manantial de aguas sulfurosas, el hermoso paisaje y el aire puro. Marie soltó una carcajada que sonó triunfal, como si hubiera estado esperando mucho tiempo para verlos a los dos tan firmemente aliados contra ella.

–Vas a ir –gritó Guido–, aunque tenga que hacerte yo mismo las maletas y llevarte allí personalmente. Tú ya no sabes lo que te conviene. Ahora soy yo quien debe decidir por ti.

Pero Marie ya no le escuchaba. Se llevó despacio las manos a los oídos y se quedó contemplando a Bettina y a Guido con una débil sonrisa en los labios.

Bettina le preparó el equipaje. Le compró un albornoz de color turquesa, medias y ropa interior. Una tarde vino tía Paula y estuvo admirando asombrada todo lo que Bettina había comprado. Marie estaba en la cama y no deseaba ver a nadie, ni siquiera a Paula. Cuando ésta se sentó en una esquina de la cama, ella se tapó la cabeza con la manta.

–Todo se arreglará, Marie –la consoló Paula, acariciando mecánicamente el bulto enrollado bajo la manta–. Cambiar de aires suele sentar de maravilla, créeme.

–Quizá tenga depresiones –opinó Bettina, que se lo había oído decir a la señora Ida.

–¡Qué va a tener depresiones! –exclamó Paula, todavía golpeando a ciegas el bulto inerte bajo la manta con un gesto de incredulidad. Y moviendo la cabeza, repitió–: ¡Depresiones!

La mañana prevista para la partida, Marie desapareció. La maleta hecha estaba junto a la puerta de su dormitorio. Faltaba su abrigo y, más tarde, Guido descubrió que el dinero que había dejado preparado para el viaje encima de su escritorio tampoco estaba. Bettina no encontró hasta el momento de acostarse la nota que su madre le había dejado en su cuarto, en la que le pedía que no se preocupara; que volvería pronto y que los manantiales de agua sulfurosa no eran para ella, sino para los ancianos. Guido telefoneó a Paula, pero tampoco ella sabía dónde se había «escondido» Marie, tal y como Guido lo definió: «Marie ya sabe lo que se hace», fue su respuesta. El hombre ya sabía que Paula no iba a servirle de gran ayuda.

Al cabo de una semana, Bettina recibió una postal de su madre. Venía de Davos. En ella se veía un bosque blanco y un viejecito agachado dando de comer a una ardilla apostada al borde del camino. «Estoy bien –decía en la postal–. Aquí todavía hay nieve. Dile a Guido que pienso devolverle todo el dinero, hasta el último penique.»

–¿Y cómo piensa hacerlo? –preguntó Guido, inquieto y aliviado a la vez.

Bettina se rió, contenta y orgullosa. En aquella época le había parecido estupendo que Marie se marchara por iniciativa propia, ya que, pensaba, a partir de entonces todo volvería a ser como antes.

Bettina atravesó despacio la terraza en dirección a la cocina. Allí se quedó parada con los brazos caídos. Sus pies descalzos obstaculizaron el camino de las hormigas, y observó cómo correteaban asustadas en todas direcciones hasta que se volvían a ordenar, abriendo un nuevo camino por encima de sus dedos. Ella se las sacudió y las aplastó con unos cuantos pisotones sobre las baldosas rojas, junto al horno y en el marco de la puerta, sin dejar de maldecirlas.

Cuando terminó, se sentó resoplando en el escalón. Las hormigas, impertérritas, seguían desfilando junto a ella.

Algunas noches, Bettina intentaba hablar con Marie.

Estaba tendida en la cama con los brazos y las piernas estirados, y le ardían los hombros, la cara y la espalda. Una vez más, se había quedado traspuesta tomando el sol. Dormía a menudo durante el día, algunas veces en la cama y otras, las más, tumbada en la terraza. Siempre le entraba sueño cuando pensaba en Marie.

Al final había deseado su muerte, había acabado por separarse de ella, por no ser testigo de su lenta agonía, como lo era Guido. Bettina sabía muy bien que la muerte de Marie le producía horror porque temía que también a ella le estuviera reservado un final como ése. El desconcierto se apoderaba de ella en los momentos en que no era capaz de distinguir a Marie de sí misma, en que creía sentir los mismos dolores que ella. Esa sensación le producía una inusitada rebeldía y le causaba enormes remordimientos. Tenía que luchar consigo misma para poder acercarse a la cama de su madre.

Por las noches, el viento soplaba con violencia. Se levantaba al atardecer y, en ocasiones, llegaba a apagar las velas de la cocina. Bettina trataba de hablar con Marie, y no con la mujer que más tarde vería tan arrugada y silenciosa dentro de su ataúd. Un cuerpo chupado, una calavera con la piel pegada al hueso reposando sobre un nido de cabello blanco. Hablaba con la Marie de su infancia, la Marie que la acogía en su regazo y cuyo calor protector la envolvía con toda naturalidad, día tras día.

–¿Cómo era yo de niña? –le preguntaba Bettina.

Marie, sentada en el sillón azul, alcanzaba a su hija un bol lleno de bayas. Bettina percibía a distancia el olor de la fruta y el aroma a camomila y a piel de Marie.

–Eras una niña muy cariñosa, siempre querías sentarte encima de mis rodillas y que te llevara en brazos. Eras tímida y callada, enigmática como un animalillo. Muchas veces, yo no tenía ni idea de lo que pasaba por esa cabecita, a pesar de que hablabas muchísimo, y me hacías un montón de preguntas que yo no podía responder. A Guido le preguntabas todavía más.

Guido se hallaba sentado a la mesa, recortando pequeñas llamas que había dibujado y coloreado para su hija. Un rebaño de llamas. Bettina quería construir un establo de papel. ¿Qué edad tenía entonces? Unos cinco años. Guido había regresado de la guerra, delgado y taciturno, y Bettina había tenido que acostumbrarse primero a su presencia.

–Yo diría que fuiste cazadora y coleccionista durante muchos años. Siempre permanecías en segundo plano, al acecho, observando a los mayores a tu alrededor –reflexionó Guido–. Bueno, en realidad, te parecías más a un coleccionista –matizó–, que recoge todo lo que va encontrando en su camino a través de los bosques de los adultos y se lo lleva a casa para examinarlo, ordenarlo, clasificarlo y extraer sus propias conclusiones. Quizá sería más acertado calificarte de investigadora que estudia sin asombro los usos y costumbres de una tribu extranjera sin asombrarse, movida por la curiosidad y, en ocasiones, incluso por el miedo. Muchas veces me pesó en el alma no saber qué era lo que te traías entre manos. Yo no podía estar todo el día controlándote. Tú siempre estabas con las mujeres, ibas descubriendo la vida y te centrabas ante todo en cocinas, dormitorios y comedores. Si hubieras nacido chico... –Guido respiró hondo–. No podía ofrecerte más que mi cercanía, darte cosas que pensaba que podrías emplear algún día. Libros, pintura, música.

–¿Y por qué dices que fui cazadora?

Guido sonrió. Sus manos salpicadas de manchitas marrones doblaron cuidadosamente las gafas.

–Cazadora porque sabías con toda exactitud lo que perseguías.

–¿Y qué era?

–Querías saber lo que era el amor, te habías empeñado en saber lo que era eso, el amor.

–¿Y finalmente conseguí cobrarme esa pieza?

–Eso eres tú quien debe saberlo –contestó Guido con tristeza.

Marie había guardado silencio.

Bettina se dirigió a la cocina y se tomó un vaso de agua.

Había amado a Joe, pero no había podido permanecer a su lado. ¿Amaba a Gabriel? No lo sabía con certeza.

Era como si estuviera corriendo por un largo pasillo iluminado, un corredor de hotel en el que iban abriéndose muchas puertas. Tenía dificultades para mantenerse en el centro y no apartar la vista de su camino. Por las puertas asomaban hombres que, al momento, volvían a desaparecer. Pasaban como un rayo ante sus ojos, se apelotonaban ante ella, le gritaban palabras incomprensibles, le obstaculizaban el paso y luego se esfumaban de improviso, sin darle tiempo a fijarse en ellos. Quería saber adónde conducía aquel pasillo, pero a cada paso que daba veía más claro que nadie iba a revelárselo.

Fuera empezaba a clarear. Las islas palidecían e iban sumergiéndose en el mar. El viento sacudía los olivos y traía un olor a humo y a tomillo seco. Mar adentro, Bettina distinguió las luces de una barca, que aparecían y desaparecían entre las olas.

Bettina invertía casi una hora para bajar al pueblo. El camino a través del olivar era intrincado y pedregoso; la tierra seca y amarillenta bajo los árboles teñía sus pies desnudos. Aquellos terrenos habían pertenecido a la casa que ella ocupaba ahora. Habían sido propiedad de la familia de campesinos que la habitaba, la misma gente que, en tiempo de cosecha, llevaban las olivas maduras a la gran prensa de aceite del almacén junto a la casa, para echarlas por el embudo que, hoy del todo oxidado como una chimenea vieja, sobresalía de la parte superior de la máquina cubierto de telarañas y hojas marchitas.

Durante el largo camino montaña abajo, Bettina intentaba imaginarse el espeso aceite verde fluyendo por el ennegrecido pico de la máquina. Andaba a buen ritmo, y nunca se salía del camino, porque siempre se apoderaba de ella un extraño desasosiego, como si fuera a perderse para no encontrar ya nunca más el pueblo, ni contemplar de nuevo el mar; seguiría caminando más y más allá, entre los grisáceos troncos retorcidos, rodeada del metálico canto de los grillos.

El tiempo se estiraba y se comprimía. A veces, Bettina se pasaba el día entero durmiendo para hacer más corto el lento viaje del sol a través del cielo, y, una y otra vez, la brisa fresca del anochecer la sorprendía sentada sobre el muro, sin poder explicarse cómo había transcurrido toda la jornada.

Guido leía, paseando arriba y abajo en la habitación. Con un armónico gesto de su mano izquierda cogía un pañuelo del aire a la altura de su cabeza, bajaba la mano llena y la sostenía con los dedos apretados fuertemente frente a su pecho, antes de soltar el aire con un aleteo. Entonces, señalaba con el índice hacia un lugar imaginario, subía el tono de voz y lanzaba a Bettina una significativa mirada. La cuestión giraba en torno a la conspiración de los Pazzi y Savonarola. Desde que Bettina le comunicara su decisión de estudiar Historia del Arte, Guido le leía todos sus escritos. Organizaba pequeñas sesiones con ella, le mostraba obras poco conocidas que aparecían en revistas de arte y la animaba a que determinara la época, el autor, las características de ese pintor y la influencia de sus maestros. Bettina adoraba aquellas tardes con Guido. Marie no tomaba parte en ellas, ni siquiera les interrumpía para servir la cena. Prefería permanecer en la habitación contigua haciendo solitarios, una nueva pasión que Guido aceptaba resignado.

–Va a salir, ahí, mira, va a salir, veamos cómo continúa esto, aquí pongo el cinco rojo, el rey de corazones..., veamos...

Con todo, cuando Bettina salía del despacho del brazo de su padre, tenía la sensación de que Marie la observaba ceñuda y pensativa.

–Mi ayudante –bromeaba Guido, dándole a Bettina un empujoncito. Acto seguido se sentaba a la mesa. Examinaba ausente el pan y la salchicha mientras buscaba ya un nuevo tema de discusión para tratar con su hija a lo largo de la cena. Marie se sentaba con ellos y parecía escucharles, pero ¿oía realmente lo que decían?

Luego, en la cocina, fregando los platos, miraba a Bettina de reojo con una sonrisa en los labios.

–Un hombre así siempre puede escudarse en su trabajo –decía–. Cierra la puerta detrás de él y desaparece. –Y cuando Bettina la miraba sorprendida, añadía todavía sonriente–: Te montan a su grupa cuando eres joven e ingenua, y luego te pierden por el camino, en cualquier parte, sin darse cuenta siquiera.

Bettina había pensado mucho en aquella frase. Eso fue a su regreso del viaje. En aquella época su madre solía decir cosas que la desconcertaban.

–Conoció a un hombre, allí en Davos –comentó tía Paula al cabo de dos semanas, sin poder evitar que se le alzaran al decirlo las comisuras de los labios.

Durante su ausencia, Marie había escrito a Bettina cartas muy extrañas. «He tenido ocasión de hacer magia como cuando era una niña», decía una que Bettina optó por ocultar a Guido.

–¿Cómo hiciste lo de la magia? –le preguntó a Marie al cabo de un tiempo, una noche en que su madre yacía en la cama completamente inmóvil y envuelta como una momia.

Ella permaneció callada y sacó una mano de debajo de las mantas para acariciar la frente de su hija.

–¿Has inducido alguna vez a alguien a que se enamore de ti? –preguntó con una risita–. No –se contestó ella misma–, solamente jugando. A veces creo que todas las cosas que no hemos llegado a hacer siguen su curso de alguna manera, tienen vida propia. Quizá yo viva ahora en otro país, con otro hijo, y nadie lo sabe, ni siquiera yo.

Bettina no la comprendió.

–¿Fuiste feliz allí en la nieve? –inquirió esperanzada.

Marie tarareó una melodía.

–No –respondió finalmente–. No, simplemente me sentí distinta, muy ligera, muy relajada, ¿sabes? Por las noches, volaba a vuestro lado, era capaz de hacerlo. Hablaba con tu padre y le decía muchas cosas.

–¿Qué le decías?

–Que no me conoce, que vive con una mujer que nunca le ha mostrado quién es en realidad; pero eso tampoco es cierto, no es justo que lo diga. No me preguntes más.

Bettina había intentado imaginarse a ese hombre abrazando a Marie, susurrándole palabras al oído y desabrochándole el vestido. Despierta en su cama, se obligaba a seguirles hasta debajo del edredón de plumas del que Marie le había hablado. Le repugnaba imaginarse la escena, le daba miedo, pero a pesar de ello disfrutaba con aquellos pensamientos. En algunas ocasiones el hombre se parecía a Guido, en otras a Gabriel; a veces se comportaba de forma salvaje y autoritaria, tiraba a Marie al suelo y le tapaba la boca, pero otras se abrazaba al cuerpo desnudo de su madre, ágil y veloz como una serpiente y, firmemente rodeado por los brazos de ella, le introducía la lengua en la oreja y respiraba entre sus cabellos con los ojos semicerrados. Muy pocas veces se permitía Bettina tomar parte en ese oscuro combate. Cuando lo hacía, el hombre soltaba a Marie y se acercaba hasta ella, Bettina; se deslizaba entre sus piernas y la llenaba de saliva y sudor, haciendo con ella lo que le venía en gana.

Bettina se avergonzaba de aquellas fantasías, y se dormía con las manos entre los muslos.

–No pasó nada –concluyó tía Paula con tristeza. Bettina estaba sentada con su tía bajo la colada mecida por el viento–. Me habría alegrado por ella –confesó, y Bettina vio a su padre a través de la ventana, paseando de un lado a otro del despacho. Con sorpresa descubrió que también ella deseaba para Marie aquel hombre, el hombre de sus sueños. Pero sólo por poco tiempo, únicamente durante un par de semanas, como diversión.

–Se encaprichó de algún tipo que conoció allí, en el hotel –comentó Paula quitándose los zapatos y moviendo los dedos de los pies sobre la hierba–. Pero ya conoces a tu madre. Una verdadera lástima.

–¿Te ha contado algo sobre eso? –inquirió Bettina cogiendo impaciente las manos de su tía.

–Sólo indirectas –respondió Paula arrugando la frente–. Dijo algo, bueno, dijo que alguien, un hombre, le había... pero eso no es algo que tú debas saber.

–¿Y está triste por esa causa? La encuentro tan extraña...

–Suele pasar –repuso tía Paula con gran convicción, y acto seguido cerró los ojos–. Probablemente estuviera casado.

Bettina caminaba cada vez más deprisa entre los árboles, inspeccionaba la posición del sol entre las copas y buscaba, al borde del camino, los signos que le eran familiares, el montoncito de piedras en un recodo del camino y el pedazo de tela roja clavado en un tronco. Cuando percibía el olor a humo procedente del pueblo, el camino ya descendía hacia el pequeño desfiladero, poblado de pastos y cabras. Más abajo se pararía para sentir el viento en la cara y contemplar el pueblo y el mar bajo el sol de la tarde.

Cuando Bettina supo que esperaba un niño, hizo las maletas de inmediato y regresó a casa para esconderse. Lo que esperaba quizá era que alguien la ayudara, no lo sabía. La consternación le había hecho perder la cabeza. En su fuero interno aún creía en la magia de su habitación de niña, donde, protegida por las cortinas azules de dibujos, arropada por la descolorida manta en su pequeña cama, retrocedía en el tiempo hasta convertirse en el ser íntegro que fue una vez. Sentía una enorme nostalgia de aquello, pero el embrujo ya no tenía efecto.

–Se la oye llorar desde la calle. –Guido estaba hablando con Marie en el umbral de la habitación de Bettina–. ¡Haz que se calle, tú eres su madre! –Marie también se echó a llorar.

Bettina yacía inmóvil en la cama. Había dejado de gritar cuando oyó que se abría la puerta. Pudo ver a dos personas de pie, a su lado, y no tenía la menor idea de lo que querían de ella. Las cortinas azul celeste decoradas con lunas y estrellas se hinchaban como velas al viento en medio de la corriente de aire.

Bettina les tenía asustados.

Guido no se atrevió a acercarse demasiado a la cama de su hija. Marie tuvo que apoyarse contra la pared. El niño crecía imparable en el vientre de Bettina, segundo a segundo. Gabriel deseaba casarse con ella. Acudía todos los días a interesarse por su estado, sin conseguir que ella accediera a verle.

–Yo siempre te querré, aunque hagas algo terrible. –Marie había echado a Guido de la habitación. Estaba sentada en la cama de su hija y le cogía la mano.

«Ni siquiera es capaz de pronunciar la palabra aborto», pensó Bettina.

–Si tú hicieras una cosa así... –le había dicho Guido una vez, en el bosque, haciendo un alto bajo las hayas–. Tendría que... –se atragantó–, ya no podrías seguir viviendo conmigo. Ya no sería capaz de mirarte a la cara.

Durante ese paseo por el bosque hablaron de Paula. Bettina iba recogiendo helechos y, de tanto en tanto, se metía en la boca una avellana que sacaba de su bolsillo.

–Paula tuvo a su hijo, a su Ludwig. No le fue fácil; ese hombre no quiso verla más después de lo sucedido... Un representante de champús y tónicos capilares. –Guido contrajo el gesto–. Tu tía jamás tuvo ojos para un hombre como es debido. Es un milagro que Ludwig se haya convertido en un joven tan formal. –Bettina se metió un puñado de avellanas en la boca–. También es un milagro que Paula no trajera aún más hijos ilegítimos al mundo. Quién sabe... –Dejó la frase colgando en el aire como un mal augurio. Bettina intentó decir algo, pero tenía la boca llena de pasta de avellana y no conseguía tragársela.

Todavía ahora, años después, recordaba el sabor de las avellanas esa tarde en el bosque, y también a su padre, parado en el margen del camino bajo la intranquila luz del hayal, muy derecho y con el enfado dibujado en su rostro.

Por la mañana, temprano, dos grandes pájaros habían sobrevolado la casa describiendo círculos. Bettina estuvo contemplándolos sentada en el muro de la terraza, de espaldas al mar. Ansiaba ver la isla reposando a sus pies, el agua, respirar el olor a azufre que brotaba del corazón de la tierra. Porque olía a azufre, ¿no? ¿Se veía allí arriba un gran boquete que expulsaba humo con penetrante olor y, en ocasiones, lava incandescente? Nunca había visto un volcán al natural; se lo figuraba gracias a las imágenes que había visto en los libros, que mostraban un agujero en la cima de la montaña vomitando violentamente una masa de fuego hirviendo semejante a la sopa de tomate, y lanzando al aire furiosas burbujas. Gabriel sonrió cuando se lo comentó. Él había visitado el Etna.

–Es muy diferente, Bettina. El acceso al interior de la montaña carece prácticamente de interés. Los campos de lava resultan mucho más impresionantes, eso sí vale la pena, ver esos vastos y yermos escoriales.

–Un tío tan guapo –exclamó tía Paula acariciando la espalda de Bettina. La joven se sentó pesadamente junto a la butaca y apoyó los brazos en el regazo de la anciana mujer–. Un rostro tan fresco, tan agradable, y además te quiere. –Paula le alzó la barbilla–. ¿Sabes? Tío Georg también me quiso, era tan paciente conmigo; ya sé que piensas que aquello era un aburrimiento, pero no es cierto. Al principio ni siquiera le amaba, seguía esperando a mi príncipe azul. ¡Ya ves! Fui una mujer tonta e infantil, también en aquella época. Tú en cambio, eres una chica muy lista. Cásate con él, y cuando... el amor ya llegará. Una mujer necesita un hombre. Cuando pienso en Mia, ay no, no. Vivir tan sola, sin saber lo que se siente por las noches, frente a la cama con la persona amada, cuando empiezas a desvestirte y contemplas cómo él se desnuda también. Todo es apacible y natural, se comenta la jornada y luego, en la penumbra, te acurrucas junto a él bajo la manta, ambos bien calentitos... conoces su forma de murmurar, sabes cómo se mueve durante la noche y a qué huele al despertar... Pero ¿qué estoy diciendo? Soy una vieja chiflada. Todo eso lo sabe mi Betti de sobra.

–No estoy segura de que Gabriel me guste de verdad; quiero decir, de que le ame de veras.

Tía Paula enredó sus dedos en la melena de Bettina.

–¿Qué diablos os hacéis en el pelo las chicas de hoy? Se os pone tieso igual que si os hubierais echado agua azucarada y se os hincha como un panal de abejas –comentó riendo.

–Fijador de pelo –contestó Bettina.

–Huele como el barniz. ¿Y ya le gusta a tu Gabriel que te hagas esos peinados? Di.

–No lo sé –repuso Bettina, dejándose caer de rodillas y lanzando un suspiro–. Me parece que le importa muy poco.

–No es necesario que te cases con él.

Marie estaba sentada en la cama de Bettina. Le había traído nueces y granos de uva en un pote de cristal, y flores del jardín, unos áster preciosos, además de manzanas y ciruelas. Bettina encontró a su madre delgada y rígida cuando la rodeó con sus brazos. El viaje en tren la había fatigado.

Marie vestía una falda de punto y una blusa bordada. «Parece una profesora de trabajos manuales, solterona y amargada», se le ocurrió a Bettina de repente. Desde que Marie regresó, Bettina no había podido acostumbrarse al modo especial en que le acariciaba el cabello o movía sus labios al hablar.

–Tu habitación es muy acogedora. La casera me ha dejado entrar; es una mujer muy amable. Dice que trabajas demasiado, que siempre ve luz por debajo de tu puerta cuando se va a dormir.

Bettina estudiaba Historia del Arte. Había conocido a Gabriel en la biblioteca; el joven cursaba los mismos estudios. Bettina estaba preparando un trabajo semestral sobre los altares de piedra del románico en la isla Gotland. Gabriel escribía entonces su tesis doctoral: «Estudio sobre la estructura de la fachada de la nave transversal sur en Nuestra Señora de los Trece Ángeles. Elaborado a partir de las fuentes bibliográficas». Era un tema que tenía archisabido.

En la biblioteca, se sentaba siempre en la mesa de enfrente y parecía completamente absorto en sus apuntes. A Bettina le gustaba su nariz larga y ligeramente respingona, que él solía sonarse con esmero, usando un pañuelo a topos, para ponerse, a continuación, a hojear los libros que tenía delante. Antes de entrar en materia se limpiaba también las gafas y las comisuras de los labios, y estiraba los dedos, moviéndolos en el aire, como si se preparara para tocar el piano.

Lo venía observando desde hacía unos días, sin que él pareciera darse cuenta. Una tarde, el joven pasó junto a ella y le dejó una notita encima de una pila de hojas. En la nota venía reseñada una hora y el nombre de una cafetería, y debajo: «La espera el hombre al que observa usted siempre cuando se limpia la nariz. Lo repetiré en exclusiva para usted, delante de un vaso de vino. Debo añadir que, por si fuera poco, cuando bebo vino la nariz se me pone azul, lo cual conferirá a mi numerito una inusual nota de color».

Bettina estaba decidida a no perderse aquel espectáculo.

Marie le removió el té.

–Tendrías la posibilidad de seguir estudiando, Betti; yo me haría cargo del pequeño, Guido y yo le cuidaríamos. Tú podrías ir cada día en tren a la universidad. Además, Guido puede ayudarte mucho en tus estudios, no deberías prescindir de él. En este momento, de todos modos, lo más importante es el niño.

Marie echó una mirada a su hija y, viendo su rostro malhumorado, añadió sin perder tiempo:

–Más adelante, alquilas nuevamente una habitación aquí y vienes a casa los fines de semana, Bettina. El niño estará de maravilla con nosotros, piensa en el jardín.

–¿Has hablado ya con Guido de ese asunto? Quiero decir sobre lo del niño, que quieres criarlo tú si no me caso con Gabriel.

Marie esbozó una sonrisa.

–No, primero quería hablarlo contigo. Guido no representa ningún problema. Yo creo que le sentaría muy bien tenerte de nuevo en casa. Desde que te marchaste habla solo, y cuando no vienes a comer los domingos le sienta mal el almuerzo. No lo dice, pero yo se lo noto.

–No sé qué debo hacer. –Bettina se encaminó hacia la puerta y pegó el oído a ella–. La casera, esa amable mujer, como tú la llamas, es una vieja charfardera. Siempre está pendiente de si Gabriel se marcha de aquí puntual. De lo contrario, llama a la puerta y grita: «Señorita Bettina, es hora de cerrar». Seguramente también me espía por el ojo de la cerradura.

Marie movió la cabeza y bebió un sorbito de su taza. Obvió mencionar que, naturalmente, también Gabriel podía mudarse a vivir con ellos si Bettina lo deseaba.

–Desde que estoy embarazada ya no me apetece acostarme con él –dijo Bettina.

–No hace falta que te cases con él –repuso Marie levantando el brazo y atrayendo a su hija junto a ella en la cama.

Bettina, finalmente, optó por convertirse en la esposa de Gabriel. El día señalado, en la iglesia, se mareó. El incienso colgaba como un velo azul sobre los ramos de flores. Al volverse, todo a su alrededor se tornó borroso.

Estuvo un rato sentada en cada una de las mesas, dispuestas bajo los manzanos en el jardín de sus padres como en un sueño. Llevaba un vestido blanco y una corona de flores sobre el cabello. Guido pronunció un discurso y habló de lo difícil que se le hacía entregar a su única hija. Ludwig también quiso decir unas palabras y se refirió a las alegrías de la paternidad. Paula se durmió a la sombra, sentada en un asiento repleto de cojines. Marie atendía por turnos a los niños de Ludwig, los tomaba en brazos y les iba dando pastel.

Aquella mañana de la boda, en la cocina, Bettina se había echado a llorar; cuando oyó irrumpir a los niños con el grito de «¡ya llega el novio!», se escondió a toda prisa en el rincón junto a la nevera. «¡Lleva un ramo de flores enorme!», gritaban. La pequeña Mara, la hija mayor de Ludwig, no dejaba de saltar de excitación. Bettina no quería ni ver a Gabriel, y menos aceptar el ramo. Estaba temblando, y se tapó la cara con las manos. La señora Ida, que enjugaba copas con un delantal blanco, se retocó el maquillaje de los ojos y lanzó un profundo suspiro.

Bettina se protegió de la luz del sol poniéndose una mano en la frente a modo de visera. Los dos pájaros volaban cada vez más alto en el cielo almibarado de la tarde. Se tendió sobre las baldosas de la terraza, apoyó la cara en el suelo y sintió cómo le hervía la frente; iba envolviéndola una atmósfera caliente y trémula que se filtraba a través de su camisa.

–Mañana subiré al cráter –resolvió en voz alta.

Pero el día siguiente transcurrió como todos los demás. La franja de sol de la puerta avanzó por el suelo de la cocina, pasó sobre los pies desnudos de Bettina, sobre las hormigas, la mesa con los platos y los vasos, las bolsas de basura y por fin se detuvo, ya de un tono cobrizo, en la pared bajo el banco, hasta que palideció y se apagó por completo.

Cuando oscurecía, Bettina solía pasearse por la casa con la lámpara de petróleo en la mano. Subía al terrado, abría las puertas de madera que protegían las hornacinas y alumbraba las cisternas. De bien poco pudo enterarse en el pueblo acerca de las personas que habían vivivo antes en la casa.

–Se marcharon a América –había comentado la señora Krämer, trazando con la mano abierta un amplísimo arco sobre las bolsas, los potes, las botellas en las estanterías y los tarros llenos de olivas–. Lejos, lejos, a América, todos quieren irse. Aunque uno lo comprende muy bien viviendo aquí, junto a esa montaña. Pero yo ya soy demasiado mayor. Somos demasiado viejos.

–¿Y quién recoge las aceitunas? –preguntó Bettina–. ¿Quién cuida de la casa?

Pero la anciana mujer ya no la escuchaba.

–América está muy lejos –dijo espantando una mosca que se había posado sobre el queso–. No hay quien les haga volver de allí.

La casa estaba vacía desde hacía mucho tiempo. Otras personas habían ocupado esas habitaciones, habían dormido en su cama y utilizado el agua de las cisternas.

Al anochecer, Bettina deambulaba por las habitaciones y pensaba en la familia que había vivido allí. Sentaba al hombre a la mesa, situaba a la mujer en el lavadero que había detrás de la casa haciendo la colada, les daba hijos, un perro y palomas. La mujer desnuda dibujada en el pared sobre la cama no había sido obra de ellos.

Al principio, Bettina y Gabriel alquilaron una habitación, un pequeño estudio con cocina y baño en un bloque de pisos de las afueras de la ciudad. Durante el día, la cama quedaba empotrada en la pared, y comían en la mesa entre libros, papeles y discos. Por las noches, cuando Gabriel fumaba y trabajaba hasta tarde, metían en el baño el cesto de Anna. En aquella época Bettina preparaba un trabajo sobre Poussin.

Veía a Gabriel pasear por la pequeña vivienda, leer tendido en la cama, con el lápiz en la mano, para ir anotando observaciones al margen. Se veía a sí misma sentada a la mesa con Anna en brazos delante de un montón de libros o mirando por la ventana; veía la hoja de papel y el lápiz frente a ella. Los voluminosos angelitos desnudos de Poussin gravitaban en el aire azul y dorado sosteniendo con ambas manos coronas de laurel. Narciso dormía, pálido y agotado, tendido a la orilla del lago, mientras detrás de él, la ninfa Ecco apenas se distinguía del sauce sobre el cual estaba sentada observándole. La cara de Gabriel era del todo inexpresiva; removía el contenido de un cazo sobre el fogón y soplaba cuando la espuma de la leche hirviendo empezaba a subir. La carita caliente de Anna se apretaba contra el pecho de Bettina. Las casas que les rodeaban eran como grandes baúles; en su interior las personas se desplazaban, se tendían hacinadas como dentro de cajones, hablaban, se miraban... unos encima de otros, unos junto a otros, separados solamente por finísimas paredes; una cocina junto a la otra, un salón debajo de otro. El rostro de Gabriel, su mirada, se posaba en ella, en Anna y en el libro abierto, sobre el paisaje de Poussin, donde el verdor de las copas de los árboles contrastaba con el claro azul del cielo.

Luego, efectivamente, terminaron por mudarse a casa de Guido y Marie. Guido había encargado hacer reformas en la buhardilla. Era una sala amplia y muy luminosa, con las paredes inclinadas; aún se respiraba el olor a madera fresca.

Gabriel se integró en la familia como si hubiera vivido siempre con ellos; salía a pasear con Guido, seleccionaba artículos cortos del periódico y los fijaba en el armario de la cocina para Marie. «Los peligros de un elevado consumo de sal», «El sésamo, una especie del lejano Oriente». Cuando por las noches Bettina regresaba de la universidad, Gabriel ya estaba sentado entre sus suegros en el sofá, con un libro de arte abierto sobre las rodillas.

–«Arte moderno, el reto de las estructuras inconclusas» –decía, y–: «Ya hemos llevado a Anna a la cama.»

Anna tenía un año. Dormía en una cuna de barrotes en su habitación.

Cuando Bettina se inclinaba sobre el bebé dormido, una extraña inquietud se apoderaba de ella, una mezcla de alivio y remordimiento. Alguna vez, por la noche, poco antes de dormirse, le había entrado el súbito impulso de bajar, coger a la niña de la cuna y salir de la casa silenciosamente, sin saber adónde iría.

–¿Tienes celos de Anna? –le preguntó Gabriel bromeando–. Tu mamá está como loca con ella.

Bettina negó con la cabeza.

–No sé, me afecta de algún modo esa terrible sensación de que la vida continúa día a día... como si avanzara sobre raíles...

Gabriel no supo qué quería decir.

–Opino que hemos encontrado una solución óptima –observó–, especialmente para ti, así puedes dedicarte por completo a tus estudios. Además, una casa tan bonita jamás habríamos podido permitírnosla.

En el almacén, junto a las cisternas, Bettina encontró un juego de herramientas oxidadas, una pala, picos y cubas de madera reventadas. Alineó los rastrillos, la pala, los picos y el hacha pequeña contra la pared. Las herrumbrosas piezas de maquinaria, provistas de macizas ruedas dentadas y tornillos sueltos, eran demasiado pesadas como para poder arrastrarlas. No tenía idea de para qué servirían. Más tarde, llevó los útiles viejos a la cocina, los limpió y trató de fijar mediante unas astillas de madera el mango suelto del hacha. Cuando hubo terminado, volvió a alinear los instrumentos contra el muro de la terraza y colocó junto a ellos el búho disecado que encontró dentro de la cisterna vacía. Llenó de agua las dos tinas de madera para ver si se dilataban y tapaban bien las grietas, pero el agua se escapó en largas lenguas que fluían sobre las baldosas rojas. Aquellos útiles tan bien colocados contra la pared la entristecían cuando los miraba de reojo al pasar cerca de ellos. Estaban expuestos allí como objetos procedentes de otra cultura en la vitrina de un museo.

A las lagartijas, que aparecían de vez en cuando en el escalón de la cocina persiguiendo a alguna hormiga, les ponía trocitos de fruta, migajas de pan y pedacitos de jamón.

De noche, un silencio sepulcral reinaba en torno a la casa. No se oía más que el viento. A ratos, Bettina se sorprendía hablando consigo misma. «Ve a acostarte, Bettina, intenta dormir.» Pero enseguida se ponía de nuevo en marcha con la lamparita en alto, dispuesta a inspeccionar las habitaciones, sin poder hallar lo que buscaba y sin saber lo que la mantenía en vilo.

Iban pasando los días. El mar se despertaba cubierto de niebla, y, hacia el mediodía, el aire caliente olía a azufre y a nuez moscada.

Bandadas de pájaros blancos volaban en círculos sobre la ensenada. Bettina escuchó sus gritos agudos y se inclinó aún más sobre el muro para mirar hacia abajo, al mar, pero no detectó nada extraño. Buscaba una barca de pesca y peinó con la mirada toda la extensión del mar hasta el horizonte. Al no descubrir ni un solo barco la invadió una angustiosa desesperación. Ni siquiera las islas se podían divisar aquella mañana. Quizá ahí abajo, encallado en los afilados cantos de las rocas, hubiera un gigantesco animal agonizante, y los pájaros lo sobrevolaban impacientes esperando que se produjera el desenlace. Quizá la barca que buscaba se hallaba hecha pedazos en la orilla negra y hostil, y los cadáveres de los marineros flotaban inertes en el agua clara como viscosos peces blancos.

«No puedo seguir mirando hacia abajo –pensó Bettina–. Sea lo que sea lo que haya sucedido allí, no quiero verlo.» Los pájaros seguían describiendo círculos en el aire, tomaban altura, descendían de nuevo y aleteaban empujados por el viento y gritando sin cesar.

Bettina corrió a la cocina y cogió la mochila que tenía guardada bajo la mesa. Sudando, metió en ella una falda y una camisa. No dejaba de murmurar y se escuchaba a sí misma pronunciar frases incomprensibles.

–Largaos todos, dejadme en paz, esfumaos. No quiero verlo, no quiero saber nada.

Se detuvo un momento y respiró hondo. De pie junto a la mesa, contemplaba la mochila, su juego de llaves y el plato manchado de cera con las velas.

–Necesito velas –dijo en voz alta–. Cerillas, jabón.

Las fuerzas la habían abandonado. Se sentó en la silla y apoyó la cabeza encima de la mesa. En el exterior, los pájaros hacían un ruido infernal; el viento traía sus gritos, a veces agudos y penetrantes, y otras sólo una queja lejana y sostenida.

Una tarde, Bettina decidió bajar al pueblo. No cerró la casa y dejó encendida la lámpara de aceite en el dormitorio, ya que no sabía si iba a estar de regreso antes del anochecer. El pueblo, como siempre, yacía abandonado e inmóvil bañado por el sol del atardecer. Bettina pasó junto a casas en ruinas, paredes ennegrecidas y montículos de piedra. En un recodo del camino se topó con un anciano que se quedó mirándola un buen rato. Iba cargado con un gran cesto repleto de berzas.

«Todos los jóvenes se han marchado –pensó Bettina con tristeza–. Pronto no quedará nadie. Incluso las gallinas, que ahora corretean entre el polvo del camino y alrededor de las casas, desaparecerán.»

Se quedó un momento parada, intentando ahuyentar aquellos grises pensamientos, pero no lo consiguió. Una ardiente lengua de fuego rojo se relamía en la cima del volcán, y descendía crepitando por la ladera petrificada. Los olivos ardían chisporroteando, el pueblo iba encogiendo y, finalmente, era engullido por la ola incandescente; las piedras estallaban en pedazos que salían despedidos en todas direcciones; las barcas zozobraban cuando la lengua roja se sumergía en el mar. Grandes nubes de vapor se elevaban en el aire, trémulas y siseantes. El sol oscurecía. El cielo iba cayendo en oxidados copos.

Bettina sacó un cigarrillo de la mochila y lo encendió. Había encontrado un paquete por la casa, entre las especias, y algunos días fumaba cuando se sentaba a contemplar las hormigas o a escribir cartas que luego no llegaba a enviar. «Querido papá, pienso mucho en ti...», «Querido Gabriel, mándame una foto de Anna...», «Querida tía Paula... estoy completamente desorientada».

De pronto, una gallina apareció por la curva y la miró con la cabeza gacha. Un chiquillo la espantó y acto seguido pidió a Bettina un cigarrillo. Ésta le dio tres, y el niño desapareció dentro de una casa.

En la tienda de los Krämer compró una botella de vino tinto, tomates y pan. La obesa anciana vestida de negro, medio adormilada, le hizo la cuenta sobre un papel de periódico.

–No hay pescado, el mar está demasiado movido –dijo–. Huevos, a lo mejor mañana –contemplaba tranquila a Bettina sin curiosidad aparente–. ¿Cuándo vendrán su marido y su hija? –preguntó–. La pequeña ya debe de andar.

Ella no le contestó.

En plena puesta de sol, Bettina subió atravesando los olivares hasta su casa.

La niña, su niña; la llevaba de la mano y, de vez en cuando, bajaba la cabeza para mirar su carita, una mancha clara bajo la luz crepuscular. La cogió en brazos porque estaba cansada, y la pequeña se durmió sobre su hombro. No pesaba nada.

–Ya llegamos, Anna –le dijo ella–, ya casi hemos llegado.

La casa las estaba esperando.

En la cocina, encendió varias velas que había comprado y estuvo un buen rato sentada delante de su cuaderno con el lápiz en la mano. Había traído aquel cuaderno para escribir cosas sobre sí misma, sobre sus sentimientos, sus miedos, sus sueños, pero aún no había sido capaz de anotar en él una sola palabra.

Había ciertas cosas de las cuales nunca había hablado con Marie y Guido, temas que no debían tocarse. El semblante de Guido se tornaba delgado y anguloso cuando Bettina le preguntaba cosas acerca de la guerra, cuando le avasallaba con preguntas y reproches, le ponía astutos anzuelos o le tendía trampas para sonsacarle historias. Marie también solía cerrarse en redondo ante ese tipo de interrogatorios.

–Lo pasado, pasado está –respondía, y miraba a Bettina con tal severidad que parecía que fuera a comenzar de inmediato a criticar su pelo descuidado, sus sucios pantalones o el desorden que reinaba en su habitación.

¿Qué había sucedido entre sus padres cuando Marie marchó de viaje aquella larga y lluviosa primavera, cuando Guido empezó a pasar cada vez más noches en su habitación del campus de la universidad y Bettina se encontró de repente viviendo sola en la casa? Por fin la dejaban hacer, dueña y señora de su tiempo. Alrededor de ella se había hecho todo hasta ese momento, tan vigilada y observada cada minuto del día bajo la tenacidad de la maternal mirada de Marie.

Tras el regreso de su madre nada cambió y, sin embargo, todo fue diferente a partir de entonces. Una ola de descomposición casi imperceptible invadió la casa, el jardín, las sólidas habitaciones y muebles. Marie se entregaba a sus ocupaciones como siempre, y también Guido iba y venía, como siempre, y a pesar de todo, estaban distintos. A Bettina le parecía como si los tres hubieran contraído una extraña y perniciosa enfermedad. Ninguno quería hablar del tema con los demás, pero los tres se habían contagiado.

Ahora, cuando se sentaban juntos a la mesa, Bettina sentía los ojos de sus padres clavados en ella, y se inclinaba mucho sobre el plato hostigada por aquel peso. A menudo tenía la sensación de estar desempeñando el papel de mediadora, de traductora, entre dos seres de razas distintas cuyas lenguas sólo ella conocía. De no mediar su intervención, ambos se separaban irremediablemente, incapaces de cruzar palabra.

Tía Paula también se percató de la corriente negativa que Marie traía consigo cuando la visitaba, pero tampoco ella se prestaba a hablar del tema con Bettina.

–Tus padres atraviesan un mal momento, pero eso pasará –le dijo–. Tú preocúpate de tu vida, Bettina. Marie tiene un orgullo mortal, igual que su madre, y a Guido no ha de resultarle fácil convivir con ella.

Bettina no la entendió. Por lo que a ella respectaba, todavía no le había perdonado a Guido la historia con Hella, y no sabía si Marie lo habría hecho ya.

Paula le ofreció a Bettina la posibilidad de mudarse a vivir con ella, pero Bettina deseaba quedarse con Guido y Marie. Creía que no podían pasar sin ella.

Allí sentada, Bettina constató desconcertada con qué rabia pensaba de repente en ellos dos.

–Preocúpate por tu padre –le había dicho Marie. Estaba a punto de salir, con los guantes en la mano y el peinado recién moldeado, y sus ojos parecían desteñidos e indiferentes bajo los párpados enmarcados con lápiz negro–. Sal algún día a pasear con él; nunca le haces el más mínimo favor, ya sabes cómo le disgusta pasear solo.

Marie iba a ver al señor Gruning. En casa de Ida Leis se reunía un reducido grupo de personas en torno al curandero y adivino Gruning. Marie trajo a casa unas bolas de estaño, grandes como puños, que él, según explicó entusiasmada, había sostenido largo rato en la mano para cargarlas. Marie las colocó debajo de su almohada. Ahora, por las mañanas, tomaba copos de avena y leche cuajada; ya no guardaba la comida en la nevera, sino en la bodega. Además, le prohibió a Bettina que escuchara la radio en la cama, pues, según decía, las ondas y la corriente eléctrica eran fatales para la salud. Cuando Bettina quiso saber cómo había llegado a esa conclusión, Marie se limitó a hacer un vago gesto con la mano.

Bettina llegaba a odiarla cuando hablaba de Gruning; Marie les contó que el hombre había detectado sus poderes siendo un niño, y ya entonces los había utilizado para curar animales. Incluso colgó una foto de él junto a su cama. El tipo tenía un bocio de espanto y una mirada tan dulce e indolente como la que empleaba Marie con Bettina cuando ésta trataba de discutir con ella.

–Habla con tu madre –la había espoleado Guido. Junto a él, esparcidas por el suelo, había diversas fotos de iglesias románicas.

–Norte de España –le espetó, malhumorado y escueto, cuando Bettina le hizo la pregunta–. El camino de peregrinaje a Santiago de Compostela. Tu madre me preocupa. Tú tienes la obligación de estar a su lado, a fin de cuentas ya eres lo bastante mayor, Bettina. Muchas veces me sorprende el escaso sentido de la responsabilidad que has desarrollado. Ya va siendo hora de que lo hagas. ¿No te das cuenta de que Marie está eligiendo opciones personales cada vez más arriesgadas, se está alejando de la familia y, víctima de su ingenuidad, está cayendo en manos de charlatanes, por no decir que ha caído ya?

–¿Y qué le pasó en Davos? –preguntó Bettina furiosa–. ¿Cómo voy a hablar con ella si no tengo ni idea de lo que la inquieta tanto?

Guido agrupó las fotos en un pequeño montoncito y, a continuación, volvió a extenderlas como si fueran cartas.

–A tu madre le hace falta mucha comprensión, necesita sentirse segura. Yo lo único que veo es que cada noche sales de casa a toda prisa en busca de diversión, sin preocuparte para nada de nosotros.

–¿Y tú qué? ¿Por qué no se las das tú la comprensión y la seguridad... tan bonito que lo pintas? –gritó

Bettina–. Yo soy la hija de la casa, no la señorita de compañía.

Guido escrutó el rostro de su hija, y sus ojos se volvieron fríos y duros. «Parecen dos cucarachas malvadas», pensó Bettina.

–Como siempre, sólo pedir, eso sí sabéis hacerlo, siempre esperáis recibir y no dais nada a cambio.

Bettina, a punto de estallar de rabia, no sabía a quién se estaba refiriendo, además de a ella. Le habría arrancado las fotos de las manos y se las habría roto en pedazos.

–No digas que no te he avisado –añadió Guido en voz baja.

Ella no comprendió de qué pretendía advertirle.

Bettina se sirvió un vaso de vino y encendió torpemente un cigarrillo. Las velas humeaban y chisporroteaban a causa de la corriente de aire que penetraba por la puerta. De pronto sintió frío y, a oscuras en la habitación, revolvió en la bolsa en busca de un jersey. No había deshecho el equipaje todavía. La ropa que ya había usado estaba tirada por el suelo y sobre las sillas. Pisó un par de zapatos y masculló una maldición.

Guido y Marie se encontraron cara a cara en el pasillo, frente al arcón que contenía los enseres de limpiar zapatos. Cada uno llevaba en una mano un par de zapatos y en la otra un cepillo. El murmullo inicial fue convirtiéndose en una violenta discusión, de la cual emergían algunas palabras maliciosas y estridentes.

–¡Cobarde! –pudo escuchar Bettina, y–: ¡Mentiroso! –Ésa era la voz de Marie.

–¡Hipócrita! ¡Chalada! –Ésas venían de Guido.

Bettina se inclinó hacia delante en el rellano de la escalera.

–¡Eres un perro arrogante, malintencionado, frío y petulante! –chilló Marie.

–Y tú una mojigata estúpida, infantil y crédula –replicó Guido, que nunca levantaba tanto la voz como su esposa.

–Y para que lo sepas –ahora era Guido, elevando, esta vez sí, extraordinariamente la voz–, tu tía Paula, tu querida tía Paula, con quien quieres regresar... y por mí ya puedes ir de vuelta al arroyo de donde te saqué, en vista de que lo llevas en la sangre... tu bien amada tía Paula, que no es más que una ninfómana, fue mi amante, se me abrió de piernas durante mucho tiempo cuando tú y yo ya estábamos prometidos y ella sabía de sobra que iba a casarme contigo.

Bettina cerró el cuaderno. Sopló las velas, tiró el cigarrillo al suelo y lo pisó. Estaba temblando, pero decidió salir a la terraza a echar un vistazo. Había mirado tan fijamente la luz de las velas que ahora no veía absolutamente nada de lo que la rodeaba, sólo oscuridad y un centelleo lejano planeando sobre el mar. Estuvo un rato caminando arriba y abajo con los brazos cruzados sobre el pecho. Poco a poco sus ojos se fueron habituando a la penumbra. Pronto pudo distinguir los árboles en el lindero de la casa, el muro en el que estaban apoyadas las herramientas y, abajo, la oscura lengua de tierra que se introducía en el mar.

Una mañana de mucho viento, Bettina se levantó muy temprano y se sentó a la mesa. Estuvo haciendo cálculos y, con gran sorpresa, constató que llevaba ya seis semanas en la isla. Los días, idénticos unos a otros, se solapaban, y no había manera de distinguirlos. El viento soplaba en ocasiones con enorme ímpetu, y el mar amanecía unos días liso y silencioso, y otros inquieto y salpicado de coronas de espuma. Se le agotó el petróleo y tuvo que arrastrar el pesado bidón a lo largo de toda la cuesta desde el pueblo hasta la casa. Se cortó las uñas y se lavó el pelo, y el tiempo seguía fluyendo sin que Bettina se diera cuenta. Tenía la sensación de que no habían transcurrido los días desde su llegada, desde el momento en que se encontró en medio de la gran cocina con la bolsa de viaje y la enorme llave en la mano.

Buscó las cerillas, las encontró y encendió uno de los quemadores. Colocó las manos sobre la llama a una distancia prudencial, mientras buscaba con la vista en la semioscuridad el paquete de café molido.

Marie siempre se había quejado del frío durante los últimos años. Nunca faltaba junto a su silla la pequeña estufa eléctrica, ni el tazón de infusión al alcance de su mano. Ya no tomaba café. Permanecía allí sentada y leía.

–Voy combinando –le decía a Bettina–. Muevo los hilos correctamente y descubro al asesino, como un perro de presa, conozco los errores del comisario, sé de la próxima muerte de la víctima cuando ésta se halla todavía sentada a la mesa como si nada, comiendo pastel de fresas.

En su habitación se amontonaban las ediciones en rústica de novelas policíacas con cubiertas rojo y negro.

En esa época Guido viajaba mucho, pronunciaba conferencias y acudía a congresos. Asesoraba a museos y asociaciones artísticas, y se había hecho construir una estantería nueva junto a su cama donde tenía ordenados los catálogos en que aparecían sus colaboraciones. Si alguien le preguntaba, se acercaba a la estantería y encontraba en un momento el catálogo correspondiente y las fotografías deseadas.

En su ausencia, Bettina tenía la impresión de que Marie recorría las habitaciones para ocupar hasta el último rincón libre. Apartaba de en medio las figuritas de bronce y las fuentes de plata de toda la vida. Le había entrado una auténtica pasión por la vistosa cerámica mexicana, soles pintados en llamativos colores, con rayos regordetes sobre los que se alzaban, como cefalópodos, altísimos árboles de la vida con frutas colgando, palomas y estrellas sobre la parejita pintada en color rosa chillón.

–Adán y Eva –comentó Marie, al tiempo que iba colocando velitas en las ramas del árbol.

Los colores vivos proliferaban por la casa como hongos y se habían apoderado por completo de la ropa de Marie. Se echaba sobre la espalda chales de lana de color fucsia, se compraba faldas anchas de dibujos y blusas holgadas de colores luminosos. Incluso las sábanas y la colcha de su cama habían adquirido tonalidades estridentes.

La señora Ida movía la cabeza exasperada cuando veía la colcha de flores en el tendedero.

–Su madre se ha vuelto loca con los colores. Esto es una borrachera de color, a mí me duele la vista cuando tengo que plancharla.

La señora Ida había adoptado la nueva costumbre de traerse su propio almuerzo, y Bettina contemplaba a veces con envidia las salchichas y la ensalada de patatas que degustaba la mujer, sentada en la cocina y haciendo caso omiso de Marie, que, de pie en el extremo opuesto de la mesa, iba esparciendo trocitos de nuez sobre el apio rallado.

Gabriel sostenía que el régimen vegetariano de Marie era exquisito. Cuando Guido se ausentaba, la suegra le mimaba de forma especial; le servía *soufflé* de requesón y pan integral casero. Gabriel había prometido acompañar a Marie a ver al señor Gruning y llevar también a Anna. Anna, a quien jamás concedían ni una simple cucharada de azúcar, derecha en el parque con un cantero de pan duro entre los dedos.

Bettina acudía diariamente a la universidad y, antes de regresar a casa, se tomaba deprisa y corriendo en el hall de la estación una morcilla de hígado de las grandes. Preparaba un trabajo sobre el travestismo en el arte moderno, y solía polemizar sobre el tema con Gabriel, que sentía aversión por los hombres que se vestían de mujeres. «Eso no es arte, es pura barbarie», decía él. Ya hablaba como Guido. Su marido ocupaba también un puesto de asistente en la cátedra de Historia de la Arquitectura. Guido se lo había conseguido.

En esas circunstancias, Gabriel disponía de mucho tiempo libre; se pasaba horas sentado con Marie en la mesa después del desayuno. A diferencia de Bettina, que pedaleaba hacia la estación dejando la casa atrás, como una cáscara seca de la cual se alejaba tranquila y emprendedora. Marie sacaba a Anna al jardín y preparaba el puré de zanahorias para la pequeña. Gabriel limpiaba el parterre de las rosas y cortaba el césped.

En algunas ocasiones, cuando Bettina volvía a casa por la noche, Gabriel y Marie estaban sentados en la sala, compartiendo la pequeña estufa, y elucubraban acerca de un complicado caso criminal. Le permitían sólo a regañadientes que pusiera la televisión. Cuando Guido estaba en casa no se encendía bajo ningún concepto; en un principio Bettina había tenido incluso que sacarla de en medio y esconderla en un armario, ya que Guido no soportaba ni siquiera la visión del aparato.

Su padre tenía el pelo completamente blanco, pero había conservado su esbelta figura; él lo atribuía a sus largos paseos y a la vida equilibrada que procuraba llevar. Aunque Gabriel le acompañaba con frecuencia, las caminatas no parecían ejercer sobre éste el mismo efecto beneficioso. Su rostro, todavía liso y rosado, comenzaba a fusionarse con el cuello sin la interrupción de la barbilla y, encima del cinturón, le colgaba un pequeño y mullido flotador. Marie opinaba que tenía muy buen aspecto, y luchaba con Anna, que solía comer poco, para que sus bracitos y muslos se pusieran también rechonchos y vigorosos.

–Carne fofa –decía siempre pellizcando la pantorrilla de la pequeña con el pulgar y el índice.

Marie no había engordado, aunque su cara había sufrido una curiosa transformación: se había alargado y aplanado. Ésa era la impresión que tenía Bettina, pero quizá sólo hubiera que atribuirlo al pelo rizado o a la comida vegetariana. Bettina veía en su madre, que continuamente hacía el gesto de masticar, cierto parecido a una tierna y macilenta oveja.

Marie solía acostarse temprano, casi siempre antes de anochecer, y Guido, que a menudo no podía dormir y se quedaba en su estudio escuchando discos a gran volumen –adoraba a Richard Strauss y a Bartok–, se veía obligado a respetar su descanso. No le resultaba fácil, porque cada vez estaba peor del oído; con frecuencia, Bettina no se percataba hasta después de un buen rato de que Guido había hablado desde el principio de algo totalmente distinto a lo que ella pensaba.

Pronto saldría el sol. Bettina se echó azúcar en el café y luego sumergió el pan duro dentro de la taza. La luna menguante era aún visible encima del tejado del almacén, pálida y agujereada como un viejo botón de nácar.

En la isla, los días pasaban sin que Bettina se preocupara del tiempo para nada. Comía cuando tenía hambre y descansaba tendida al sol hasta que el calor se le hacía insportable. Pasaba largos ratos sentada en el muro de la terraza contemplando el mar, dejando volar su pensamiento. Ideas, recuerdos y ensoñaciones se entremezclaban sin que ella se decidiera a intervenir. La sombra de la casa iba aproximándose y, al rato, la alcanzaba y dividía la terraza en dos. «Estará anocheciendo», se le ocurría, y eso era ya para ella mucho pensar.

Una noche de luna llena se desencadenó una tormenta. Cuando empezó a oscurecer, el cielo parecía querer desplomarse, espeso y amarillento, encima de la casa. Negros nubarrones poblaban el horizonte, como si un enorme y desgreñado animal se hallara extendido sobre el mar. Con la ceniza iban cayendo sobre la terraza multitud de piedrecitas. Los olivos mostraban el envés plateado de sus hojas. Bettina cerró las contraventanas y la puerta de la cocina, y permaneció despierta en la cama sin poder dormir. De vez en cuando, el viento azotaba la casa como si se echara contra ella, alentaba el batir de los postigos, se atascaba silbando en la chimenea, se colaba por las rendijas de las ventanas y mecía de un lado a otro la llama de la vela junto a la cama de Bettina.

Alguien había pintado con carboncillo una mujer gorda y desnuda en la pared de la cabecera de la cama de Bettina, aprovechando para ello las irregularidades del tabique. La mujer tenía unos muslos muy anchos. La cabeza, exageradamente pequeña y sobre la que apenas se distinguían las rayitas que representaban el cabello, estaba echada hacia atrás. No tenía brazos, y sus pies parecían aletas de pez. Quienquiera que fuera su autor, no sabía dibujar. Pero parecía que se había esmerado en la tarea; algunas partes del cuerpo de la mujer habían sido grabadas con un instrumento duro y afilado, incluso se veían líneas corregidas por encima. A la trémula luz de la vela, que se reflejaba bajando y subiendo continuamente por la pared, la mujer parecía moverse, alzar su pesado vientre y avanzar a golpes de aleta. Bettina sintió la tentación de levantarse para ir a la chimenea de la terraza a buscar un pedacito de carbonilla. Quería dar brazos y manos a aquella pobre mujer. En el exterior, el viento iba lanzando piedrecitas y hojas contra la puerta. Bettina se durmió con la vela encendida.

Aquella noche tuvo un sueño.

Sentada en el suelo, iba colocando frente a ella huesos, piedras y plumas como si reuniera una colección. Era importante ordenar los objetos correctamente, consciente de que ya lo había intentado en otras ocasiones sin conseguirlo. Sentía bajo sus pies desnudos la fina ceniza negra que el viento había traído al interior de la cueva. Había encendido un fuego y, de tanto en tanto, se acercaba para alimentarlo con algún tronco. Hacía calor allí dentro, rodeada de aquella luz anaranjada; un rayo de sol se deslizaba dentro de la cueva, y los arbustos que colgaban sobre la entrada temblaban al viento. Mientras sus dedos iban agrupando los huesecillos y palpando las piedras, murmuraba, sin dejar de balancearse suavemente y sin perder de vista ni por un instante la entrada de su guarida.

Entonces llegó el momento y se detuvo en el centro del triángulo luminoso que el sol dibujaba junto a la entrada, levantando a su alrededor remolinos de polvo azulado. No era Gabriel, ni tampoco Joe; no conocía a ese hombre y, aun así, en el sueño sentía una gran confianza hacia él. Le sentía dolorosamente cercano a la realidad. El hombre llevaba un pellejo amarrado a la cintura, la piel de un ciervo. Su cornamenta se había enredado entre los arbustos de la entrada al penetrar en el interior. A excepción de la piel que le cubría, el hombre estaba desnudo. Tenía todo el cuerpo manchado de sangre.

Una ráfaga de viento trajo de repente el olor del mar. La piel se erizó un poco, brillando bajo la luz. El hombre la miró. Bettina se levantó despacio y se dirigió hacia él.

Entonces se despertó. Permaneció largo rato con los ojos abiertos en la oscuridad, escuchando el ruido del vendaval. Ya no volvió a dormirse. Pasó el resto de la noche balanceándose plácidamente en tierra de nadie, entre sueño y vigilia, sin asustarse, sin intervenir cuando imágenes e ideas se enmarañaban, iluminaban y terminaban por apagarse para hacer sitio a otras nuevas que, durante unos segundos, le resultaban casi insoportablemente diáfanas. Cuando el cielo se tiñó de gris y todas las cosas que la rodeaban empezaron a tomar forma, se levantó y fue a sentarse a la mesa envuelta en una manta.

Por la mañana, el mar aparecía cubierto de velos de vapor.

Bettina preparó su mochila y salió muy temprano de casa con la intención de subir al cráter del volcán. No regresó hasta el atardecer, cansada, con las piernas cubiertas de rasguños y sin recordar con exactitud cómo había pasado el día, tan veloz.

La tormenta había dejado la terraza sembrada de ramas arrancadas, trozos de piedra pómez y ceniza. El cielo lucía claro y despejado. Bettina, desnuda allí en medio, iba tirándose por la cabeza agua que extraía del pozo.

Durante su ausencia alguien había estado en la casa. Sobre la mesa encontró una carta de Gabriel y un paquete que contenía cuatro huevos con pintas marrones.

La carta, según dedujo Bettina por el matasellos, había tardado tres semanas en llegar. Prefirió no abrirla en aquel momento.

Se sentó a la mesa, puso una mano encima del paquete con los huevos y se imaginó a la voluminosa señora Krämer resoplando por el camino hasta su casa a través de los olivares y cómo la llamaba a gritos. No, seguro que había mandado a algún chiquillo, no sin antes aleccionarlo debidamente para que no rompiera los huevos. Bettina los desenvolvió y retiró un par de plumitas que había pegadas a las cáscaras.

De pie junto a los fogones, tía Paula dio unos golpecitos a los huevos y acto seguido los echó en la sartén. Marie ponía la mesa, los tenedores junto al plato, cortaba pan, y Bettina, sentada, se apresuraba a pinchar con el tenedor la blanda duna amarilla que formaba la yema. Anna, instalada sobre su regazo, abría la boquita y tomaba un bocado del tenedor de su madre.

A Anna no le gustaban los huevos. La pequeña Anna, que era capaz de contraer la cara como un monito triste, que tenía los ojos de un marrón ambarino bajo las cejas casi juntas, los mismos ojos de Bettina. Tía Paula sostenía a Marie sobre su regazo; Marie, una niña pequeña con gesto tozudo, que jugaba con las pulseras de Paula mientras iba canturreando. Y ahora era Bettina quien se sentaba en las rodillas de Marie y escondía la carita entre los pliegues del vestido de su madre.

Bettina encendió un cigarrillo y dirigió la mirada hacia la terraza, donde el viento hacía rodar de un lado a otro hojas y pedacitos de piedra. En ese momento tomó la decisión de traerse a Anna a la isla con ella.

Cogió el plato con los huevos fritos y la carta y salió a la terraza. Se sentó en el suelo, apoyada contra la pared. «...y a todos nosotros nos gustaría saber cuándo volverás a casa...», escribía Gabriel.

Cuando Bettina se metió en la cama aquel día, todavía había luz en el exterior. «Para Anna instalaré un colchón aquí en el suelo, junto al mío», pensó, y dejó un brazo colgando para que Anna pudiera cogérselo por la mañana, cuando se despertara y no supiera dónde se encontraba.

Bettina limpió de hierba seca la parte posterior de la casa y arrancó con el pico las raíces de los arbustos. Había fabricado un mango para la pala y probó de quitarle la herrumbre con ayuda de una piedra afilada. La tierra estaba seca y plagada de piedras. Trabajó todo el día. No sabía exactamente lo que pretendía, ni siquiera había decidido lo que iba a sembrar en aquellos surcos superficiales que excavó con el pico.

Por la noche, mientras quemaba la broza y paseaba

alrededor de la pila humeante, se dio cuenta de que estaba cantando.

El agua todavía estaba fría. Cubierta hasta el ombligo, Bettina permaneció un momento tiritando de pie encima de una roca, antes de tirarse y salir nadando.

Mar adentro, se volvió para contemplar la isla. No pudo localizar su casa, ya que los olivos la escondían, y decidió que al día siguiente encendería fuego en la chimenea antes de bajar a darse un baño. Quería ver elevarse el humo sobre las rocas. Deseaba levantar a Anna, mostrarle el volcán, salpicarla de agua.

Se encaramó a Anna sobre la cabeza, tan alto como le fue posible, para dar respuesta a la columna de humo que el viento fragmentaba en el cielo.

Con el pelo mojado, Anna levantaba los brazos al aire azul celeste de la pequeña cala. Cuando ambas se sumergieron en el agua, Anna nadaba junto a ella, y Bettina sólo rozaba sus piernas en movimiento y sus manitas bajo el agua. En medio de un remolino de burbujas plateadas, ambas se miraron con los ojos muy abiertos. Bettina nadó hacia la orilla, salió del agua y se sentó sobre las rocas. Al calor del sol, se sacudió el agua del cabello y cerró los ojos.

Guido se encontraba bajo la sombra de una higuera y le hizo un gesto. Marie, casi oculta entre los arbustos, miró también hacia ella. Se hallaban a gran distancia uno de otro pero estaban de acuerdo, no necesitaban hablarlo, ni tan sólo intercambiar una mirada.

Bettina no se volvió. Estaban allí, bajo los árboles, dos borrosas y pálidas siluetas. Quizá la estuvieran llamando.

Escuchó el rumor de las olas al estrellarse contra las rocas y el gorgoteo del agua que subía y volvía a hundirse entre las grietas.

Vio a Guido paseando del brazo con Marie por el jardín. Era invierno, y los rosales, en sus saquitos de harpillera, se doblaban bajo el peso de la nieve. Guido y Marie caminaban muy juntos –sus huellas discurrían paralelas–, bordeando la piscina vacía bajo los manzanos. Cruzaron la empalizada con las mimbreras peladas y atravesaron el blanco prado, pasando junto a los arbustos inclinados sobre la nieve azulada. Cuando alcanzaron la alameda los perdió de vista.

«Querido Guido –escribió Bettina–. Detrás de la casa he labrado un pedazo de tierra, no muy grande, quizá tan grande como una puerta. En él he plantado judías verdes, pepitas de girasol y lentejas. No he podido encontrar nada más en esta casa.»

ÍNDICE

Título de la edición original: *Blaue Wasser für eine Schlacht*
Traducción del alemán: Marina Widmer Caminal,
cedida por Circe Ediciones, S.A.
Diseño: Emil Tröger
Ilustración: *Batalla entre Lapitas y Centauros* (detalle),
de Piero de Cosimo. The National Gallery

Círculo de Lectores, S.A.
Valencia, 344, 08009 Barcelona
1 3 5 7 9 6 9 0 4 8 6 4 2

Licencia editorial para Círculo de Lectores
por cortesía de Circe Ediciones, S.A.

Depósito legal: B. 9427-1996
Fotocomposición: Digital Screen, Barcelona
Impresión y encuadernación: Grafos, S.A.
Zona Franca, sector C, calle D, 36. 08040 Barcelona
Barcelona, 1996. Impreso en España
ISBN 84-226-5961-1
N.º 29504

